Christian
Thomas
Mai 1989
Anti

Juan Ramón Jiménez

Platero und ich

Andalusische Elegie

Aus dem Spanischen übertragen
und mit einem Essay versehen
von Fritz Vogelgsang

Insel Verlag

Titel der Originalausgabe:
Platero y yo
Dieser Übertragung liegt die
erste vollständige Ausgabe des Buchs
von 1917 zugrunde.
Nur in den Kapiteln XCIX und CXXIII wurden
Textergänzungen übernommen, die Ricardo Gullón
aus dem Nachlaß des Autors publizierte.

Erste Auflage 1985

Druck: MZ-Verlagsdruckerei, Memmingen
Printed in Germany

Zur Erinnerung an
AGUEDILLA,
die arme Närrin
aus der Calle del Sol,
die mir immer
Brombeeren und Nelken
schickte

I

Platero

Platero ist klein, wuschelhaarig, sanft; so weich von außen, daß man meinen könnte, er sei ganz aus Watte, habe keine Knochen. Nur die Gagatspiegel seiner Augen sind hart wie zwei Skarabäen aus schwarzem Kristall.

Ich lasse ihn los, und er läuft auf die Wiese und liebkost mit seinen lauen Nüstern leichthin, fast ohne sie zu berühren, die rosaroten, himmelblauen und goldgelben Blumen ... Ich rufe ihn zärtlich: »Platero?« Und er kommt zu mir her, in einem munteren Trippeltrab, der so lustig anmutet, als lachte er, umspielt von einem rätselhaften Traumglöckchenklimpern ...

Er frißt alles, was ich ihm gebe. Besonders schmekken ihm die Mandarinen, die Muskatellertrauben, aus lauter Bernsteinbeeren, die dunkelvioletten Feigen mit ihrem glasklaren Honigtröpfchen ...

Er ist zart, empfindsam und zärtlichkeitsbedürftig wie ein Kind, wie ein kleines Mädchen ...; aber stark und fest im Inneren, wie aus Stein. Wenn ich

sonntags auf ihm durch die Gäßchen am Ortsrand reite, bleiben die Landleute stehen, die im guten Anzug ihren Bummel machen, und schauen ihm nach: »Der hat Stahl ...«
Aus Stahl ist er. Aus Stahl und Mondsilber zugleich.

II

Weiße Schmetterlinge

Die Nacht senkt sich herab, neblig schon und maulbeerviolett. Verschwimmende Streifen malvenfarbener und grüner Helle schimmern noch hinter der Kirche. Der Weg steigt an, voller Schatten, Windenblüten, Kräuterduft, voller Lieder, Müdigkeit und Sehnsucht. Da, auf einmal, eine dunkle Gestalt, mit Schildmütze und Stachelstock. Rot aufleuchtend das häßliche Gesicht im Sekundenlicht der aufglimmenden Zigarrenglut, stürzt ein Mann auf uns zu, aus einer elenden Bretterbude, die zwischen Kohlensäcken verkommt.

Platero erschrickt.

»Was dabei?«

»Schauen Sie ... Weiße Schmetterlinge ...«

Der Mann will seinen eisernen Stachelstock in den Bastkorb stoßen, und ich verhüte es nicht. Ich öffne die Satteltasche, und er sieht nichts. Und die Traumnahrung passiert ungehindert, unbeanstandet, zollfrei ...

III

Spiele beim Dunkelwerden

Als Platero und ich, klamm vor Kälte, in das Dämmerstädtchen einziehen, durch die violette Düsternis der Elendsgasse, die zum ausgetrockneten Flußbett führt, spielen die armen Kinder Bangemachen, indem sie Bettler mimen. Eines wirft sich einen Sack über den Kopf; ein anderes sagt, es könne nicht sehen; ein drittes gibt sich als Hinkebein aus ...
Dann, in jähem Umschwung, kindlich spontan die Rollen wechselnd, weil sie Schuhe an den Füßen, ein Kleid auf dem Leib haben, weil die Mütter – wer weiß, auf welchen Wegen – ihnen etwas zu essen beschafft haben, fühlen sie sich auf einmal als Fürsten:
»Mein Vater hat 'ne Uhr aus Silber.«
»Und meiner 'n Gaul.«
»Und meiner 'ne Jägersflinte.«
Eine Uhr, die in aller Herrgottsfrühe den Schläfer aus dem Bett scheuchen wird; eine Flinte, die den Hunger nicht zur Strecke bringt; ein Pferd, auf dem man ins Elend reitet ...

Der Ringelreihen schließlich. Inmitten soviel schwarzer Trübnis singt ein kleines Mädchen, das nicht vom Ort ist und in einem anderen Tonfall redet: die Nichte des ›Sargspechts‹, des Armenbestatters. Mit schwacher Stimme, zart wie ein Strahl kristallklaren Wassers im Schattendunkel, stimmt sie selbstbewußt ihren Gesang an, stolz wie eine Prinzessin:

Ich bin die klaaaine Wiiitwe
des Graaafen von Oréé ...

... Ja, ja! Singt nur, träumt, arme Kinder! Bald, wenn ihr erst zum Großwerden erwacht, wird der Frühling euch bange machen, in Bettlergestalt, als Winter verkleidet.

– Gehn wir, Platero ...

IV

Die Sonnenfinsternis

Wir steckten die Hände in die Hosentaschen, unwillkürlich, und die Stirn fühlte das feine Flügelflattern des kühlen Schattens, wie beim Hineingehen in einen dichten Pinienwald. Die Hennen begaben sich in Sicherheit: eine nach der anderen, zogen sie sich auf ihre Leiter zurück. Ringsum verdüsterte sich das Grün der Felder, als würde es verdeckt vom violetten Passionsschleier des Hochaltars. Weiß war das ferne Meer zu sehen, und ein paar Sterne leuchteten, fahl. Wie wechselten die Dachterrassen ihre kalkige Helle, Ton um Ton! Wir, die oben waren, riefen einander mehr oder minder witzige Bemerkungen zu, klein und dunkel in jener beengten Stille der Sonnenfinsternis.

Wir sahen uns die Sonne an, mit allen möglichen Hilfsmitteln: mit den Operngläsern, mit dem Fernrohr, durch eine Flasche, durch eine rauchgeschwärzte Glasscherbe; und wir taten es von den verschiedensten Posten aus: vom Balkon, von der Hoftreppe, vom Speicherfenster, von der Patiotür,

durch ihre scharlachroten und blauen Scheiben hindurch ...
Als die Sonne sich verbarg, die einen Augenblick zuvor mit ihrem verwirrenden Pomp von Licht und Gold alles zweifach, dreifach, hundertfach vergrößert und verschönt hatte, ließ sie, ohne den langsamen Übergang der Dämmerung, alles allein und armselig zurück, als ob sie erst Goldunzen, dann Silbermünzen in Kupfergroschen umgetauscht hätte. Die Ortschaft war wie ein elendes, grünspanverkrustetes Stücklein Blech, das keinen Wert mehr hatte. Wie trübselig und wie klein die Gassen, die Plätze, der Turm, die Wege draußen im Ödland!
Platero, drüben im Pferch, schien kein ganz echter, wirklicher Esel zu sein, war verändert und geschrumpft; ein anderer Esel ...

V

Schauder

Der Mond ist mit uns, groß, rund, makellos. Auf den schläfrigen Wiesen gewahrt man, verschwommen, weiß nicht was für schwarze Ziegen, zwischen den Brombeerhecken ... Jemand versteckt sich lautlos, als wir vorbeiziehen ... Über der Böschung beschirmt ein gewaltiger Mandelbaum, beschneit von Blütenschimmer und Mondesglanz, umschwebt von einer weißen Wolke, den vom Pfeilhagel der Märzensterne bedrohten Weg ... Durchdringend duftet es nach Orangen ... Feuchtigkeit und Stille ... Die Hexentrift ...

– Platero, wie ... kalt!

Platero verfällt – ich weiß nicht, ob wegen seiner, ob wegen meiner Angst – in einen Trab, trampelt in den Bach, tritt auf den Mond und zertrümmert ihn. Es ist, als heftete sich ein Schwarm heller, kristallen glitzernder Rosen an seine Hufe, in Ringen sie umrankend, um ihn festzuhalten ...

Und im Trab erklimmt Platero den Hang, geduckt, mit eingezogenem Rist, als wäre jemand hinter ihm her, wo er doch schon die wohlig warme, scheinbar nie zu erreichende Behaglichkeit des näherrückenden Städtchens verspürt ...

VI

Die Kinderschule

Würdest du, Platero, mit den anderen Kindern in die Kinderschule gehen, brächte man dir dort das Abc bei, und du könntest Krakelstriche kratzen. Du würdest dann soviel wissen wie der Wachsfigurenesel – der Freund der kleinen Seejungfrau, der mit seinem Stoffblumenkranz aus der Glasglocke hervorschaut, worin sie zu sehen ist: ganz rosa, nichts als Haut und Gold, in ihrem grünen Element –; du würdest mehr wissen als der Arzt und der Pfarrer von Palos, Platero.

Aber obwohl du erst vier Jahre alt bist, bist du schon ein Mordskerl und hast keine sonderlich feinen Manieren! Auf was für ein Stühlchen solltest du dich setzen? Auf was für einem Tisch solltest du schreiben? Welche Fibel, welche Feder wäre groß genug für dich? An welchem Platz im Kreis der Kleinen würdest du, sag, das Credo singen?

Nein. Doña Domitila – in ihrer Heilandstracht, ganz violett, mit einem gelben Gürtelstrick, wie auch Reyes, der Fischhändler, einen hat – würde dich womöglich zwingen, zwei Stunden lang in einer Ecke des Platanenhofes zu knien; würde dir Tatzen geben mit ihrem langen Rohrstock; würde dir das Quittengelee vom Vesperbrot mausen oder dir ein brennendes Stück Papier unter den Schwanz halten, daß du so rote, so heiße Ohren bekommst wie der Sohn des Prozessionsführers, wenn ein Regen kommt …

Nein, Platero, nein. Geh du nur mit mir. Ich will dir die Blumen und die Sterne zeigen. Die werden dich nicht als tolpatschiges Kind verlachen, werden dir nicht – als wärst du das, was die Leute unter einem Esel verstehen – die Narrenkappe überstülpen, die Büßerhaube mit den großen Augenlöchern, indigoblau und ockerfarben umrandet, wie die aufgemalten Augen der Flußkähne, und mit langen Ohren, doppelt so groß wie die deinen.

VII

Der Verrückte

In Trauerkleidung, mit meinem Nazarenerbart und meinem schwarzen, schmalrandigen Hut, muß ich einen seltsamen Anblick bieten, wenn ich auf der grauen Sanftmut Plateros daherreite.
Durchquere ich, auf dem Weg zu den Weinbergen, die letzten Straßenzüge, weiß getünchte, gleißende Sonnengassen, rennen die Zigeunerbengelchen hinter uns her, ölverschmiert und struwwelköpfig, mit gebräunten Bäuchen, die prall aus den grünen, roten, gelben Lumpen hervorgucken, und brüllen mit Ausdauer:
»Der Verrückte! Der Verrückte! Der Verrückte!«
Vor uns das freie Land, schon grün. Dem unermeßlichen, klarblauen Himmel zugekehrt, öffnen sich meine Augen – so fern von meinen Ohren! – rückhaltlos dem flammenden Indigo und nehmen in ihrer Ruhe diese namenlose Gelassenheit auf, diese harmonische, göttliche Heiterkeit, die in der unendlichen Weite des Horizontes lebt ...
Und fernab verhallen dahinten, bei den hochgelege-

nen Freiland-Tennen am Ortsrand, ein paar schrille Schreie, gedämpft, abgehackt, atemlos, eintönig:
»Der Verrü ... ckte! Der Verrü ... ckte!«

VIII

Judas

Nur keine Bange, Menschenskind! Was hast du? Immer hübsch mit der Ruhe ... Man schießt doch bloß den Judas tot, Dummrian.

Ja, man erschießt den Judas. Einen hatte man draußen in der Monturriogasse angebracht, einen zweiten in der Hauptstraße, einen dritten beim Ratsbrunnen. Gestern abend habe ich sie gesehen, starr in der Luft stehend, wie von einer übernatürlichen Kraft gehalten; denn in der Dunkelheit war das Seil nicht zu erkennen, das sie – zwischen Dachboden und Balkon – in der Schwebe hielt. Was für groteske Mischgebilde aus alten Zylinderhüten und Damenärmeln, Gerichtsvollziehermasken und Reifröcken, unter den ungerührt strahlenden Sternen! Die Hunde bellten die Schandgestalten an, aus sicherer Entfernung, aber nicht bereit, sich zu trollen; und die Pferde, voller Argwohn, scheuten zurück, wenn sie darunter hindurch sollten ...

Jetzt, Platero, verkünden die Glocken, daß der Schleier vor dem Hochaltar zerrissen ist. Ich

glaube, im ganzen Ort gibt es keine Flinte, aus der nicht auf Judas gefeuert worden ist. Bis hierher dringt der Pulvergeruch. Noch ein Schuß! Und noch einer!
Freilich, Platero, der Judas, das ist heutzutage der Abgeordnete oder die Lehrerin, der Rechtsanwalt, der Steuereinnehmer, der Bürgermeister oder die Hebamme; und jeder Mann ballert kindisch an diesem Karsamstagmorgen mit seiner Feiglingsflinte auf denjenigen, dem sein Haß gilt, im Frühlingstaumel verworrener, aberwitziger Rachephantasien.

IX

Frühe Feigen

Der dämmernde Morgen war neblig und rauh, gerade recht für die ersten Feigen, und gegen sechs brachen wir auf, um in La Rica zu schmausen.
Unter den großen, hundertjährigen Feigenbäumen, deren graue Leiber im kühlen Schatten, wie unter einem Rock, ihre drallen Schenkel verschränkten, döste noch die Nacht; und die breiten Blätter – mit denen Adam und Eva sich bekleideten – hüteten wie einen Schatz ein feines Gespinst aus klitzekleinen Tauperlen, das ihr mildes Grün noch fahler schimmern ließ. Von da drinnen sah man, durch das üppig niederwallende Smaragdlaub hindurch, wie die Morgenröte die farblosen Schleier des Ostens mit immer lebhafteren Rosentönen tränkte.
Närrisch rannten wir um die Wette, von Baum zu Baum. Rociillo und ich erhaschten einmal gleichzeitig das erste Blatt, japsend vor Lachen und Herzklopfen. »Fühl mal, hier!« Und sie legte meine Hand, mit der ihrigen, auf ihr Herz, über dem die junge Brust sich hob und senkte wie eine winzige,

eingesperrte Welle. Adela, pummelig und kurzbeinig, war keine gute Läuferin und machte, weit abgeschlagen, ein Schmollgesicht. Ich riß für Platero ein paar reife Feigen ab und legte sie ihm auf die Sitzfläche eines alten Baumstumpfes, damit er sich nicht langweile.

Adela fing mit der Wurfschlacht an, wütend wegen der eigenen Schwerfälligkeit, mit einem Lachen im Mund und Tränen in den Augen. Eine Feige klatschte mir auf die Stirn und zerplatzte. Rociillo und ich erwiderten das Feuer, und mehr Feigen, als wir jemals mit dem Munde verzehrten, zehrten wir auf mit den Augen, mit der Nase, mit den Ärmeln, mit dem Nacken, unter schrillem, unaufhörlichem Geschrei, das mitsamt den ins Blaue gepfefferten Feigen auf die morgenfrischen Rebhalden niederging. Eine Feige traf Platero, und schon war er die Zielscheibe des tollen Getobes. Da der Ärmste sich nicht verteidigen und nicht zurückschießen konnte, ergriff ich seine Partei; und ein linder, blauer Hagelschauer durchstob die reine Luft, nach allen Seiten, wie eine Maschinengewehrsalve.

Ein zweifaches Lachen, ermattet und müde, verlautbarte vom Boden aus die weibliche Kapitulation.

X

Angelusglocken!

Schau, Platero, was für ein Regen von Rosen: blaue, rosa, weiße, farblose Rosen ... Es ist, als löste der Himmel sich auf in lauter Rosen. Schau, wie mir die Stirn, die Schultern, die Hände überschüttet werden mit Rosen ... Was soll ich bloß tun mit soviel Rosen?

Weißt du vielleicht, woher diese sanfte Blumenwelt ist, die weiß nicht woher kommt, die tagtäglich der Landschaft Lindigkeit verleiht, sie rosig, weiß und himmlisch macht – Rosen über Rosen –, wie ein Bild von Fra Angelico, der, auf den Knien liegend, die ewige Seligkeit malte?

Von den sieben Rängen des Paradieses, meint man, werfen sie Rosen zur Erde herab. Als wär's ein laues, milde getöntes Schneegestöber, rieseln die Rosen und bleiben auf dem Turm, auf dem Dach, auf den Bäumen liegen. Schau, so geschmückt, wird alles Feste fein. Rosen über Rosen über Rosen ...

Solange die Angelusglocken läuten, Platero, hat man das Gefühl, als würde unser Leben die Macht seiner alltäglichen Festigkeit verlieren, als würde eine andere Kraft, von innen, stolzer, stetiger und klarer, es bewirken, daß alles, aufschießend wie Springstrahlen sprudelnder Glücksverzückung, hinaufsteigen zu den Sternen, die schon aufleuchten im Rosengetümmel ... Rosen über Rosen ... Deine Augen, die du nicht siehst, Platero, und die du sanftmütig zum Himmel erhebst, sind zwei schöne Rosen.

XI

Der Schindanger

Du, wenn du vor mir stirbst, mein Platero, wirst nicht auf der Karre des Büttels fortgeschafft, hinaus ins endlose Marschland oder in die Schlucht neben dem Weg zum Bergwald, wie die anderen armen Esel, wie die Pferde und die Hunde, die keinen haben, der sie mag. Du wirst nicht daliegen mit entfleischten, blutverschmierten, von den Raben bloßgelegten Rippen – wie ein Schiffsgerippe, aufragend vor dem scharlachroten Abendhimmel –, als häßliches Schaustück für die Handelsreisenden, die mit der Sechs-Uhr-Kutsche zur Bahnstation San Juan fahren; wirst nicht, aufgedunsen und steif, zwischen fauligen Muscheln im Abwassergraben verwesen, zum Schrecken der Kinder, die waghalsig und neugierig sich über den Rand des Steilhangs beugen, festgeklammert an Zweigen, sonntagnachmittags, im Herbst, wenn sie hinaufziehen in die Pinienhaine, um dort die an Ort und Stelle gerösteten Pinienkerne zu knabbern.

Hab keine Sorge, Platero. Ich werde dich am Fuß

der großen, runden Pinie im Garten auf La Piña begraben, in deinem Lieblingsgärtlein. Ganz nahe bist du da dem lustigen, heiteren Leben. Die kleinen Buben werden bei dir spielen, und die kleinen Mädchen werden neben dir auf ihren niedrigen Stühlchen nähen. Du wirst erfahren, was für Verse die Einsamkeit mir eingibt. Wirst die jungen Mädchen singen hören, wenn sie die Wäsche waschen unter den Orangenbäumen, und das Quietschen und Plätschern des Schöpfrads wird Wonne und Erquikkung deiner ewigen Ruhe sein. Und das ganze Jahr über werden die Stieglitze, die Zeisige und die Grünfinken im niemals welkenden Wipfel dir einen Musikpavillon bescheren, einen zierlichen Baldachin, gewölbt aus Zwitschertönen, zwischen deinem ruhigen Schlaf und dem unendlichen, beständigen Blau des Himmels von Moguer.

XII

Der Stachel

Als wir eben durchs Gatter auf die Pferdekoppel wollten, begann Platero zu humpeln. Ich sprang ab...

– Mensch, sag mal, was hast du?

Platero hielt seine rechte Vorderhand ein wenig angewinkelt, so daß die Strahlfurche zu sehen war; schlaff angehoben, hing der Huf fast in der Schwebe, berührte kaum den glühenden Sand des Weges.

Mit einer Behutsamkeit, wie sie gewiß nicht mal der alte Darbón, sein Arzt, aufgewandt hätte, bog ich ihm die Hand nach oben und besah mir die rote Furche. Ein langer grüner Stachel, von einem strammen Orangenbaum, steckte darin, hineingestoßen wie ein richtiges Dölchlein aus Smaragd. Schauderhaft weh tun mußte das. Mitfühlend zog ich den Stachel heraus; dann führte ich den armen Platero an den Bach der gelben Schwertlilien, damit das strömende Wasser mit seiner langen, lauteren Zunge ihm die winzige Wunde lecke.

Danach zogen wir weiter, zum weißen Meer, ich voraus, er hinterdrein, noch immer humpelnd und hin und wieder mit seiner Stirn mich sanft am Rükken stupsend …

XIII

Schwalben

Da siehst du sie, Platero, die kleine Schwarzgefiederte, quirlig, quicklebendig, in ihrem grauen Nest überm Bild der Muttergottes von Montemayor, einem Nest, das keiner je angetastet hat. Die Unglückselige wirkt verstört. Ich glaube, diesmal haben sie sich getäuscht, die armen Schwalben, wie sich in der letzten Woche die Hühner getäuscht haben, die sich in ihren Schlag verzogen, als die Mittagssonne um zwei sich plötzlich verfinsterte. Der Frühling hat dieses Jahr den koketten Einfall gehabt, sich früher als sonst aus den Federn zu erheben; aber fröstelnd hat er seine zarte Nacktheit wieder verbergen müssen im Wolkenbett des März. Es tut weh, mit anzusehen, wie die jungfräulichen Rosenblüten des Orangenhains in der Knospe verwelken!

Sie sind schon da, Platero, die Schwalben, doch man hört sie kaum; nicht so wie in früheren Jahren, wo sie gleich am Ankunftstag alles begrüßten, alles neugierig inspizierten, unaufhörlich schwätzelnd in

ihrer wirbeligen Schwirrschnipselsprache. Den Blumen erzählten sie alles, was sie in Afrika gesehen; berichteten von ihren zwei Überseereisen, wie sie übers Wasser geflitzt, mit dem Flügel als Segel, die Wellen ritzend oder im Takelwerk eines Schiffes sitzend; sie schilderten andere Sonnenuntergänge, andere Morgenröten, andere Sternennächte ...
Sie wissen nicht, was tun. Stumm fliegen sie herum, ratlos, ziellos, wie Ameisen durcheinanderwimmeln, wenn ein Kind ihre Bahn zertrampelt. Sie wagen es nicht, die Neue Straße auf und ab zu schwirren, in unbeirrbar geradlinigem Schwung, mit jenem eleganten Schwenk am Ende; trauen sich nicht in ihre Nester im Brunnengemäuer; haben nicht die Ruhe, sich niederzulassen auf den Telegraphendrähten, die der Nordwind zum Summen bringt, auf den Notenlinien ihrer klassischen Partitur, flankiert von den weißen Isolatoren ... Sie werden erfrieren, Platero!

XIV

Der Stall

Wenn ich um die Mittagszeit Platero aufsuche, entfacht ein durchsichtiger Strahl der Zwölf-Uhr-Sonne einen großen Goldfleck auf dem matten Silber seines Rückens. Unter seinen Bauch, auf den dunklen, schummrig grunelnden Boden, der alles in einen Smaragdhauch taucht, schüttet das altersschwache Dach einen Schwall blanker Feuermünzen.

Diana, die zwischen den Hufen Plateros liegt, springt auf, hüpft mir tänzelnd entgegen und legt ihre Pfoten auf meine Brust, begierig, mir den Mund abzulecken mit ihrer rosigen Zunge. Zuoberst auf der Futterkrippe steht die Kletterziege und blickt mich neugierig an, wobei sie den feinen Kopf damenhaft mal nach der einen, mal nach der anderen Seite neigt. Unterdessen will Platero, der mich, noch ehe ich eingetreten bin, schon mit hellem Schmetterschrei begrüßt hat, seinen Strick zerreißen, starrköpfig und ausgelassen zugleich.

Durch die Dachluke, die den schillernden Schatz

vom Zenit herabschleust, entschwinde ich einen Augenblick diesem Idyll, sonnenstrahlaufwärts, zum Himmel. Dann steige ich auf einen Stein und schaue hinaus aufs Feld.
Die grüne Landschaft schwimmt im blütenglühenden, schlaftrunken flimmernden Geloder, und in dem reinen Blau, umrahmt von der schäbigen Mauer, verklingt, alleingelassen und lieblich, eine Glocke.

XV

Der verschnittene Junghengst

Er war schwarz, mit scharlachrot, grün und blau schillernden Silberlichtern, wie die Skarabäen und die Raben. In seinen jungen Augen glühte manchmal ein lebhaftes Feuer auf, wie im Röstkessel von Ramona, der Maronenverkäuferin auf der Plaza del Marqués. Was für ein Prachtsgeklapper, wenn er in scharfem Trab vom sandigen Friedhofsweg hereinstob und kampflustig das Straßenpflaster der Calle Nueva behämmerte! Wie gewandt, wie nervös, wie hellwach war er, mit seinem kleinen Kopf und seinen schlanken Fesseln!

Voll Adel trabte er jetzt durch das Eingangstor der Weinhalle herein, schwärzer denn je, vor dem hellroten Sonnengemäuer der ›Zitadelle‹, das einen blendete, wenn man aus dem Gewölbe ins Freie schaute. Gelöst war sein Gang, munter und verspielt. Sein Sprung dann, über den Pinienstamm, über die Schwelle des Ausgangstors zum Hof, erfüllte das grüne Geviert mit jähem Freudentumult und dem wilden Spektakeln von Hühnern, Tauben und Spatzen. Dort erwarteten ihn vier Männer, die haarigen Arme überm bunten Unterhemd verschränkt. Sie brachten ihn unter den Pfefferbaum. Nach hartem, kurzem Kampf, freundschaftlich zunächst, dann blindwütig, warfen sie ihn in den Dreck, und als alle auf ihm hockten, tat Darbón, was seines Amtes war: er machte dieser schmerzerregenden, zauberhaften Schönheit ein Ende.

Thy unus'd beauty, must be tomb'd with thee,
Which used, lives th' executor to be,

– sagt Shakespeare zu seinem Freund.

. . . Der junge Hengst, zum Gaul gemacht, blieb fügsam liegen, schweißüberströmt, erschöpft und traurig. Ein einzelner Mann brachte ihn zum Stehen, warf ihm eine Decke über und führte ihn, ganz gemach, die Straße hinunter.

Arme Wolke, in der kein Wetter sich ballt! Gestern ein Blitz, kühn, voll Kraft! Jetzt wirkte er wie ein zerlesenes, aus dem Leim gegangenes Buch. Es schien, als befände er sich nicht mehr auf dem Erdboden, als wäre zwischen seinen Hufeisen und den Steinen nun ein fremdes Element, das ihn fernhielt, abgelöst, grundlos, sinnlos wie ein entwurzelter Baum, wie ein Erinnerungsgespenst mitten im wilden, herrlichen Frühlingsmorgen.

XVI

Das Haus gegenüber

Was für einen Zauber, Platero, hatte für mich immer in der Kindheit das Haus gegenüber! Zuerst, in der Uferstraße, das Häuschen von Arreburra, dem Wasserträger, mit seinem Hof nach Süden, immer sonnenvergoldet, wo ich auf die Mauer kletterte und nach Huelva schaute. Manchmal ließ man mich ein Weilchen hinüber, und die Tochter von Arreburra, die ich damals als Frau empfand und die ich heute, wo sie verheiratet ist, als völlig unverändert empfinde, gab mir jedesmal Azamboazitronen und Küsse ... Dann, in der Neuen Straße – die später nach Cánovas, noch später nach Fray Juan Pérez benannt wurde –, das Haus von Don José, dem Süßwarenhändler aus Sevilla, der mich verblüffte mit seinen goldenen Glacéstiefeln; der mit Eierschalen die Blattspitzen der Agave in seinem Patio dekorierte; der die Türflügel seines Hausflurs kanariengelb, mit marineblauen Streifen, bemalte; der manchmal in unser Haus herüberkam, wo er von meinem Vater Geld erhielt und immerzu vom

Olivenhain redete ... Wieviel Träume meiner Kindheit hat jener armselige Pfefferbaum gewiegt, den ich von meinem Balkon aus sah, voller Spatzen, überm Dach von Don José! Zwei Pfefferbäume waren es, die ich nie zusammenbrachte: einer, den ich als windbewegten oder sonnendurchfluteten Wipfel von meinem Balkon aus sah; und ein anderer, den ich im Hühnerhof von Don José sah, stammaufwärts schauend.

An den wolkenlosen Nachmittagen, während verregneter Siestastunden, beim geringsten Wechsel, wie ihn jeder Tag, jede Stunde brachte – wie interessant, wie überaus anziehend wirkte, betrachtet von meiner Gittertür aus, von meinem Fenster aus, von meinem Balkon aus, in der Stille der Straße, das Haus gegenüber!

XVII

Der dumme Bub

Immer wenn wir durch die San-José-Gasse nach Hause gingen, saß der dumme Bub vor seiner Haustür, auf seinem Stühlchen, und schaute dem Hin und Her der anderen zu. Er war eines jener armen Kinder, denen nie die Gabe des Wortes, nie das Geschenk reizender Drolligkeit oder Niedlichkeit zuteil wird; ein fröhliches Kind war's, dessen Anblick traurig stimmte; war ein und alles für seine Mutter, ein Nichts für die übrigen Leute.

Eines Tages, als durch die weiße Gasse der berüchtigte Schwarze Wind ging, sah ich den Buben nicht mehr an seiner Tür. Ein Vogel sang auf der verlassenen Schwelle, und mir fiel Curros ein, der, mehr Vater als Dichter, nachdem er sein Kind verloren, den galicischen Schmetterling nach ihm fragte:

Volvoreta d'aliñaz douradas ...
Schmetterling du, mit goldnen Flügelein ...

Jetzt, wo es wieder Frühling wird, denke ich an den dummen Buben, der aus der San-José-Gasse hinaufgegangen ist, in den Himmel. Dort wird er nun auf seinem Stühlchen sitzen, bei den unvergleichlichen Rosen, und wird mit eigenen, neu geöffneten Augen das golden schimmernde Hin und Her der Seligen schauen.

XVIII

Das Mädchengespenst

Sich als Gespenst zu verkleiden war das Hauptvergnügen von Anilla la Manteca, einem molligen Mädchen, dessen feurige Jugendfrische für uns ein unerschöpflicher Quell lustigsten Allotrias war. Von Kopf bis Fuß wickelte sie sich in ein Leintuch ein, machte die Blässe ihres vollen, lilienweißen Gesichtes mit Mehl noch bleicher, steckte sich Knoblauchzehen als Hexenhauer auf die Zähne, und wenn wir nach dem Abendessen, halb eingeschlafen, träumend im kleinen Durchgangszimmer lagen, erschien sie unversehens auf der Marmortreppe, mit einer brennenden Handlaterne, langsamen Schrittes, stumm und ungeheuer. War sie so verkleidet, wirkte es, als wäre ihre Nacktheit zur Tunika geworden. Ja. Grauenerregend war die Grabesvision, die sie aus den finsteren Höhen herniederbrachte, doch zugleich bannte ihr bloßes Weiß mit einer sinnlichen Fülle von unfaßlichem Reiz...

Niemals, Platero, werde ich jene Septembernacht

vergessen. Das Gewitter rumpelte schon seit einer Stunde über dem Städtchen, pumpernd wie ein böses, krankes Herz, Wasser und Kies herunterkübelnd, unter unaufhörlichem, hartnäckig zur Verzweiflung treibendem Blitzen und Donnern. Die Zisterne war schon randvoll und überflutete den Patio. Die letzten vertrauten Geräusche – die Neun-Uhr-Kutsche, das Fürbittgeläut für die Seelen im Fegefeuer, der Briefträger – waren längst vorbei. Zitternd ging ich ins Speisezimmer, um etwas zu trinken, und im weißen, grünlich gleißenden Licht eines Blitzes sah ich den Eukalyptus der Familie Velarde – den ›Kuckucksbaum‹ nannten wir ihn, der umstürzte in jener Nacht –: ganz verkrümmt hatte er sich über das Waschhäuschen auf dem Flachdach gebeugt ...

Plötzlich ein entsetzlich hartes Krachen, knapp wie der Schlagschatten eines Lichtschreis, das Haus erschütternd. Als wir zur Wirklichkeit zurückkehrten, waren wir alle nicht mehr auf dem Fleck, wo wir noch einen Moment zuvor gewesen, waren alle gleichsam allein, ohne Verlangen nach den anderen, ohne Gefühl für irgendwen. Einer klagte über Kopfschmerzen, ein anderer über Augenschmerzen, ein dritter über Herzschmerzen ... Nach und nach fand jeder zurück zu seinem Platz.

Das Gewitter verzog sich ... Der Mond, zwischen gewaltigen Wolken, die zu Fetzen zerrissen wurden, ließ weiß das Wasser aufblinken, das den ganzen Patio füllte. Wir gingen hinaus und schauten alles an. Lord lief zur Leiter im Hühnerhof, rannte hin und her, bellte wie verrückt. Wir liefen ihm nach ..., Platero; am Fuß der Leiter, auf dem nächtlichen, durchnäßten Erdboden, der einen widerlichen, Übelkeit erregenden Geruch ausströmte, lag die arme Anilla, als Gespenst verkleidet, tot, die noch brennende Laterne in der vom Blitz verkohlten Hand.

XIX

Tiefrote Landschaft

Die Bergspitze. Schau, der Sonnenuntergang, purpurgetränkt, verletzt von den eigenen Kristallzakken, die ihn bluten machen, überall. Vor soviel Prunk ergrimmt der grüne Pinienwald, von aufsteigender Zornröte überwallt; und die Gräser, die Blumen, glutdurchschimmert, erfüllen die Ruhe des Augenblicks mit einer feuchten, allesdurchdringenden, leuchtenden Duftessenz.

Starr vor Entzücken, verharre ich in der Dämmerung. Platero, ein versinkendes Scharlachschimmern in seinen schwarzen Augen, nähert sich sacht einer Lache karminrot, rosa und violett schillernden Wassers; sanft senkt er sein Maul in den Spiegel, der sich zu verflüssigen scheint, kaum daß er berührt wird; und durch die mächtige Tierkehle geht ein Strudelgurgeln wie von gewaltigen Schattenwassermassen voller Blut.

Die Gegend ist vertraut, aber der Moment verwandelt sie, macht sie zur fremdartigen, monumentalen Ruinenszenerie. Es ist, als müßten wir jeden Augenblick einen verlassenen Palast entdecken ... Der Abend weitet sich, währt über die eigene Weile hinaus, und die Stunde, durchseucht von Ewigkeit, ist endlos, friedevoll, unergründlich ...

»Auf geht's, Platero ...«

XX

Der Papagei

Wir spielten gerade mit Platero und dem Papagei, im Garten meines Freundes, des französischen Arztes, als eine junge Frau, zerzaust und aufgewühlt, den Hang herabkam, bis zu uns her. Noch ehe sie bei uns war, hatte sie, mit ihrem schwarz voranhastenden, angstgejagten Blick auf mich zustürzend, flehentlich gefragt:

»Junger Herr, is' selbiger Doktor do?«

Ihr hinterdrein rannten ein paar zerlumpte Gören, die japsend alle paar Meter nach hinten blickten, den Weg empor; schließlich tauchten da einige Männer auf, die einen anderen trugen, einen Menschen mit totenblassem Gesicht und schlaffen Gliedern. Es war einer der Wilderer, die im Sumpfland des Coto de la Doñana heimlich auf Hirschjagd gehen. Die Flinte, eine aberwitzig altertümliche, von Espartostricken zusammengehaltene Flinte, war ihm in den Händen krepiert, und die Kugel steckte in einem Arm des Jägers.

Mein Freund kümmerte sich liebevoll um den Verletzten, lüftete die elenden Lappen, mit denen man ihn verbunden hatte, wusch ihm das Blut ab und befühlte seine Knochen und Muskeln. Zwischendurch sagte er wiederholt zu mir:

»Ce n'est rien ...«

Der Abend senkte sich herab. Von Huelva her kam ein Wind, der nach Morast, nach Teer, nach Fischen roch ... Die Orangenbäume rundeten vor dem rosigen Westhimmel ihre smaragdenen Samtballen. In einem Fliederbusch, lila und grün, hüpfte der Papagei, grün und rot, hin und her, neugierig uns beäugend mit seinen runden Äugelchen.

Die Tränen, die dem armen Jäger übers Gesicht rannen, füllten sich mit Sonne; manchmal ließ er einen erstickten Schrei vernehmen. Und der Papagei:

»Ce n'est rien ...«

Mein Freund legte dem Verletzten Wattebäusche auf die Wunde und umwickelte sie mit Binden ...

Der arme Mann:

»Auuu!«

Und der Papagei im Fliederdschungel:

»Ce n'est rien ... Ce n'est rien ...«

XXI

Die Dachterrasse

Du, Platero, bist noch nie zur Dachterrasse heraufgestiegen. Du kannst nicht wissen, was für ein tiefer Atemzug einem die Brust weitet, wenn man von der dunklen Holzstiege heraustritt auf die Fläche, sich augenblicklich versengt fühlt, von der prallen Mittagssonne, überflutet von Bläue, als wäre man ganz nahe beim Himmel, geblendet vom gleißenden Weiß des Kalks, mit dem man, wie du weißt, den Ziegelboden tüncht, damit das Wasser der Wolken rein hinabgelangt in die Zisterne.

Wie zauberhaft, diese Dachterrassenwonne! Die Glocken des Kirchturms läuten in der eigenen Brust, auf gleicher Höhe wie unser heftig schlagendes Herz; man sieht das Blinken der Hacken, die fern, in den Weinbergen, geschwungen werden, mit einem Gefunkel von Silber und Sonne; man überblickt alles: die anderen Dachterrassen; die Höfe, in denen die Leute, selbstvergessen, sich abmühen, ein jeder auf seine Art – der Sitzflechter, der Maler, der Küfer –; die grünen Flecken der Baumgruppen in den Pferchen, samt dem Stier oder der Ziege; den Friedhof, wohin sich manchmal – winzig, schmal und schwarz – ein Leichenzug bewegt, zu einem Armeleutebegräbnis; Fenster, und dahinter ein Mädchen im Hemd, das ahnungslos sich kämmt und unbekümmert singt; den Fluß, mit einem festliegenden Kahn, der nicht einlaufen kann; Kornspeicher, wo ein einsamer Hornbläser übt oder rasende Liebe – rundgeschlossen, blind und verbohrt – ihr Wesen treibt …

Das Haus versinkt in Kellertiefen. Wie seltsam, durchs Glasdach wahrgenommen, das gewöhnliche Leben drunten: die Worte, die Geräusche, sogar der Garten, der doch so schön ist, wenn man drinnen ist; du, Platero, wie du trinkst am Brunnentrog, ohne mich zu sehen, oder deine närrischen Spiele mit dem Spatzen oder der Schildkröte machst!

XXII

Heimkehr

Beladen kamen wir beiden von den Bergen: Platero mit Majoran, ich mit dem Gelb von Irisblüten.

Der Aprilabend ging zur Neige. Alles, was im Westen Goldflut gewesen, war nachher Silberflut, eine schlichte, leuchtende Allegorie lilienhafter Klarheit. Später war der weite Himmel wie ein lichtdurchschimmerter Saphir, der zum Smaragd changierte. Ich kam traurig zurück ...

Vom Hang aus, der in den Ort hinabführt, wirkte der Kirchturm des Fleckens, bekrönt mit funkelnden Kacheln, in der reinen Stunde, die aufstieg, als gewaltiges Bauwerk. Er glich, so nahe betrachtet, einer aus der Ferne erschauten Giralda – dem Kathedralturm Sevillas –, und meine Sehnsucht nach großen Städten, aufgepeitscht vom Frühling, fand in diesem Anblick einen melancholischen Trost.

Heimkehr ... Wohin? Woher? Wozu? ... Doch die Lilien, die bei mir waren, dufteten stärker in der linden Kühle der einbrechenden Nacht; dufteten mit einem Duft, der durchdringender war, und vager zugleich; denn er entströmte einer Blüte, die man nicht sah; einer Blüte, die nichts als Duft war, Leib und Seele berauschender Duft, aus dem Dunkel der Einsamkeit.

»Meine Seele, Lilie im Dunkel!« sagte ich. Und dachte plötzlich an Platero, den ich völlig vergessen hatte, obwohl er unter mir trappelte, völlig vergessen, als wäre, was sich da regte, die Bewegung meines eigenen Körpers.

XXIII

Das verschlossene Gittertor

Wenn wir die Bodega del Diezmo aufsuchten, das Weinlager in der alten Zehntscheuer, ging ich immer der Mauer entlang, die neben der Calle de San Antonio verläuft, und gelangte an das verschlossene Gittertor, das einen Ausblick ins offene Land erlaubt. Ich drückte mein Gesicht gegen die Eisenstäbe und schaute hindurch, mit gierig aufgerissenen Augen, nach rechts und nach links ausspähend, so weit mein Blick nur reichte. Direkt an der ausgetretenen, von Brennesseln und Malven überwucherten Schwelle dieses Tores fängt ein Fußpfad an, der bergab führt und drunten in der Angustiasgasse verschwindet. Und unterhalb des Randmäuerchens, das diese säumt, zieht sich ein breiter, tiefer Hohlweg hin, durch den ich noch nie gegangen bin ...

Welche Zauberwonne war's, durch das eisenvergitterte Viereck dieselbe Landschaft, denselben Himmel zu erschauen, den man sonst von draußen sah! Es war, als würde durch einen magischen Kulissentrick jede andere Sicht versperrt, damit nur der eine Ausguck, der Blick durch das geschlossene Gittertor übrigbleibe ... Und man sah die Landstraße, mit ihrer Brücke und den rauchgrau aufsteigenden Pappeln, die Ziegelbrennerei, die Hügelkette von Palos, die Dampfer von Huelva und, wenn es dunkel wurde, die Hafenlichter der Riotinto-Mole und den großen Eukalyptusbaum, der einsam aus den von vielen Bächen durchflossenen Feldern aufragte, vor dem Violett des letzten Tagesschimmers ...

Die Männer, die in der Kellerei arbeiteten, sagten mir, lachend, daß es keinen Schlüssel für das Tor gebe ... In meinen Träumen, wenn das Denken die geordneten Bahnen verließ und ausufernd sich in Trugwelten verirrte, eröffnete das Gittertor den Zugang zu den herrlichsten Gärten, auf die wunderlieblichsten Fluren ... Und so, wie ich einmal, vom Albtraum gehetzt, blinden Glaubens im Flug die Marmortreppe hinabzusegeln versuchte, ging ich tausendmal, wenn es Morgen geworden, zu dem Gittertor, in der Gewißheit, dahinter das zu finden, was meine Phantasie – sei's willentlich, sei's unabsichtlich – der Wirklichkeit beigemengt hatte ...

XXIV

Don José, der Pfarrer

Ja, Platero, jetzt gibt er sich salbungsvoll und redet honigsüß. Aber wer in Wahrheit immer ein engelhaftes Wesen hat, das ist seine Eselin, die Dame des Hauses.

Ich glaube, du hast ihn mal gesehen, damals in seinem Obstgarten, wie er – Seemannshosen am Leib, einen breitkrempigen Strohhut auf dem Kopf – Schimpfworte und Kieselsteine hinter den Lausebengeln herschleuderte, die ihm seine Orangen klauten. Tausendmal hast du, freitags, den armen Baltasar erblickt, seinen Hausknecht, wie er mühsam daherkam, mit einem Leistenbruch, so groß wie ein Luftballon, und sich ins Städtchen hereinschleppte, um seine elenden Weißelbesen zu verhökern oder im Chor der armen Leute für die Verstorbenen der reichen Familien zu beten ...

Niemals habe ich einen Menschen üblere Worte gebrauchen hören, greller den Himmel verlästernde Flüche. Freilich, er weiß ohne Zweifel, oder behauptet zumindest in seiner Morgenmesse, genau

Bescheid zu wissen, wie es da oben aussieht und zugeht ... Der Baum, die Erdscholle, das Wasser, der Wind, die Flamme, all diese so reizvollen, sanften, frischen, reinen, lebendigen Dinge, sind für ihn anscheinend nichts als Beispiele der Unordnung, der Fühllosigkeit, der Dumpfheit, der blinden Gewalt, des Verderbs. Tagtäglich müssen sämtliche Steine seines Obstgartens an einem neuen Platz ihre Nachtruhe finden, weil er in wütender Feindseligkeit sie durch die Gegend geschmissen hat, nach Vögeln und Wäscherinnen, Kindern und Blumen.

Läuten die Glocken zum Gebet, wird er ein anderer. Das Stillschweigen von Don José ist im Stillschweigen der Felder zu hören. Er zieht seine Soutane an, den Priestermantel, den Schaufelhut und reitet, fast ohne aufzublicken, in die dunkle Ortschaft herein, auf seiner geruhsamen Eselin, wie Jesus dem Tode entgegenritt ...

XXV

Der Frühling

> Ach, wie es schimmert und duftet!
> Ach, was für lachende Wiesen!
> Ach, welch ein Morgengetön!
>
> Volksromanze

In meinem morgendlichen Halbschlaf verdrießt mich ein verteufelt schrilles Gassenkindergeschrei. Schließlich, der Hoffnung beraubt, noch mal einschlafen zu können, springe ich mißmutig aus dem Bett. Und da, wie ich durchs offene Fenster hinausschaue ins Land, gewahre ich, daß es die Vögel sind, die diesen Krawall vollführen.

Ich gehe hinaus in den Obstgarten und singe Dank dem Gott des blauen Tages. Freiluftkonzert der hundert Schnäbel, frisch improvisiert, gratis und pausenlos! Die Schwalbe kringelkräuselt kapriziös ihr Rischelraschelrätschen im Brunnengemäuer; die Amsel flötet auf der zu Boden gefallenen Orange; feuergelb tüteldüdelt der Pirol, von Steineichengestrüpp zu Steineichengestrüpp; der Zeisig lacht langgedehnt sein zierliches Winzlingslachen

auf dem Eukalyptuswipfel; und in der großen Pinie diskutieren die Spatzen mit wirrer, wütiger Inbrunst.
Was für ein Morgen! Die Sonne legt auf der Erde ihren silbernen, goldenen Freudenschatz aus; Falter, hundertfältig gefärbt, gaukeln überall, zwischen den Blumen, beim Haus – mal drinnen, mal draußen –, an der Quelle. Allerorten öffnet sich der Ackerboden; knackend, knisternd bricht er auf, mit einem Brodeln von neuem, kraftvollem Leben.
Es scheint, als befänden wir uns in einer großen Wabe aus Licht, die das Innere einer riesigen, warmen, hochrot leuchtenden Rose wäre.

XXVI

Die Zisterne

Schau, Platero, sie ist voll, gefüllt von den jüngsten Regengüssen. Sie hat kein Echo mehr, und drunten auf ihrem Grund gewahrt man nicht mehr, wie bei niedrigem Wasserstand, den sonnendurchfluteten Aussichtspavillon, dieses Juwel unserer Dachterrasse, vielfarbig glühend hinter seinen gelben und blauen Scheiben.

Du bist nie in die Zisterne hinuntergestiegen, Platero. Ich schon; als man sie leerte, vor Jahren, bin ich hinabgeklettert. Stell dir vor, sie hat einen langen Gang, und dann kommt ein enges Stübchen. Wie ich da hineinging, erlosch die Kerze, die ich bei mir hatte, und auf meine Hand kroch ein Salamander. Zwei Kältestöße kreuzten sich in meiner Brust wie zwei Degen, die so gekreuzt sind, als wären es zwei Schenkelknochen unter einem Totenschädel ... Das ganze Städtchen ist unterhöhlt von Zisternen und langen Gängen, Platero. Die größte Zisterne ist die im Wolfsgraben-Patio, dem Innenhof der ehemaligen Zitadelle, wo jetzt die Schloßkellerei ist. Die beste Zisterne ist die von unserem Haus, deren Rand, wie du siehst, aus einem einzigen Block Alabastermarmor gemeißelt ist. Der unterirdische Gang der Kirche geht bis zum Weinberg der Puntales, und dort führt er ins Offene, aufs Feld, nicht weit vom Fluß. Den Stollen, der unterm Spital beginnt, hat noch niemand ganz zu durchforschen gewagt, denn er geht endlos weiter ...

Ich erinnere mich noch an die langen Regennächte meiner Kindheit, in denen die Schluchzlaute mich nicht schlafen ließen, mit denen das klare Wasser von der Dachterrasse heruntergurgelte in die Zisterne. Am Morgen dann rannten wir hin, wie verrückt, um zu sehen, wie hoch das Wasser gestiegen war. Wenn es bis an den Rand heraufgekommen war – welch ein Erstaunen, welch ein Geschrei, welche Verwunderung!

... Genug, Platero. Und jetzt will ich dir einen Kübel füllen, will dir von diesem reinen, herrlich kühlen Wasser zu trinken geben, aus demselben Kübel, den Villegas einmal in einem Zuge leergetrunken hat, der arme Villegas, dessen Körper schon ausgebrannt war, zerfressen vom Kognak und vom Schnaps ...

XXVII

Der räudige Hund

Manchmal kam er, abgemagert und keuchend, zum Gartenhaus her. Der Arme war immer menschenscheu, denn er war es gewohnt, mit Geschrei und Steinhagel begrüßt zu werden. Sogar die Hunde zeigten ihm die Zähne. Und mitten in der prallen Mittagshitze ging er dann wieder davon, langsam und traurig, den Hügel hinunter.

Eines Nachmittags war er Diana hinterdreingelaufen. Als ich aus dem Haus trat, hatte der Feldhüter, fortgerissen von einer miesen Aufwallung, nach der Flinte gegriffen und auf ihn gezielt. Ich konnte den Schuß nicht mehr verhindern. Mit der Schrotladung in den Eingeweiden, drehte sich der Unglückliche einen Moment in schwindelndem Wirbel um sich selbst, mit einem einzigen gellenden Jaulen, und brach tot unter einer Akazie zusammen.

Platero starrte den Hund an, mit gebäumtem Kopf. Diana lief furchtsam hin und her, versteckte sich mal da, mal dort. Der Feldhüter, der vielleicht Reue empfand, gab, weiß nicht wem, wortreiche Erklärungen ab und suchte vergebens, sich in Empörung hineinzureden, um sein Gewissen zu beschwichtigen. Ein Trauerschleier schien die Sonne zu verdüstern; ein großer Schleier, trauervoll wie der winzige Schleier, der das eine heile Auge des hingemordeten Hundes trübte.

Niedergedrückt vom Seewind, weinten die Eukalyptusbäume, immer heftiger dem Unwetter entgegenwimmernd, inmitten der tiefen, atemberaubenden Stille, welche die Siesta ausgebreitet hatte, über die noch goldenen Fluren, über den toten Hund.

XXVIII

Der Gumpen

Warte, Platero ... Oder grase ein Weilchen auf der flaumweichen Wiese dort, wenn dir das lieber ist. Aber laß mich diesen schönen Gumpen anschauen, den ich so lange Jahre nicht mehr gesehen habe. Schau, wie die Sonne das trüb gestaute Wasser durchdringt und die tiefe, grüngoldene Schönheit zum Leuchten bringt, welche die Lilien, am Ufer aufgesprossen in himmlischer Frische, verzückt betrachten ... Samtene Stufen steigen da hinab, von Labyrinth zu Labyrinth; zauberische Grotten tun sich auf, voll der Idealbilder einer traumhaften Mythologie, wie sie die überquellende Phantasie dem Auge eines Malerherzens zuträgt; Venusgärten, als wären sie erschaffen von der immerwährenden Schwermut einer irren Königin mit großen grünen Augen; Paläste, verfallen, so wie der, den ich auf jenem Abendmeer erblickte, als die sinkende Sonne, schräg einfallend, das niedrige Wasser versehrte ... Und noch mehr, viel mehr; alles, was der aberwitzigste Traum, die flüchtige Schönheit an einem Zipfel ihres unendlichen Gewandes fassend, heimlich erhaschen kann vom schmerzlich erinnerten Bild einer Frühlingsstunde, in einem Vergessenheitsgarten, den es gar nicht gibt ... Alles winzig und doch gewaltig, weil es entfernt scheint; Schlüssel unzähliger Empfindungsräume, Schatz des ältesten Zaubermeisters der Fiebermagie ...

Dieser Gumpen, Platero, war einst mein Herz. Das war mein Gefühl: schön vergiftet in seiner Einsamkeit, im Stillstand herrlich überschüssiger Kräfte, die der Stau in Bann hält ... Als die menschliche Liebe seinen Damm durchstach, floß das verdorbene Blut ab, bis es rein, klar und leicht war, wie der Bach, Platero, der durch die Ebene läuft, in der offensten, goldensten, wärmsten Stunde des Aprils.

Manchmal jedoch bringt eine fahle Hand von ehedem es zurück in seinen einstigen, grünen, einsamen Gumpen und läßt es dort verzaubert harren, außer sich, Antwort gebend den hellen Rufen, »um seine Qual zu versüßen«, wie Hylas dem Herakles in der Idylle von Chenier, die ich dir schon vorgelesen habe, mit »scheinbar gleichgültiger, hohl klingender« Stimme ...

XXIX

April-Idyll

Die Kinder sind mit Platero an den Pappelbach gegangen, und jetzt bringen sie ihn zurück im Trab, umtobt von tollen Albereien und wildem Gelächter, über und über beladen mit gelben Blumen. Dort unten hat sie der Regen erwischt – jene flüchtige Schauerwolke, welche die Wiese mit ihren Gold- und Silberfäden verschleierte, in denen, wie in den Saiten einer Klagelyra, der Regenbogen zitterte –. Und über dem durchnäßten Wollvlies des Eselchens tropften die besprengten Blütenglöckchen noch immer.

Ein Idyll! Frisch, fröhlich und herzergreifend! Selbst der Röchelschrei von Platero sänftigt sich unter der lieblichen, regenbesprühten Last! Ab und zu wendet er den Kopf und rupft die Blumen, die sein Riesenmaul erreicht. Die Blütenglöckchen, schneehell und goldgelb, hängen einen Augenblick zwischen seinen grünlich verfärbten, weiß schäumenden Lefzen und wandern dann hinab in den dicken, stramm vom Sattelgurt umspannten Bauch.

Wer doch wie du, Platero, Blumen essen könnte . . ., ohne Schaden zu nehmen!

Zwittriger Aprilabend! Die glänzenden, lebhaften Augen Plateros spiegeln die ganze Sonnen-und-Regen-Stunde, die im Versinken noch gewahren läßt, wie über den Feldern von San Juan eine weitere rosig ausgefranste Wolke sich ergießt.

XXX

Der Kanarienvogel fliegt

Eines Tages entflog, ich weiß nicht wie und warum, der grüne Kanarienvogel aus seinem Käfig. Es war ein alter Kanarienvogel, trauriges Andenken an eine Tote, dem ich nur deshalb nicht die Freiheit geschenkt hatte, weil ich fürchtete, er könnte verhungern, erfrieren oder von einer Katze gefressen werden.

Den ganzen Morgen trieb er sich zwischen den Granatapfelbäumen unseres Obstgartens herum, auf der Pinie neben der Haustür, im Fliedergebüsch. Die Kinder saßen, gleichfalls den ganzen Morgen, auf dem Balkon und verfolgten hingerissen die kurzen Flüge des gelbschimmernden Vögelchens. Platero hatte seine Ruhe und vergnügte sich beim Rosenhag am Geflatter eines Schmetterlings.

Gegen Abend kam der Kanarienvogel auf das Dach des Haupthauses, und dort blieb er lange sitzen, flügelschlagend im lauen Licht der untergehenden Sonne. Plötzlich, und ohne daß irgend jemand

wußte, wie und warum, erschien er im Käfig, fröhlich wie eh und je.
Was für ein Jubel im Garten! Die Kinder hüpften, klatschten in die Hände, lachten mit erhitzten Gesichtern, so glühend und strahlend wie die Morgensonne. Diana, völlig von Sinnen, rannte ihnen hinterdrein, ihre eigene, scheppernde Halsschelle verbellend; Platero, angesteckt von dem allgemeinen Trubel, das Fell überwogt von Silberwellen, sprang in die Höhe wie ein Böcklein, machte Kurbetten, drehte sich auf den Hinterhufen in einem tapsigen Walzer, stürzte sich in einen Handstand und schlug aus in die klare, linde Luft ...

XXXI

Der Dämon

Plötzlich, mit hartem, einsam prasselndem Hufschlag, taucht, doppelt verdreckt in einer hohen Staubwolke, an der Ecke des Klostermauergäßchens der Esel auf. Einen Augenblick später, keuchend, die heruntergerutschten Hosen hochzerrend, aus deren Fetzen die dunklen Bäuche starren, kommen die Gassenbengel zum Vorschein, die ihm Stecken und Steine nachschmeißen ...

Er ist schwarz, groß, alt, hager – eine Erzpriestergestalt –, so abgemagert, daß man meint, sein kahlgeschabtes Fell werde jeden Augenblick an sämtlichen Stellen von den eigenen Knochen durchlöchert. Er stockt, zeigt gelbe Zähne, groß wie Saubohnen, und stößt einen lauten, wilden Schrei aus, mit einer Wucht, die ganz und gar nicht zu seiner gräßlich ausgemergelten, greisenhaften Erscheinung paßt ... Ist es ein herrenloser Esel? Kennst du ihn nicht, Platero? Was will er bloß? Vor wem rennt er wohl davon, mit solch sprunghafter, jäher Hast?

Bei seinem Anblick senkt Platero zunächst die Stirn und macht ein Horn, indem er beide Ohren so zusammenklappt, daß sie eine Spitze bilden; dann läßt er nur eines noch stehen, das andere hängen und kommt zu mir her, will sich im Straßengraben verstecken und davonlaufen, beides zur gleichen Zeit. Der schwarze Esel rempelt ihn an, reißt an seinem Packsattel, beschnuppert ihn, brüllt die Klostermauer an und trabt weiter, die Gasse hinab...

... Mitten in der Hitze durchrieselt – mich oder Platero? – ein seltsamer Kälteschauer, der für einen Moment alle Dinge zu verändern scheint, als ob der tiefe Schatten eines schwarzen Tuches vor der Sonne schlagartig die blendende Einsamkeit der Gassenbiegung den Augen entzöge; als ob in dieser Enge die plötzlich erstarrte Luft einen ersticken würde... Nach und nach bringt fernes Leben uns in die Wirklichkeit zurück. Man hört den an- und abschwellenden Stimmentumult des Fischmarktes, weiter oben, wo die Händler, die eben vom Flußufer gekommen sind, ihre Ware anpreisen, ihre Schollen und Rotbarben, ihre Weißfische, Seezungen und Krabbenscheren; man hört die Glocke läuten, die zur Morgenandacht einlädt; hört den schrillen Diskant des Scherenschleifers...

Platero zittert noch immer von Zeit zu Zeit; verängstigt schaut er mich an, in der stummen Reglosigkeit, die uns beide überkommen hat, ohne daß wir wissen warum...

– Platero, ich glaube, dieser Esel ist kein Esel...

Und Platero, der keinen Laut von sich gibt, erzittert aufs neue, am ganzen Leib, ein einziges, verhalten tosendes Beben, und verhohlen schaut er zum Abwassergraben hinab, düster und niedergeschlagen ...

XXXII

Freiheit

Traumverloren schweiften meine Augen zwischen den Blumen am Weg, als ein leuchtendes Vögelchen meine Aufmerksamkeit erregte, das, über der feuchtgrünen Wiese flatternd, wieder und wieder zu seinem bunten Fesselflug ansetzte. Langsam näherten wir uns, ich voraus, Platero hinterdrein. Es gab dort eine Schattenmulde, die den Vögeln als Tränke diente, und ein paar tückische Buben hatten da ein Fangnetz ausgespannt. Das traurige Lockvögelchen schwang sich ständig auf, stets zurückgehalten vom Faden, und rief in seiner Pein, ohne es zu wollen, seine himmlischen Brüder herbei.

Der Morgen war heiter und rein, voller Blau. Vom nahen Pinienhain kamen die Klänge eines beschwingten, überschwenglichen Quinquilierkonzerts, mal sich nähernd, mal sich entfernend, ohne je zu verschwinden, schwebend im sanften, goldenen Seewind, der die Wipfel zum Wogen brachte. Armes, argloses Konzert, so nahe der Bosheit des Menschenherzens!

Ich bestieg Platero und nötigte ihn mit den Fersen, in scharfem Trab den Hang zu erklimmen, hinauf zum Pinienhain. Sobald wir unter die Schattenkuppel des dicht begrünten Astwerks gelangten, klatschte ich in die Hände, sang und schrie. Platero wurde angesteckt und stieß, ein ums andere Mal, seinen rüden Röchelschrei aus. Und die Echos antworteten, tief und volltönend, wie vom Grunde eines großen Brunnens. Die Vögel entschwirrten, zogen singend zu einem anderen Pinienhain.
Unter den Verwünschungen, mit denen uns die wütenden Bengel aus der Ferne bedachten, stupste Platero mit seinem mächtigen, wuschelhaarigen Kopf mein Herz, rieb sich danksagend an mir, bis mir die Brust weh tat.

XXXIII

Fahrendes Volk

Schau sie dir an, Platero, wie sie daliegen, hingelagert in voller Länge, gleich müden Hunden, die selbst den Schwanz noch langgestreckt in die Sonnenwärme des Gehwegs legen.

Das junge Weib, eine Statue aus Schlamm, hingegossen in üppiger Kupfernacktheit zwischen dem Wirrwarr ihres Lumpengewands aus scharlachroten und grünen Wollfetzen, rupft das verdorrte Unkraut, das ihre Hände, topfbodenschwarz, erreichen. Die kleine Göre, ein einziger Haarbusch, malt mit einem Stück Holzkohle obszöne Symbole an die Hauswand. Das Bübchen pinkelt sich, wimmernd vor Wonne, auf den Bauch, wie ein Springbrunnen, der den Strahl in sein Becken fallen läßt. Der Mann und der Affe kratzen sich, der eine seinen Wuschelkopf, vor sich hin murmelnd, der andere seine Rippen, als spielte er Gitarre.

Ab und zu richtet der Mann seinen Oberkörper auf, erhebt sich dann, geht in die Straßenmitte und schlägt, zu einem Balkon aufblickend, mit lässiger

Kraft das Tamburin. Das junge Weib, das der Knirps mit den Füßen traktiert, singt, schamlos fluchend, eine ohrenbeleidigende Litanei. Und der Affe, dessen Kette schwerer ist als er selbst, macht grundlos, zwecklos einen Salto und begibt sich dann im Straßengraben auf die Suche nach einem glatteren Kieselstein.

Drei Uhr ... Die Bahnhofskutsche fährt ab, die Neue Straße hinauf. Die Sonne, sonst nichts.

– Da hast du, Platero, das Familienideal Amaros ... Ein Mann wie ein Eichbaum, der sich kratzt; eine Frau wie eine wuchernde Weinrebe, die sich rekelt; zwei Kinderchen, eine Sie und ein Er, für das Fortleben der Rasse; und ein Affe, klein und schwach wie die Welt, der sie alle ernährt, indem er sich die Flöhe aus dem Fell klaubt ...

XXXIV

Die Freundin

Der helle Seewind steigt den roten Hang hinauf, kommt zur Wiese auf der Kuppe, streift lachend durchs Gewimmel der zarten weißen Blumen; dann verheddert er sich im Dickicht junger Pinien und läßt die himmelblau, rosa und golden schimmernden Spinnweben schaukeln, die er bläht, als wären es kleine, hauchfeine Segel ... Der ganze Nachmittag ist eitel Seewind. Und die Sonne und der Wind verleihen dem Herzen ein lindes Wohlbefinden!

Platero trägt mich, zufrieden, willig, flink. Man könnte meinen, ich wäre für ihn keine Last. Wir erklimmen den Hügel, als ginge es bergab. In der Ferne vibriert ein Streifen Meer, glitzernd, farblos, zwischen den letzten Pinien hindurch, die den Anschein einer Insellandschaft erwecken. Auf den grünen Wiesen drunten hoppeln mit zusammengekoppelten Vorderbeinen die Esel von Strauch zu Strauch.

Ein sinnliches Erschauern durchflirrt die Triften. Plötzlich spitzt Platero die Ohren, bläht die erhobenen Nüstern, stülpt sie zurück bis zu den Augen und läßt seine saubohnengroßen gelben Zähne sehen. Lang atmet er, nach allen vier Windrichtungen witternd, weiß nicht was für einen Duftstoff ein, der ihm ganz offenkundig zu Herzen geht. Ja, da drüben, auf einem anderen Hügel, steht sie, zierlich und grau vor dem blauen Himmel: die Geliebte. Und zwiefache Schreie, dröhnend und langgezogen, zerschmettern mit ihrem Trompetengelärme die leuchtende Stunde und stürzen dann ab als Zwillingskatarakt.

Ich habe mich den galanten Anwandlungen meines armen Platero widersetzen müssen. Die ländliche Schöne sieht ihn vorüberziehen, traurig wie er, mit seinen großen Gagataugen voller Bildchen ... Vergeblich ausposaunte Geheimkundgabe, die du brutal, wie ein leibhaftig losgelassener Instinkt, über die Margeritenmatten rollst!

Und Platero geht bockig weiter, wobei er ständig sich umzudrehen sucht, während sein gezügelter, winzig knapper Trippeltrab wieder und wieder vorwurfsvoll sagt:

»Das darf doch nicht wahr sein! Das darf doch nicht wahr sein! Das darf doch nicht wahr sein! ...«

XXXV

Der Blutegel

Warte. Was ist los, Platero? Was hast du?

Platero spuckt Blut. Er hustet und geht langsam, immer langsamer. Mit einem Mal ist mir alles klar. Als wir heute morgen an der Pinienquelle vorbeikamen, hat er an ihr getrunken. Und obwohl er immer an der Stelle trinkt, wo das Wasser am klarsten ist, und seine Zähne dabei geschlossen hält, muß ein Blutegel sich an seiner Zunge oder an seinem Gaumen festgesaugt haben ...

– Warte doch, Menschenskind. Laß sehen ...

Ich rufe Raposo zu Hilfe, den Stellmacher, der gerade vom Mandelbaumhag herunterkommt, und zu zweit bemühen wir uns, Plateros Maul zu öffnen. Aber es ist wie vermauert, wie zubetoniert. Bekümmert erkenne ich, daß der arme Platero nicht so intelligent ist, wie ich mir einbilde ... Raposo greift nach einer dicken Rebenstange, zerbricht sie in vier Teile und versucht, eines der Stücke quer zwischen Plateros Kiefer zu klemmen ... Kein leichtes Unterfangen. Platero reckt den Kopf steil gen Himmel und bäumt sich auf, reißt aus, dreht sich um sich selbst ... Endlich, in einem Überraschungsmoment, dringt der Prügel seitlich in das Maul Plateros ein. Raposo schwingt sich auf den Esel und zieht mit beiden Händen die heraussstehenden Enden des Holzes nach hinten, damit Platero sich seiner nicht mehr entledigen kann.

Ja, da drinnen sitzt, vollgesogen und schwarz, der Blutegel. Mit zwei dürren Rebenstengeln, zur Schere verkreuzt, ziehe ich den Schmarotzer heraus ... Wie ein Rötelsäckchen sieht er aus, oder wie ein kleiner Lederschlauch voller Rotwein; und gegen die Sonne gehalten, wirkt er wie der nackte, geschwellte Hautlappen am Hals eines Puters, den man mit einem roten Tuch gereizt hat. Damit er keinem Esel mehr das Blut abzapft, zerschneide ich ihn überm Bach, in dem der Wellenschaum eines flüchtigen Strömungswirbels sich für einen Augenblick mit dem Blute Plateros färbt ...

XXXVI

Drei alte Frauen

Geh hier die Böschung rauf, Platero. Los, wir wollen die drei armen Alten da vorbeilassen ...
Sie kommen wohl vom Strand oder von den Bergen. Eine ist blind, und die anderen führen sie an den Armen. Sie wollen vermutlich zu Don Luis, dem Arzt, oder ins Spital ... Schau, wie langsam sie daherkommen, wie behutsam, wie gemessen die beiden, die noch sehen können, sich bewegen bei ihrem Bemühen. Es scheint, als fürchteten die dreie ein und denselben Tod. Siehst du, wie sie die Hände vorstrecken, als wollten sie sogar die Luft von sich fernhalten und mit ihrem absurden Gebaren alle erdenklichen Gefahren meiden, selbst die harmlosesten Blütenzweiglein, Platero?
Mensch, paß auf, du fällst ... Hör nur, was für Klageworte sie reden. Es sind Zigeunerinnen. Schau ihre malerischen Kleider an, mit Farbtupfen und Rüschen. Siehst du? Sie gehen ohne Mantel, in aufrechter Schlankheit, ihrem Alter zum Trotz. Schwarzgebrannt, verschwitzt und schmutzig, irren

sie staubumwölkt durch die Mittagssonne, noch immer mit einer hageren, herben Schönheit, die ihnen anhaftet wie eine ausgedörrte, zählebige Erinnerung ...

Schau sie an, Platero, diese drei. Mit welchem Vertrauen tragen sie ihr Alter dem Leben entgegen, durchdrungen von diesem Frühling, der gelb die Distel aufblühen läßt in der flimmernden Lieblichkeit seiner brodelnden Sonne.

XXXVII

Die Karre

Im großen Bach, den der Regen so hatte anschwellen lassen, daß er sich bis zum Weinberg ausdehnte, fanden wir ein klappriges Kärrelchen, das steckengeblieben war, hoffnungslos überladen mit Heu und Orangen. Ein kleines Mädchen, zerlumpt und schmutzig, stemmte sich weinend gegen eines der zwei Räder und wollte mit dem Druck seiner schmächtig aufblühenden Brust dem Eselchen helfen, das – ach! – noch kleiner als Platero war, und viel magerer als er. Und das Eselchen legte sich erbittert ins Zeug, vergeblich bemüht, den schluchzenden Anfeuerungsrufen der Kleinen zu gehorchen, die Karre aus dem Dreck zu ziehen. Nutzlos war all ihre Anstrengung, wie der Kampfeswille tapferer Kinder, wie der Flugversuch jener Sommerbrisen, die ohnmächtig absacken und zwischen den Blumen niedersinken.

Ich streichelte Platero und koppelte ihn, so gut ich konnte, an die Karre, vor das dürftige Eselchen. Dann trieb ich ihn an, mit freundlicher Unerbittlichkeit, und mit einem Ruck riß Platero die Karre samt Grautier aus der Schlammlache und zog beide den Hang hinauf.

Wie lächelte da die Kleine! Es war, als ließe die Abendsonne, die eben, zwischen Regenwolken versinkend, sich in gelbem Kristallgefunkel brach, eine Morgenröte aufleuchten hinter ihren sudelschwarzen Tränen.

Mit verweintem Freudestrahlen bot sie mir zwei ausgesucht schöne, schwere, runde Orangen an. Dankbar nahm ich sie und gab eine dem schwachen Eselchen, als süßen Trost; die andere überreichte ich Platero als goldene Prämie.

XXXVIII

Das Brot

Ich habe dir gesagt, Platero, die Seele von Moguer sei der Wein – nicht wahr? Nein, die Seele von Moguer ist das Brot. Moguer gleicht einem Weizenbrot: innen weiß, wie die weiche Krume, und außen herum goldbraun – o glutäugige Sonne! – wie die mürbe Kruste.

Gegen Mittag, wenn die Sonne heißer brennt, beginnt das ganze Städtchen zu qualmen und nach Pinienholz und frisch gebackenem Brot zu duften. Dem ganzen Ort geht der Mund auf. Er ist wie ein einziger großer Mund, der einen großen Brotlaib verspeist. Das Brot gehört zu allem: zum Olivenöl, zur kalt aufgetischten Gemüsesuppe, zum Käse und zu den Trauben; allem gibt es erst den rechten Geschmack, köstlich wie ein Kuß: dem Wein, der Fleischbrühe, dem Schinken, ja sich selbst, Brot mit Brot. Auch allein, wie die Hoffnung, oder mit einer Illusion als Beigabe ...

Die Bäcker kommen auf ihren Gäulen angetrabt, machen vor jeder halb geöffneten Haustür halt,

klatschen in die Hände und rufen: »Der Bääächer!« ... Man hört das resche, knusperfrische Geräusch, mit dem die Viertelpfünder, in die von nackten Armen emporgehobenen Körbe kullernd, auf die Milchwecken prallen und Kleiebrötchen gegen die spritzgebackenen Kringel prasseln ...
Und die armen Kinder sind augenblicklich zur Stelle, bimmeln mit der Schelle am Torgitter oder wettern mit dem Türklopfer und rufen mit langgezogenem Klageton ins Haus hinein: »Ein bissel Brooot! Ein kleines bissel Brooot! ...«

XXXIX

Aglaia

Wie piekfein du heute bist, Platero! Komm her ... Tüchtig rangenommen hat dich heut morgen die Macaria! Alles was weiß und alles was schwarz ist an dir, prunkt nun blitzblank, wie der Tag, wie die Nacht nach dem Regen. Wie hübsch du bist, Platero!

Platero, der sich ein wenig geniert wegen seines geschniegelten Aussehens, kommt auf mich zu, langsam, noch feucht von seinem Bad, so sauber, daß er wie ein nacktes Mädchen wirkt. Sein Gesicht hat sich aufgehellt, gleich einem Morgengrauen, das zum lichten Tag geworden ist, und seine großen Augen funkeln so lebhaft darin, als hätte die jüngste der Grazien ihnen Glut und Glanz verliehen.

Ich sage es ihm, und in einer Aufwallung brüderlicher Begeisterung packe ich seinen Kopf, drücke ihn zärtlich, drehe ihn um, kitzle ihn ... Er, die Augen gesenkt, wehrt sich sanft mit den Ohren, ohne wegzulaufen, oder befreit sich mit einem kurzen Spurt, um urplötzlich wieder stillzustehen, wie ein verspieltes Hündchen.

– Wie hübsch du bist, Platero! – sage ich noch einmal.

Und Platero, genau wie ein armes Kind, das zum ersten Mal ein neues Kleid am Leib hat, trollt sich schüchtern und spricht doch, blickt doch im Weglaufen mich an mit seinen spaßigen Ohren, und bleibt an der Stalltür stehen, indem er so tut, als fräße er ein paar rote Windenblüten.

Aglaia, die Spenderin der Güte und der Schönheit, lehnt am Birnbaum, der in der dreifachen Fülle seines blätter-, birnen- und spatzengesegneten Wipfels prangt, und betrachtet lächelnd die Szene, fast unsichtbar in der klaren Helle des Morgensonnenlichts.

XL

Die Kronpinie

Wo immer ich verweile, Platero, kommt es mir vor, als weilte ich unter der Kronpinie. Wohin auch immer ich gelange – Stadt, Liebe, Ruhm –, kommt es mir vor, als gelangte ich zu ihrer grünen Fülle, verschwenderisch überquellend unter dem großen blauen Himmel mit weißen Wolken. Sie ist der festgegründete, hellklare Leuchtturm inmitten der launischen Meere meiner Träume, wie sie es für die Seeleute von Moguer ist, wenn die Stürme über den Sandbänken toben; der verläßliche Gipfel meiner launischen Tage, hoch droben auf der roten, schroffen Anhöhe, welche die Bettler ersteigen, wenn sie nach Sanlúcar ziehen.

Wie stark fühle ich mich immer, wenn ich unter ihrem Erinnerungsbild ruhe! Sie ist das einzige, das niemals, während ich heranwuchs, aufhörte, groß zu sein; das einzige, das von Mal zu Mal größer gewesen ist. Als man ihr jenen Ast absägte, den der Orkan geknickt hatte, war mir, als hätte man mir ein Stück meines eigenen Leibes entrissen; und manchmal, wenn irgendein Schmerz mich unversehens befällt, ist mir, als täte es der Kronpinie weh. Das Wort ›groß‹ ist ihr angemessen, wie dem Meer, wie dem Himmel und wie meinem Herzen. In ihrem Schatten, aufschauend zu den Wolken, haben vielerlei Völkerschaften gerastet, wie überm Wasser, unterm Himmel und in der Sehnsucht meines Herzens. Wenn ich meinen Gedanken freien Lauf lasse und die eigenmächtigen Vorstellungen sich einfinden, wie sie wollen, in den Momenten, wo es Dinge gibt, die man wie mit einem Zweiten Gesicht schaut, abseits der klar umrissenen Wirklichkeit, erscheint mir die Kronpinie, verwandelt zu einem unfaßlichen Ewigkeitsbild, noch gigantischer gewachsen, mächtiger rauschend im Ungewissen, und lädt mich ein, zu lagern in ihrem Frieden, als dem wahren, ewigen Ziel meiner Lebensreise.

XLI

Darbón

Darbón, der Arzt Plateros, ist so groß wie der fromme Ochse, so rot wie eine Wassermelone. Er wiegt mehr als einen Doppelzentner und hat, laut eigener Auskunft, das Alter von drei harten Talern.

Wenn er redet, gibt es Tonausfälle in seiner Kehle, wie auf alten Klavieren einzelne Tasten versagen; statt eines Wortes entweicht ihm manchmal nichts als Luft. Dieses Leerlaufgezisch wird begleitet von Kopfducken, heftigem Gefuchtel, kindischem Hampeln, jämmerlichem Gurgelrasseln und Speichelbatzengespucke ins Taschentuch, daß es nur so eine Art hat. Ein reizendes Konzert vor Beginn des Abendessens.

Er hat keinerlei Zähne mehr und ißt fast nur noch das Weiche vom Brot, das er zuerst in der Hand zurechtknetet. Er macht eine Kugel daraus und – schwupp, hinein in den roten Mund! Da hat er sie nun und wälzt sie herum, eine Stunde lang. Dann kommt die nächste Kugel dran, und noch eine. Er kaut mit dem Zahnfleisch, und sein Kinn arbeitet sich dabei bis zur Adlernase empor.

Ich habe gesagt, er sei so groß wie der fromme Ochse. Steht er unter der Tür des Hufschmieds, ist das Haus proppendicht verstopft. Aber er schmilzt dahin, wie ein Kind, sobald er Platero erblickt. Und wenn er eine Blume oder ein Vögelchen sieht, lacht er los, mit weit aufgerissenem Mund, lacht ein großmächtiges, herzhaftes Lachen, dessen Tempo und Dauer sich seinem Willen entziehen und das immer in Tränen endet. Danach, wenn er sich wieder gefaßt hat, schaut er lange zum Alten Friedhof hinüber:

»Mein Mädchen, mein armes kleines Mädchen . . .«

XLII

Das Kind und das Wasser

In der ausgedörrten, sonnenversengten Öde des großen, staubigen Pferches, der einen, so sachte man auch Schritt vor Schritt setzt, bis zu den Augen hinauf mit seinem weißen, mehlfeinen Staub umwölkt und durchdringt, ist das Kind beim Brunnen, mit ihm beisammen, in lockerem, lächelndem Umgang miteinander, ein jedes mit seiner Seele. Obwohl es nicht einen einzigen Baum gibt, wird das Herz, das hinzukommt, von einem Namen erfüllt, den die Augen im Preußischblau des Himmels lesen, geschrieben in Lettern aus Licht: Oase.

Der Morgen hat schon eine Mittagshitze, und die Zikade zersägt ihren Olivenbaum, im Gehöft des heiligen Franziskus. Die Sonne prallt auf den Kopf des Kindes; doch es merkt nichts davon, völlig hingerissen vom Wasser. Bäuchlings auf dem Boden liegend, hält es die Handmuschel unter den lebendigen Strahl, und das Wasser legt ihm ein zittriges Zauberschloß aus Kühle und Anmut hinein, das seine schwarzen Augen verzückt betrachten. Es redet vor sich hin, zieht schnuffelnd den Nasenschleim hoch, kratzt sich da und dort unter seinen Lumpen, mit der anderen Hand. Das Schloß, immer gleich und jeden Augenblick von Grund auf neu, schwankt zuweilen. Und da zieht das Kind sich zusammen, krümmt sich ein, versinkt in sich, damit nur ja nicht der eine Pulsschlag, der mit dem Verrücken eines einzigen Kristalls das hochempfindliche Bild im Kaleidoskop verändert, dem Wasser seine anfängliche, staunend entdeckte Gestalt raube.

– Platero, ich weiß nicht, ob du verstehst, was ich dir sage; aber dieses Kind hält meine Seele in seiner Hand.

XLIII

Freundschaft

Wir kommen gut miteinander aus. Ich lasse ihn laufen, wie er gerade Lust hat, und er bringt mich immer dorthin, wo ich hin will.

Platero weiß, daß ich, wenn wir zur Kronpinie kommen, mich gern ihrem Stamm nähere, ihn streichle und durch den gewaltigen, lichtdurchfluteten Wipfel den Himmel anschaue; er weiß, daß mich der Trippelpfad entzückt, der zwischen Wiesen hindurch zum Alten Brunnquell führt; daß es für mich ein Fest ist, den Fluß zu betrachten, vom Pinienhügel aus, der mit seinem hoch aufgeschossenen Wäldchen Erinnerungen an klassische Landschaften heraufbeschwört. Nicke ich, im Gefühl der Geborgenheit, auf seinem Rücken gelegentlich ein, so eröffnet sich mir beim Erwachen jedesmal solch ein lieblicher Ausblick.

Ich behandle Platero so, als wäre er ein Kind. Wenn der Weg holprig und für ihn ein wenig beschwerlich wird, steige ich ab, damit er sich nicht plagen muß. Ich küsse ihn, beschummle ihn, reize ihn zum

Zorn ... Er begreift genau, daß ich ihn mag, und trägt mir nichts nach. Er ist mir so ähnlich, so anders als die übrigen Leute, daß ich allmählich zu dem Glauben gelangt bin, er träume meine eigenen Träume.

Platero hat sich mir ergeben wie ein leidenschaftliches junges Mädchen. Er protestiert gegen nichts. Ich weiß, daß ich sein Glück bin. Ja, er meidet die Esel und die Menschen ...

XLIV

Das Schlummerlied

Die kleine Göre des Köhlers, hübsch und schmutzig wie eine Münze, mit blanken schwarzen Augen und blutvollen, knallrot aus dem Ruß hervorleuchtenden schmalen Lippen, sitzt vor der Hüttentür auf einem Ziegel und lullt das Brüderchen in Schlaf.

Die Maienstunde flimmert, glühheiß und hell wie das Innere einer Sonne. In dem gleißenden Frieden hört man das Brodeln des Topfes, der draußen auf dem Felde kocht, das brünstige Wiehern von der Pferdekoppel, den Freudenlärm des Seewinds im Gewirr der Eukalyptusbäume.

Innig und lieblich singt die Köhlerstochter:

Mein Kiiindlein, bald schläft es, baaald,
im Schoooß der Hirtin voll Huuuld ...

Pause. Der Wind in den Wipfeln ...

... und wiiie mein Kindlein nun einschlääält
hat siiie selbst sich eingeluuullt ...

Der Wind ... Platero, der sacht zwischen den verkohlten Pinien hindurchtrottet, nähert sich, Schrittchen um Schrittchen ... Dann wirft er sich auf den geschwärzten Erdboden, und während des langen, liebevollen Wiegenliedes duselt er ein, wie ein kleines Kind.

XLV

Der Baum im Hof

Dieser Baum, Platero, diese Akazie, die ich selbst gepflanzt habe, eine grüne Flamme, die von Frühling zu Frühling höher und höher loderte und die uns jetzt überdeckt mit ihrem üppigen, verschwenderischen, vom Licht der Abendsonne durchfluteten Laub, war, solange ich in diesem – heute verschlossenen – Hause wohnte, die beste Stütze meiner Poesie. Jeder ihrer Zweige, vom April mit Smaragd, vom Oktober mit Gold geschmückt, erfrischte, allein durch den Anblick, meine Stirn, wie die wundersam lichte, lautere Hand einer Muse. Wie fein, wie zierlich, wie hübsch war sie!

Heute, Platero, beherrscht sie fast den ganzen Hofraum. Wie plump sie geworden ist! Ich weiß nicht, ob sie sich noch an mich erinnert. Mir kommt es vor, als wäre sie ein anderer Baum. All die Zeit, in der ich sie vergessen hatte, als ob es sie gar nicht gäbe, hat der Frühling, Jahr für Jahr, sie nach seinem Belieben geformt, ohne Rücksicht auf meinen Geschmack, mein Gefühl.

Heute sagt sie mir nichts, obwohl sie ein Baum ist, ein Baum, den ich selbst gepflanzt habe. Ein beliebiger Baum, den wir zum ersten Mal streicheln, Platero, wird bedeutungsvoll für unser Herz. Ein Baum, den wir so sehr geliebt, den wir so gut gekannt haben, sagt uns gar nichts beim Wiedersehen, Platero. Es ist traurig; aber es hat keinen Zweck, weitere Worte darüber zu verlieren. Nein, in diesem Ineinanderfließen von Akazie und Sonnenuntergang kann ich meine Lyra nicht mehr hängen sehen. Der anmutige Zweig überbringt mir nicht den Vers, das Leuchten im Inneren des lichtdurchrieselten Wipfels erweckt keinen Gedanken. Und hier, wo ich so oft, heimkehrend aus dem Leben, hergekommen bin, mit der freudigen Erwartung musikalischer Einsamkeit, voller Frische, voller Duft, fühle ich mich fehl am Platz, empfinde ein Frösteln und will weglaufen, wie einst aus dem Kasino, aus der Apotheke oder dem Theater, Platero.

XLVI

Die Schwindsüchtige

Aufrecht saß sie auf einem elenden Stuhl, mit weißem Gesicht, matt wie eine verblühte Narde, mitten im weiß getünchten und kalten Schlafzimmer. Der Arzt hatte ihr verordnet, ins Freie zu gehen, hinaus in die Maiensonne jenes eisigen Frühlings; doch die Arme konnte nicht.

»Wenn ich erst an der Brücke bin«, sagte sie mir, »Sie wissen schon, junger Herr, gleich nebenan, nur ein paar Schritte von hier, kriege ich schon keine Luft mehr ...«

Die kindliche Stimme, zart und gebrochen, versagte ihr, erschlafft, wie manchmal im Sommer die Brise jählings abflaut.

Ich bot ihr Platero an, für einen kleinen Spazierritt. Als sie im Sattel saß – wie strahlte da ihr spitzes Totengesicht, das nur noch aus schwarzen Augen und weißen Zähnen bestand!

... Die Nachbarsfrauen streckten die Köpfe aus der Tür, um uns nachzuschauen. Platero ging so langsam, als wüßte er, daß er eine zerbrechliche Lilie aus dünnem Glas auf dem Rücken trug. Das Mädchen, im leuchtend weißen, mit scharlachroter Schleife verzierten Gewand der Laienschwestern Unserer Lieben Frau von Montemayor, wirkte, verwandelt vom Fieber und von der Hoffnung, wie ein Engel, der durch das Städtchen zog, dem südlichen Himmel entgegen.

XLVII

Die Wallfahrt zum Tau

Platero, sagte ich, wir wollen die Festkarren erwarten. Sie bringen das Rauschen der fernen Waldungen von Doñana, das Geheimnis des Allerseelenhains von Las Ánimas, die Frische von Las Madres und den beiden Frenos, den Geruch von La Rocina . . .

Ich nahm ihn mit, geschniegelt und prächtig herausgeputzt, zum Ergötzen der Mädchen in der Brunnengasse, auf deren niedrigen kalkweißen Vordächern die zaghafte Abendsonne erstarb, als verschwimmender, rosenfarbener Streif. Dann stellten wir uns auf den Wall bei den Meilern, von wo aus man den ganzen Weg überblickt, der von der Ebene heraufkommt.

Da rollten sie auch schon den Hang herauf, die Festkarren. Der sanfte Sprühregen, der alljährlich zur Tauwallfahrt gehört, rieselte auf die grünen Weinberge hernieder, aus einer flüchtigen Malvenwolke. Doch die Leute würdigten das fallende Naß keines Blicks.

Voraus zogen, auf Eseln, Maultieren und Pferden mit prunkvollem Zaumzeug nach maurischer Art und kunstvoll geflochtenen Mähnen und Schweifen, die fröhlichen Brautpaare: – fröhlich die Bräutigame, tapfer die Bräute. Hin und her wogte die festliche, lebenslustige Horde, ständig aufbrandend in tollem Übermut. Dann kam der Karren der Betrunkenen, ohrenbetäubend, grell, voll Tohuwabohu. Dahinter, weiß ausstaffiert, wie Betten auf Rädern, die Karren mit den Mädchen, die dunkeläugig, straff und blühend unter dem Baldachin saßen, Schellentamburine schlugen und Sevillanas kreischten. Weitere Pferde, weitere Esel ... Und nun der Prior der Wallfahrtsbruderschaft – »Hoch lebe die Heilige Jungfrau, die Spenderin des himmlischen Taus! Hoooooch!« –, ein kahlköpfiger, dürrer Mann mit gerötetem Gesicht, einem breitrandigen Hut auf dem Rücken und dem goldenen Amtsstab, den er geruhsam auf den Steigbügel stützte. Zum Schluß, brav gezogen von zwei großen frommen Ochsen, die wie Bischöfe wirkten mit ihren knallbunten Stirnbändern samt Schmuckspiegelchen und dem schillernden Widerschein des sprühregenverwirrten Sonnenlichts, kam, kopfschüttelnd im Rhythmus der ungleichmäßig rukkenden Zuckelbemühungen des Gespanns, ›Der ohne Sünde‹, amethysten und silbern auf seinem weißen Karren, voller Blumen, gleich einem überladenen, dumpfig üppigen Garten.
Schon hörte man die Musik, die fast unterging im Lärm des Glockengeläuts, der Kanonenschläge und

des harten Hufeisengetrappels auf den Pflastersteinen …
Da beugte Platero seine Vorderbeine und ließ sich, wie eine Frau, auf die geschlossenen Knie nieder – eine besondere Kunstfertigkeit von ihm! –, voll Sanftmut, Demut und Ergebenheit.

XLVIII

Ronsard

Des Halfters ledig, läßt sich Platero das Gras schmecken, knabbernd zwischen den keuschen Margeriten auf dem Wiesenfleck. Ich habe mich unter eine Pinie gelegt, habe aus der maurischen Satteltasche ein Büchlein gezogen, es dort aufgeschlagen, wo ein Lesezeichen steckt, und laut zu lesen begonnen:

Comme on voit sur la branche au mois de mai la rose
En sa belle jeunesse, en sa première fleur,
Rendre le ciel jaloux de ...

Droben, in den höchsten Zweigen, hüpft und piepst ein zierliches Vögelchen, sonnenvergoldet, wie der ganze grüne, seufzende Gipfel. Zwischen Geflatter und Gezwitscher hört man das Aufknacken der Samenkapseln, der Körner, die der Vogel bei seinem Frühstück pickt.

... jaloux de sa vive couleur ...

Etwas Riesiges, Lauwarmes schiebt sich mir plötzlich, wie ein lebender Bug, über die Schulter ... Es ist Platero, der, offensichtlich angerührt von der Leier des Orpheus, mitlesen will. Wir lesen:

... vive couleur,
Quand l'aube de ses pleurs au point du jour l'a ...

Doch das Vögelchen, das wohl eine flinke Verdauung hat, kleckst das Wort mit einer Sudelnote zu.

Ronsard, herausgerissen für einen Augenblick aus dem Erinnerungsbann seines Sonettes »Quand en songeant ma follâtre j'acolle ...«, hat sicherlich gelacht in der Hölle ...

XLIX

Der Guckkastenmann

Plötzlich, mit unvermittelter Wucht, zerreißt ein rasselnder Trommelwirbel die Stille der Gasse. Dann das Beben einer brüchigen Stimme, die keuchend eine langgedehnte Ankündigung ausschreit. Man hört Gerenne, das gassenabwärts pladdert... Die kleinen Bengel brüllen: »Der Guckkastenmann! Der Guckkasten! Der Guckkasten!«

An der Ecke harrt, aufgebahrt auf einem Klappstuhl, eine kleine grüne Kiste mit vier rosaroten Fähnchen, die aufgedeckte Linse der Sonne zugekehrt. Der Alte trommelt und trommelt. Eine Schar von Kindern ohne Geld, die Hände in der Tasche oder auf dem Rücken, steht stumm um das Kästchen herum. Kurz darauf kommt ein weiterer Wicht angerannt, mit dem Groschen auf der offenen Hand. Er drängt sich vor und guckt in den Apparat...

»Jetzooo sieht man ... den General Prim ... auf seinem Schimmel ...!« sagt der alte Fremdling mißmutig und schlägt die Trommel.

»Der Hafen ... von Barcelonaaa!« Wieder wirbeln die Schlegel.
Weitere Kinder finden sich ein, die den mitgebrachten Groschen unverzüglich dem Alten entgegenstrecken, gebannt zu ihm aufschauen, fest entschlossen, ihm seine Phantasiewelt abzukaufen. Der Alte sagt:
»Jetzooo sieht man ... die Festung von Havannaaa!« Und er haut auf die Trommel ...
Platero, der mit dem kleinen Mädchen und dem Hund von gegenüber zum Guckkasten getrabt ist, streckt seinen Riesenkopf zwischen den Kinderköpfen hindurch, um auch beim Spiel dabeizusein. Der Alte, plötzlich in gute Laune versetzt, pflaumt ihn an: »Na, du, laß deine Pinke springen!«
Und die Kinder ohne Geld lachen unwillkürlich los, den Alten anhimmelnd mit demütigen, dringlich bittenden Augen ...

L

Die Blume am Wegrand

Wie rein, Platero, und wie schön, diese Blume am Wegrand! Herdenweise, haufenweise zieht im Trubel alles an ihr vorbei – die Stiere, die Ziegen, die Fohlen, die Menschen –, und sie, allein auf ihrer Böschung, so zart, so schwach, bleibt in schlanker Geradheit stehen, malvenrosa, fein und allein, ohne daß irgend etwas Unreines sich auf sie überträgt.
Jeden Tag, wenn wir dort, wo die Steigung beginnt, den Abkürzungsweg einschlagen, hast du sie auf ihrem grünen Posten gesehen. Mal ist ein Vögelchen bei ihr, das auffliegt – warum bloß? –, wenn wir uns nähern; oder sie ist, wie ein winziger Kelch, mit klarem Wasser gefüllt, dem Wasser einer Sommerwolke; mal duldet sie willig das Eindringen einer diebischen Biene oder die Flatterhaftigkeit, mit der ein Falter sie flüchtig schmückt.
Diese Blume wird nur wenige Tage leben, Platero; doch ihr Andenken kann ewig währen. Ihr Dasein wird wie ein Tag deines Frühlings sein, wie ein Frühling meines Lebens ... Was gäbe ich dem

Herbst, Platero, für diese göttliche Blume, daß sie uns, Tag für Tag, das schlichte und unermeßliche Beispiel ihres Wesens vorblühe?

LI

Lord

Ich weiß nicht, ob du, Platero, dir eine Photographie anschauen kannst. Einigen Leuten vom Land habe ich welche gezeigt, und sie haben nichts darauf gesehen, nichts. Also der da, das ist Lord, Platero, der kleine Foxterrier, von dem ich dir manchmal erzählt habe. Guck her, da liegt er – siehst du? – auf einem Kissen im marmorgepflasterten Patio und genießt, hingelagert zwischen den Geranientöpfen, die Wintersonne.

Armer Lord! Er kam aus Sevilla, als ich mich dort mit dem Malen abgab. Er war weiß, fast farblos vor lauter Helle, prall wie ein Damenschenkel, rund und ungestüm wie ein Wasserschwall, der aus der Röhre schießt. Da und dort – rastende Falter – ein paar schwarze Tupfen. Seine funkelnden Augen waren zwei winzige Unergründlichkeiten voll adliger Wallungen. Etwas Unberechenbares geisterte in ihm. Manchmal fing er grundlos an, wie ein Irrer im Kreis zu rasen, mitten durch die Lilienpracht, die im Mai den ganzen Marmorhof in ein Blütenmeer verwandelt, schillernd in Rot, Blau und Gelb

unter den Farbscheiben des sonnendurchfluteten Glasdaches, wie die Tauben, die Don Camilo malt ... Ein andermal unternahm er eine Klettertour von Dach zu Dach und erregte ein tumultuarisches Gepiepse in den Nestern der Mauersegler ... La Macaria seifte ihn jeden Morgen ab, und stets strahlte er im reinsten Weiß, wie die Zinnen der Dachterrasse, die frisch getüncht in den blauen Himmel ragen, Platero.
Als mein Vater starb, wachte Lord die ganze Nacht neben dem Sarg. Und als meine Mutter einmal schwer erkrankt war, legte er sich ans Fußende ihres Bettes und verbrachte dort einen Monat, ohne etwas zu sich zu nehmen ... Eines Tages kamen Leute zu uns ins Haus und meldeten, ein tollwütiger Hund habe ihn gebissen ... Man mußte ihn fortbringen, zur Schloßkellerei, und ihn dort, bei der Alten Zitadelle, an den Orangenbaum binden, fernab von allen Menschen.
Der Blick, den er hinterließ, als man ihn durch das Gäßchen fortzerrte, durchbohrt mir noch immer das Herz, Platero, stechend wie einst, wie das Licht eines erstorbenen Sterns, das stetig weiterlebt, die Vernichtung überdauernd mit der wild sich fortpflanzenden Intensität seines Schmerzgefühls ... Jedesmal, wenn ein körperliches Leiden mir einen Herzstich versetzt, erscheint vor mir, lang wie der Weg vom Leben zur Ewigkeit, ich meine, vom Bach zur Kronpinie, der Blick, den Lord auf ihm hinterließ, unauslöschlich, wie die Spur eines Geißelhiebs.

LII

Der Brunnen

Der Brunnen ... Platero, was für ein urtiefes, urdunkelgrünes, urfrisches, urklangvolles Wort! Man meint, es wäre das Wort, das kreiselnd die dunkle Erde durchbohrt, bis es hinuntergedrungen ist zum kalten Wasser.

Schau, der Feigenbaum schmückt und sprengt den runden Steinrand. Drinnen, wo die Hand noch hinreicht, hat er, zwischen den bemoosten Ziegelsteinen, eine blaue Blüte getrieben, der ein durchdringender Duft entströmt. Weiter unten hat eine Schwalbe ihr Nest. Dann, jenseits von einem Säulengang aus starr stockenden Schatten, tut ein Smaragdpalast sich auf, und ein Weiher, der, wenn man mit einem Steinwurf seine Ruhe stört, grollt und grummelt. Und der Himmel, zum Schluß.

(Die Nacht bricht herein, und das Mondfunkeln entfacht sich drunten auf dem Grund, umkränzt von flimmernden Sternen. Stille! Auf allen Wegen ist das Leben entwichen in weite Fernen. Durch den Brunnenschlund entrinnt die Seele, ins Tiefe gleitend. Durch ihn hindurch gewahrt man gleichsam das andere Ufer der Dämmerung. Und es ist, als wollte aus seinem Mund jeden Moment der Nachtgigant hervorsteigen, der Macht hat über alle Geheimnisse der Welt. O ruhevolles, magisches Labyrinth, düsterer, dufterfüllter Dämmergarten, magnetisch lockendes Zaubergemach!)

– Platero, wenn ich mich eines Tages in diesen Brunnen stürze, tue ich's nicht, um mich zu töten, glaub mir, sondern um früher zum Sternepflücken zu kommen.

Platero brüllt los, durstig, keuchend vor Inbrunst. Aus dem Brunnen schwirrt, erschrocken, verwirrt und lautlos, eine Schwalbe.

LIII

Marillen

Durch die Salzgasse, deren kümmerliche Enge sich kalkweiß, violett getönt vom blauen Sonnenhimmel, bis hin zum Turm windet – dem Stöpsel, der sie am Ende verstopft, schwarz und verwittert hier auf der Südseite vom ständigen Anbranden des Seewinds –, kommen gemächlich Bub und Esel angezockelt. Der Bub, ein zwergenhaft winziges und keckes Männlein, schmächtiger als sein auf den Rücken gerutschter breitrandiger Schlapphut, versenkt sich in sein traumbesessenes Bergmenschenherz, das ihm ein leises Lied auf die Lippen legt, eines nach dem anderen:

... in großer Herzensquaaal
hab ich sie angefleeeht ...

Sich selbst überlassen, knabbert der Esel das spärliche, schmutzige Gras der Gasse, nicht sonderlich bedrückt von der bescheidenen Marillenladung auf seinem Rücken. Ab und zu bleibt das Bengelchen urplötzlich stehen, als kehrte es für einen Augenblick in die Straßenwirklichkeit zurück, spreizt seine nackten, erdfarbenen Beinchen, stemmt sie mit Nachdruck auf den Boden, als wollte er Kraft gewinnen aus der Erde, legt die hohle Hand an seinen Mund und singt schmetternd, mit kindlich überschnappender Stimme:

»Mariiillen! ...«

Dann, als wäre ihm das Verkaufen gänzlich schnuppe – wie Pater Díaz sagt –, verfällt er wieder in sein selbstversunkenes Zigeunertremolo:

... ich klage dich nicht aaan,
nein, nie, wie es auch geeeht ...

Und er peitscht mit der Gerte die Pflastersteine, ohne daß es ihm selbst bewußt wird ...

Es riecht nach frisch gebackenem Brot und verbranntem Pinienholz. Ein träger Lufthauch bringt ein bißchen Bewegung in die Gasse. Es gellt der jähe Stundenschlag und bekräftigt mit dem Klang der kleinen Glocke, daß es drei Uhr ist. Dann ein lebhaftes, langes, feiertagverheißendes Geläute, das in seinem dröhnenden Schwall das Horntuten und Schellengeklingel der Bahnhofskutsche ertränkt, die, aufwärts rollend, im Städtchen droben die Duselstille zerreißt. Und die Luft läßt ein Fatamorganameer über die Dächer fluten, in wohlriechender, wallend bewegter, kristallen funkelnder Klarheit, ein Meer ohne irgendwen, gleichfalls allein, angeödet von seinen immergleichen Wellen in seiner einsam gleißenden Herrlichkeit.

Der kleine Bengel wiederholt sein Innehalten, sein Erwachen und seinen Ruf:

»Mariiillen! ...«
Platero will nicht weiter. Er guckt und guckt den Buben an, beschnuppert und stupst dessen Esel. Und beide Grautiere verständigen sich, mit einer rätselhaften Zwillingskopfbewegung, die ein bißchen an das Kopfschwenken der Eisbären erinnert...

– Na gut, Platero; ich sage dem Buben, daß er mir seinen Esel geben soll, und du gehst mit ihm und wirst Marillenverkäufer ..., abgemacht!

LIV

Der Huftritt

Wir wollten zum Landgut Montemayor, um beim Brandmarken der Jungstiere dabeizusein. Der gepflasterte Innenhof, schattig unterm unermeßlichen blauen Gluthimmel des frühen Nachmittags, vibrierte vom Widerhall des Gewiehers all der freudig erregten, kraftgeladenen Pferde, vom Schall frisch aufsprudelnden Frauenlachens, vom scharfen, unruhigen Blaffen der Hunde. Platero, in einem Winkel, wurde ungeduldig.

– Aber, Menschenskind, sagte ich zu ihm, du kannst doch nicht mit; du bist doch viel zu klein ...

Da gebärdete er sich derart närrisch, daß ich den ›Dorftrottel‹ bat, er möge auf den Esel steigen und uns hinterdreintraben.

Durchs freie, lichte Land zu reiten – welch eine Lust! Lächelnd lagen die Lagunen der Marismas vor uns, goldumgürtet, mit der Sonne in ihren Spiegelscherben, die all die stillstehenden Mühlen verdoppelten. Vom hart prasselnden, prächtigen Hufgeklapper der Pferde hob sich hell und spitzig

Plateros ungestümer Trippeltrab ab, den er ständig beschleunigen mußte – wie die Riotinto-Bimmelbahn ihr rührendes Rädchengeratter –, um nicht mit dem Dorftrottel allein auf dem Weg zurückzubleiben. Plötzlich knallte es, wie ein Pistolenschuß. Platero hatte das Hinterteil eines feinnervigen jungen Apfelschimmels mit seinem Maul gestreift, und das Pferd hatte ihm mit einem raschen Huftritt die Antwort erteilt. Niemand beachtete den Vorfall, aber ich sah, daß eine Vorderhand Plateros blutüberströmt war. Ich sprang ab, und mit einem Stachel und einem Roßhaar heftete ich ihm die aufgerissene Ader zusammen. Dann sagte ich zum Dorftrottel, er solle ihn nach Hause bringen.

Die beiden zogen ab, langsam und traurig, zurück durch das ausgetrocknete Bett des Baches, der vom Städtchen herabkommt; wieder und wieder drehten sie den Kopf, um uns nachzuschauen, unserem herrlich davonstiebenden Schwarm ...

Als ich, heimgekehrt von der Landpartie, Platero aufsuchte, fand ich ihn in trübseliger, mitleiderregender Verfassung.

– Siehst du, seufzte ich, daß du nirgends hin kannst mit den Menschen?

LV

Asinographie

In einem Wörterbuch lese ich: *Asinographie: subst.f.: wird ironisch gebraucht, statt Beschreibung des Esels.*
Armer Asinus! So gut, so edel, so scharfsinnig, wie du bist! Ironisch ... Warum? Nicht einmal einer ernsthaften Beschreibung bist du würdig, du, dessen wahrhaftige Beschreibung ein Frühlingsmärchen wäre? Wo man doch den Menschen, der gut ist, Esel nennen sollte! Wo man doch den Esel, der böse ist, Mensch nennen müßte! Ironisch ... In bezug auf dich, der du ein so verständiges, geistvolles Wesen bist, Freund des Greises und des Kindes, des Baches und des Schmetterlings, der Sonne und des Hundes, der Blume und des Mondes, geduldig und nachdenklich, melancholisch und liebenswürdig, Marc Aurel der Wiesen ...
Platero, der meine Worte zweifellos versteht, schaut mich unbewegt an, mit seinen leuchtenden Riesenaugen, die glänzen von sanfter Härte und in denen die Sonne glitzert, klitzeklein und funkensprühend an einem winzigen, schwarzgrün gewölbten Firma-

ment. Ach! Wenn doch sein wuschelhaariger, friedfertiger Dickkopf wüßte, daß ich ihm Gerechtigkeit widerfahren lasse; daß ich besser bin als diese Menschen, die Wörterbücher schreiben; fast so gut wie er!

Und ich habe auf dem Rand der Buchseite die Anmerkung gemacht: *Asinographie: subst. f.: sollte – mit Ironie natürlich! – gebraucht werden zur Beschreibung des schwachsinnigen Menschen, der Wörterbücher schreibt.*

LVI

Fronleichnam

Wie wir durch die Brunnengassse kommen, auf dem Heimweg vom Obstgarten, erschüttern die Glokken, die wir von draußen, bei den Bächen, schon dreimal gehört hatten, mit ihrer bronzedröhnenden, krönenden Ruhmeserhebung das weiße Städtchen. Ihr Geläute schwingt hin und her zwischen dem funkensprühenden, krachenden Aufschießen der Raketen, die schwarz in der Tageshelle zerplatzen, und dem gellenden Geschmetter der Blechmusik.

Die Straße, frisch gekalkt und mit Rötel gesäumt, ergrünt in ihrer ganzen Länge, geschmückt mit Pappellaub und Zypergras. Die Fenster prunken mit der Pracht ausgehängter Zierdecken aus granatrotem Damast, gelbem Perkal, himmelblauem Atlas und, wo Trauer herrscht, aus reinweißer Wolle mit schwarzen Streifen. Bei den letzten Häusern, an der Biegung zur Kolonnade, kommt jetzt, zögernden Schritts, das spiegeldekorierte Kreuz zum Vorschein, das, umblitzt vom blendenden

Widerschein des Sonnenuntergangs, schon das Licht der roten Altarkerzen auffängt, die es über und über betröpfeln mit rosa Tupfen. Langsam zieht die Prozession vorbei. Die karminrote Fahne und der heilige Rochus, Schutzpatron der Bäcker, beladen mit knusprigen Spritzkuchenkringeln; die meergrüne Fahne und San Telmo, Schutzpatron der Seeleute, mit seinem silbernen Schiff in den Händen; die goldgelbe Fahne und San Isidro, Schutzpatron der Bauern, mit seinem kleinen Ochsengespann; und noch mehr Fahnen, mehr Farben, mehr Heilige, und dann Sankt Anna, die noch kleine Jungfrau Maria belehrend, und Sankt Josef, graubraun, und die Immaculata, blau ... Zum Schluß, zwischen den Lackhelmen der Guardia Civil, die Monstranz, das durchbrochene Filigranwerk des Silbergehäuses verziert mit prallen Ähren und smaragdgrünen, unreifen Weintrauben, gemach dahintreibend in einer himmlischen Weihrauchwolke.

Im sinkenden Abend steigt klar und lauter das andalusische Latein der Psalmen auf. Ein Strahl der schon rosa getönten Sonne, der flach durch die Flußgasse kommt, bricht sich am altgoldenen, schweren Brokat der Meßgewänder. Droben, rings um den scharlachfarbenen Turm, vor dem blankgeschliffenen Opal der heiteren Junistunde, flechten die Tauben ihre herrlichen Girlanden aus Feuerfunkelschnee ...

In dem Hohlraum aus Stille, der entstanden ist, brüllt Platero sein Iah. Und seine Sanftmut verbrüdert sich mit der Glocke, mit der Rakete, mit dem Latein und mit der Musik von Modesto, die sogleich aufs neue das offenbare Geheimnis des Tages preisen; und der Tierschrei sänftigt sich, stolz, zur Lieblichkeit und wird, in seiner Niedrigkeit, geheiligt ...

LVII

Spazierritt

Durch die sommerlichen Hohlwege zu streifen, tief zwischen wuchernden Geißblattranken – was für ein Labsal für uns beide! Ich lese oder singe oder sage dem Himmel Verse auf. Platero knabbert das spärliche Gras der Schattenböschung, rupft die verstaubten Malvenblüten, den gelben Sauerampfer. Er steht mehr, als er geht. Ich lasse ihn ...

Der Himmel – blau, blau, blau –, in den meine verzückten Augen emporpfeilen, erhebt sich über den früchtebeladenen Mandelbäumen bis in die Höhen seiner höchsten Herrlichkeit. Das ganze Land flimmert in Stille und Hitze. Auf dem Fluß verweilt, wie für die Ewigkeit, ein winziges weißes Segel, ohne Winde. Wo das Bergland beginnt, ballt sich der dicht quillende Qualm eines Brandes zu schwarzen, schwellenden Wolken.

Doch unser Streifzug tritt auf der Stelle, kommt kaum voran. Kurz ist er, wie ein harmloser, wehrloser Tag, inmitten des vielfältigen Lebens. Keine himmlische Apotheose, keine Ausfahrt auf dem

Fluß zu Entdeckungen in Übersee, nicht einmal eine Tragödie wie der Waldbrand dort!

Als mit einem Hauch von Orangenduft, der heranweht, das fröhliche, frische Klappern und Klirren des Schöpfrads zu uns dringt, stößt Platero einen Freudenschrei aus und hopst vor Vergnügen. Welch schlichte Alltagswonne! Am Wasserbecken angelangt, fülle ich meinen Becher und trinke den flüssigen Schnee. Platero taucht sein Maul in das Schattenwasser und schlürft begierig da und dort, wo es am klarsten ist, Schluck um Schluck ...

LVIII

Der Hahnenkampf

Ich weiß nicht, Platero, mit was man jene widrige Empfindung vergleichen könnte ... Eine grelle Verbindung von Scharlachrot und Gold, die nicht den Reiz der über dem Meer oder am blauen Himmel flatternden Fahne unseres Landes hatte ... Doch. Vielleicht die Wirkung der spanischen Flagge vor dem blauen Himmel einer Stierkampfarena ... erbaut in pseudomaurischem Stil ... wie die Bahnhöfe an der Strecke Huelva – Sevilla. Eine abstoßende Mixtur von Rot und Gelb, wie auf den Bucheinbänden von Galdós, auf den Schildern der staatlichen Tabakläden, auf den miserablen Schlachtengemälden aus dem ersten Afrikakrieg ... Eine widrige Empfindung, wie sie mir immer die dünnen Spielkärtchen einflößten, auf denen die Brandzeichen der Viehzüchter prangten, im gleichen Gold- und Chromglanz wie die Tabakschachteln und Rosinenkisten, die Etikette auf den Weinflaschen, die Belobigungsurkunden der Jesuitenschule von Puerto de Santa María, die Schokoladebildchen ...

Wozu ging ich dorthin, oder derjenige, der mich mitnahm? Der Wintermittag kam mir heiß vor, hitzig wie ein Hornsolo beim Platzkonzert von Modestos Kapelle ... Es roch nach neuem Wein; nach dem Rülpsen von Leuten, die Paprikawurst gegessen hatten; nach Tabak ... Der Abgeordnete war da, mit dem Bürgermeister und El Litri, dem feisten und ruhmbeglänzten, als ›Protz‹ titulierten Torero aus Huelva ... Der Kampflatz war klein und grün; und ihn begrenzten, über die hölzerne Ringschranke hervorquellend, hochrote Gesichter, in denen sich das Blut staute wie in den Eingeweiden einer Kuh auf dem Schinderkarren oder eines eben geschlachteten Schweins; Gesichter, deren Augen hervorgetrieben wurden von der Hitze, vom Wein und dem rohen Drang des grobfleischigen Herzens. Die Schreie kamen aus den Augen ... Es war heiß, und alles – so klein: eine Hahnenwelt – war zusammengepfercht.
Und in dem breiten Strahl der von hoch oben einfallenden Sonne, durch den sich unablässig zahllose blaue Rauchschwaden träge schlängelten, wie Schlieren, die ein Glas verschmutzen, waren die armen englischen Hähne, zwei monströse, schrill karminrote Blüten, im Begriff, sich zu zerstückeln, indem sie einander in die Augen hackten, die Haßgelüste der Menschen sich gegenseitig, mit regelmäßigen Sprüngen, in den Leib rammten, sich völlig zerfetzten mit den Sporen, die man mit Zitronensaft bestrichen hatte ... oder mit Gift. Sie taten es geräuschlos; taten es, ohne zu sehen, ohne überhaupt anwesend zu sein ...

Aber ich, warum war ich anwesend, und mit solchen Mißgefühlen? Ab und zu schaute ich mit grenzenloser Sehnsucht – durch eine zerrissene Plane hindurch, die, im Winde zitternd, mir als das Segel eines am Ufer liegenden Bootes erschien – nach einem Orangenbaum, der draußen im lauteren Sonnenlicht die Luft mit dem Duft seiner weißen Blütenbürde erfüllte ... Wie schön – hauchte der Wohlgeruch in meiner Seele –, ein blühender Orangenbaum zu sein, ein reiner Wind, die hohe Sonne!

... Und dennoch lief ich nicht weg ...

LIX

Dämmerstunde

Wenn Dunkelheit sich über das Städtchen senkt und alles sich sammelt in sanfter Ergebenheit – welch poetische Macht erlangt da die Ahnung des Fernen, die verworrene Erinnerung an das kaum Gekannte! Es ist ein ansteckender Zauber, der den ganzen Ort in Bann hält, wie festgenagelt am Kreuz eines traurigen, langwierigen Gedankens.

Es riecht nach dem Reichtum an reifem, gedroschenem Korn, das unter den frischen Sternen sich auf den Tennen zu vagen Hügeln wölbt – o Salomo! –, zu weichen, gelb schimmernden Weizenhaufen. Die Drescher summen leise vor sich hin, in müdem, einschläferndem Singsang. In den Hausfluren sitzend, denken die Witwen an die Toten, die so nahe schlafen, hinter den Pferchen. Die Kinder rennen von einem Schattenwinkel in den anderen, wie die Vögel von einem Baum zum anderen schwirren ...

Im düsteren Abendschimmer, der sich noch hält auf den Kalkfassaden der bescheidenen Häuser, die allmählich gerötet werden vom Petroleumlicht der

Straßenlaternen, streifen vielleicht verschwommene Schattengestalten vorbei, erdgrau, stumm, leidgebeugt – ein fremder Bettler, ein portugiesischer Schwarzarbeiter, der heimlich sich herumtreibt, ein Dieb gar –, Figuren, deren finstere Erscheinung einen unheimlichen Kontrast zu der Gemütlichkeit bildet, die das malvenfarbene, gemächlich sich verdichtende mystische Dämmer den vertrauten Dingen verleiht ... Die kleinen Gassenbengel verziehen sich, und im geheimnisvollen Dunkel der Türen ohne Lampe munkelt man von Männern, »die den Kindern den Schmer auslassen, um daraus eine Heilsalbe für die Königstochter zu machen, die an der Schwindsucht leidet« ...

LX

Der Stempel

Der, den ich meine, Platero, hatte das Äußere einer Taschenuhr. Man öffnete das Gehäuse, und da war er, geduckt, dicht an den violett getränkten Stoff geschmiegt, wie ein Vogel in seinem Nest. Welch gespannte Erwartung, welche Freude, wenn ich ihn einen Moment auf die weiße, feine, malvenrosa getönte Fläche meiner Hand preßte und dann der Aufdruck sichtbar wurde:

FRANCISCO RUIZ
MOGUER

Wie oft träumte ich von diesem Stempel meines Klassenkameraden in der Elementarschule von Don Carlos! Mit Hilfe eines kleinen Setzkastens, den ich oben, im alten Kontor unseres Hauses, entdeckte, wollte ich mir einen eigenen machen, einen mit meinem Namen. Aber das Ding fiel nicht zu meiner Zufriedenheit aus; vor allem war es recht schwierig, damit zu stempeln. Der meinige war nicht wie der andere, der so mühelos mal da, mal dort, in einem Buch, auf der Wand, auf der Haut seine Schriftzeichen hinterließ:

Francisco Ruiz
Moguer

Eines Tages kam, begleitet von Arias, dem Silberschmied aus Sevilla, ein Geschäftsreisender in unser Haus, der mit Büroartikeln handelte. Welch bezauberndes Angebot von Linealen, Zirkeln, farbigen Tinten und Stempeln! Diese gab es in allerlei Formen und Größen. Ich brach meine Sparbüchse auf, und ausgerüstet mit dem Fünfpesetenstück, das ich darin fand, bestellte ich einen Stempel mit meinem Namen und dem Namen meines Heimatortes. Was für eine lange Woche war das! Was für ein Herzklopfen jedesmal, wenn der Postwagen kam! Was für eine schweißgebadete Niedergeschlagenheit, wenn sich draußen, im Regen, die Schritte des Briefträgers entfernten! Endlich, eines Abends, als es schon dunkel war, brachte er ihn mir. Es war eine kleine, aber recht komplizierte Apparatur, zu der ein Bleistift, ein Federhalter samt Feder, Siegelinitialen und was weiß ich noch gehörten. Und wenn man auf ein Knöpfchen drückte, schnellte eine Spiralfeder, und der Stempel kam zum Vorschein, funkelnagelneu.

Gab es irgend etwas in unserem Haus, das ungestempelt blieb? Das nicht mein Eigentum war? Wenn jemand mich um den Stempel bat – Vorsicht, er nützt sich ab! –, befiel mich eine Heidenangst. Am nächsten Tag – wie beschwingt eilte ich da zur

Schule, selig alles zur Schau tragend, Bücher, Bluse, Hut, Stiefel, Hände, alles mit dem Aufdruck:

JUAN RAMÓN JIMÉNEZ
MOGUER

LXI

Die Hundemutter

Die Hündin, von der ich dir erzähle, Platero, ist die von Lobato, dem Meisterschützen. Du kennst sie gut, denn wir sind ihr oft begegnet, auf dem Weg hinaus in die Ebene ... Erinnerst du dich? Die mit dem gescheckten Fell, golden und weiß, wie der bewölkte Westhimmel an einem Maiabend ... Sie warf vier Welpen, und Salud, die Milchfrau, nahm die viere mit in ihre Hütte, nach Las Madres, weil eines ihrer Kinder erkrankt war und Don Luis ihr gesagt hatte, sie solle dem Kranken eine Fleischbrühe geben, den Sud von neugeborenen Hündlein. Du weißt ja genau, wie weit es ist von Lobatos Haus bis zur Madres-Brücke, durch die Bohlenfurt ...

Platero, es heißt, die Hündin sei den ganzen Tag wie verrückt herumgerannt, raus aus dem Haus, rein ins Haus, gaßaus, gaßein, sei an sämtlichen Zäunen hochgesprungen, auf sämtliche Grundstücksmauern geklettert und habe alle Leute beschnuppert ...

Noch beim Abendläuten sah man sie, wie sie neben

der Aufpasserbude bei den Meilern auf einem Haufen Kohlensäcke hockte und traurig die untergehende Sonne anheulte.

Du weißt genau, wie weit es ist von der Hauptstraße bis zur Bohlenfurt ... Viermal lief die Hündin während der Nacht diese Strecke hin und her, und jedesmal brachte sie im Maul ein Hündchen heim, Platero. Und im Morgengrauen, als Lobato seine Haustür aufmachte, lag die Hündin auf der Schwelle und blickte sanftäugig zu ihrem Herrchen auf, während alle Welpen, zuzelnd in zittriger Ungeschicklichkeit, sich an ihre rosigen, zierlichprallen Zitzen klammerten ...

LXII

Sie und wir

Platero, vielleicht ist sie fortgereist – wohin? – in jenem schwarzen, sonnenbegleißten Zug, der auf dem hohen Bahndamm droben, scharf sich abzeichnend vor den weißen Gewitterwolken, nach Norden entfloh?
Ich stand unten, mit dir, im gelb wogenden Weizen, der über und über besprenkelt war vom Blut der Mohnblüten, denen der Juli schon das Aschenkrönchen aufsetzte. Und die himmelblauen Dampfwölkchen – weißt du noch? – verdüsterten einen Augenblick die Sonne und die Blumen, während sie, wegrollend als windige Kringel, ins Nichts zerrannen ...
Flüchtiger Blondkopf, schwarz verschleiert! ... Er war wie das Bildnis der Illusion im forthuschenden Rahmen des Abteilfensters.
Vielleicht dachte sie: Wer sind wohl diese beiden, der Mann in Trauerschwarz und das silbrige Eselein?
Wer sollten wir auch sein! Wir eben ..., nicht wahr, Platero?

LXIII

Spatzen

Der Morgen des Sankt-Jakobs-Festes ist weiß und grau bewölkt, wie eingewickelt in Watte. Alle sind zur Messe gegangen. Wir sind im Garten geblieben: die Spatzen, Platero und ich.

Die Spatzen! Unter den runden Wolken, die zuweilen ein paar feine Tropfen versprühen – wie schwirren sie da ein und aus im Rankendickicht der Kletterpflanzen, wie schilpen sie, wie schnäbeln sie! Der da fällt auf einen Zweig, flitzt weg und läßt ihn zitternd zurück; der andere trinkt ein Schlückchen Himmel aus einer winzigen Pfütze auf dem Brunnenrand; ein dritter ist auf das Dach des Waschhäuschens gehüpft, das übersät ist von fast verdorrten, jetzt aber, im Grau dieses Tages, zu neuer Frische erwachenden Blüten.

Selige Vögel, ohne festgelegten Feiertag! Ihnen, die im zwanglos stetigen Gleichklang des Natürlichen leben, des Wahren, besagen die Glocken nichts, es sei denn ein vages Glück. Zufrieden, ohne schicksalhafte Verpflichtungen, ohne jene Olympe oder Höl-

lenschlünde, welche die armen, versklavten Menschen in Verzückungen oder in Ängste versetzen, ohne andere Moral als die ihnen angeborene, ohne einen anderen Gott als das Blau, sind sie meine Brüder, meine reizenden Brüder.
Sie reisen ohne Geld und ohne Koffer; sie wechseln die Wohnung, sooft sie Lust haben; sie wittern einen Bach, erahnen von weitem ein Laubversteck und müssen nur ihre Flügel entfalten, um sich aufzuschwingen und die Glückseligkeit zu erlangen; sie kennen keine Montage und keine Samstage; sie baden überall, zu jeder Zeit; sie lieben die namenlose Liebe, die eine, alles einende Geliebte.
Und wenn die Leute – die armen Leute – sonntags die Haustüren abschließen und zur Messe gehen, fallen sie schwirrend, als munteres Gleichnis einer Liebe ohne Ritual, mit ihrem heiteren, herzerfrischenden Gezwitscher in den Garten der verschlossenen Häuser ein, wo ein gewisser Dichter, der ihnen schon vertraut ist, und ein gewisses Eselein – Kommst du her? – sie brüderlich betrachten.

LXIV

Frasco Vélez

Heute können wir nicht aus dem Haus, Platero. Eben habe ich auf der Anschlagtafel am kleinen Kanzlistenplatz den Erlaß des Bürgermeisters gelesen:

»Jedweder Hund, der das Weichbild hiesigen Ortes, der Ehrbaren Stadt Moguer, ohne Maulkorb oder Beißriemen passiert, wird von den mir unterstellten amtlichen Ordnungskräften auf der Stelle erschossen.«

Das bedeutet, Platero, daß es im Städtchen tollwütige Hunde gibt. Schon gestern abend hörte ich Schüsse knallen, wieder und wieder, Schüsse aus den Gewehren des – gleichfalls von Frasco Vélez ausgeheckten – »Fliegenden Nachtkorps der Städtischen Zollkontrollmannschaft«, Schüsse, die herüberhallten vom Monturrio, von der Alten Zitadelle, vom Viertel hinter der Klostermauer.

Lolilla, ›das Dummchen‹, verkündet lauthals, so daß es durch Türen und Fenster schallt, unser jetziger Bürgermeister sei genauso wie der vorige,

Vasco, der den ›Dorftrottel‹ als Schreckgespenst verkleidet habe; er wolle mit seiner Schießerei bloß die Straßen leerfegen, damit er in aller Ungestörtheit seinen Agavenschnaps und Feigenfusel dudeln könne. Aber – wenn es doch stimmt? Wenn ein tollwütiger Hund dich beißen würde? Unausdenkbar, Platero!

LXV

Der Sommer

Platero trieft von Blut, einem zähflüssigen, violetten Blut, das aus den Bremsenstichen rinnt. Die Zikade sägt an einem Pinienstamm, mit dem sie nie zu Rande kommt ... Wie ich die Augen öffne, nach einem abgründigen Sekundenschlaf, erscheint mir die sandige Landschaft verwandelt: weiß, eisig in ihrer gleißenden Glut, gespenstisch.

Die niedrig wuchernden Zistrosendickichte sind gestirnt mit ihren großen, hauchfeinen Blüten, Rosen aus Rauch, aus Schleierflor, aus Seidenpapier, mit den vier karmesinroten Tränen; und eine diesige, stickige Schwüle überzieht die niedergedrückten Pinien. Ein noch nie gesehener Vogel, gelb mit schwarzen Tupfen, verweilt ewiglich, stumm, auf einem Ast.

Die Feldhüter in den Obsthainen trommeln auf ihren Blechbüchsen, um die Blauelstern zu verscheuchen, die in großen Azurschwärmen einfallen, um Orangen zu naschen ... Sobald wir im Schatten des mächtigen Nußbaums sind, breche ich zwei

Wassermelonen auf, die mit einem gedehnten, frischen Krachen ihren scharlachroten und rosa Rauhreif preisgeben. Ich esse die meinige langsam, während ich aus der Ferne die Abendglocken des Städtchens höre. Platero schlürft das zuckrige Fleisch der seinigen, als wäre es Wasser.

LXVI

Feuer auf den Bergen

Die dicke Glocke! ... Drei ... vier Schläge ... »Feuer!«
Wir haben das Abendessen liegen- und stehenlassen und sind beklommenen Herzens, bedrückt von der finsteren Enge der Stiege, in erregtem, drängelndem Schweigen zur Dachterrasse hinaufgeklettert.
»... Drüben bei Lucena!« schreit Anilla, schon oben angelangt, die Treppe hinab, ehe wir anderen in die Nacht hinaustreten ... Tam, tam, tam, tam! Im Freien – welch ein Aufatmen! – gewinnt der Glokkenschlag seine volle, klare Härte, behämmert uns das Trommelfell, preßt uns das Herz zusammen.
»Ein Riesenfeuer, ein Riesenfeuer ... Das ist ein richtiger Brand ...«
Ja. Am schwarzen Pinienhorizont wirkt die ferne Flamme bewegungslos, wie erstarrt in ihrer scharf umrissenen Klarheit. Der Anblick gleicht einem Emailbild aus Schwarz und Zinnober; er erinnert an die »Jagdszene« von Piero di Cosimo, wo das Feuer nur mit reinen Farben gemalt ist: Schwarz,

Rot und Weiß. Manchmal leuchtet es lebhafter, leidenschaftlicher; ein andermal wird das Rot fast zu Rosa, fahl wie die Färbung des aufgehenden Mondes ... Die Augustnacht ist hoch und regungslos, und man könnte meinen, das Feuer gehöre ein für allemal zu ihr, als unvergängliches Element ... Eine Sternschnuppe saust über den halben Himmel und versinkt im Blau, über Las Monjas ... Ich bin mit mir allein ...

Ein Röchelschrei von Platero, drunten im Hof, ruft mich zurück in die Wirklichkeit ... Alle sind hinuntergegangen ... Und erschauernd in einem Schüttelfrost, mit dem die Milde der Nacht, die sich schon der Weinlese nähert, mich jählings anfällt, habe ich das Gefühl, als wäre soeben jener Mann an mir vorbeigegangen, von dem ich als Kind glaubte, er brenne die Wälder nieder: ein Stutzer, eine Art Dandy – gleichsam ein Oscar Wilde von Moguer –, schon etwas angejahrt, von dunklem Typus und mit Silberlocken, ein Kerl, der seine weibische Rundlichkeit immer in ein schwarzes Wams und in großkarierte, weiß-braun gescheckte Beinkleider zwängte und dessen Hosentaschen stets überquollen, bis zum Platzen gefüllt mit langen Zündhölzern aus Gibraltar ...

LXVII

Der Bach

Dieser Bach, Platero, durch dessen ausgetrocknetes Bett wir zur Pferdekoppel gehen, ist in meinen alten Gelben Büchern zu finden; manchmal so, wie er ist, neben dem zugeschütteten Brunnen auf seiner Au, mit seinen sonnenverschlissenen Mohnblumen und seinen abgefallenen Aprikosen; ein andermal, von meinem Gefühl überlagert und gleichnishaft verwandelt, in andere Gegenden versetzt, an ferne, unwirkliche oder nur vermutete Orte ...

Dank ihm, Platero, erstrahlte – wie die Federkrone einer Distel im Sonnenlicht – meine kindliche Phantasie, angerührt vom Zauber der ersten Entdeckungen, als ich erfuhr, daß er, der Bach, der die Ebenen durchläuft, derselbe Bach war, der mit seinem Zwitscherpappelwäldchen den Weg nach San Antonio halbiert; daß man im Sommer, wenn man durch sein trockenes Geröll ging, hierher gelangte; daß ein Schifflein aus Korkeichenrinde, das man im Winter dort, bei den Pappeln, ins Wasser ließ, bis zu diesen Granatapfelbäumen schwamm, unter der Angustiasbrücke hindurch, meinem Zufluchtsort, wenn Stiere vorbeizogen …

Welch ein Zauber lebte in den Traumbildern der kindlichen Einbildungskraft, Platero! Ich weiß freilich nicht, ob du dergleichen empfindest oder empfunden hast. Alles geht und kommt in lustvollem Wechsel- und Verwandlungsspiel. Man schaut alles an und sieht doch nur Augenblicksentwürfe der Phantasie … Und halb blind geht man umher, indem man gleichzeitig nach innen und nach außen schaut und zuweilen eine Ladung realer Lebensbilder in das Dämmerdunkel der Seele kippt oder, dem Sonnenlicht offen, als echte Blume die Poesie erblühen läßt und sie an ein wahres Ufer verpflanzt, sie, die man dann niemals wiederfindet, die Poesie der lichterfüllten Seele.

LXVIII

Sonntag

Das schrille Heimkehrgebimmel der schwingenden, mal nah, mal fern erklingenden Herdenglocken hallt klirrend nach im Festmorgenhimmel, als wäre all das Blau aus Glas. Und die Feldflur, schon ein wenig von Siechtum angebleicht, scheint golden zu erschimmern unterm Klingklangregen, der sich aus dem lustig flatternden, herrlich rüttelnden Lärmgetümmel ergießt.

Alle, sogar der Feldschütz, sind ins Städtchen gegangen, um die Prozession zu sehen. Platero und ich sind allein zurückgeblieben. Welch ein Friede! Welch eine Reinheit! Welch ein Wohlgefühl! Ich lasse Platero ins hohe Wiesengras und lege mich – unter einer Pinie voller Vögel, die nicht davonfliegen – auf den Erdboden, um zu lesen: Omar Chaijam ...

In der Stille, die zwischen Gebimmel und Gebimmel herrscht, gewinnt das Wimmeln und Brodeln im Inneren des Septembermorgens ein spürbar gegenwärtiges, hörbares Leben. Die schwarzgoldenen Wespen umschwirren die Weinlaube, die schwer beladen ist mit prallen Muskatellertrauben, und die Schmetterlinge, kaum zu unterscheiden von den Blumen, scheinen mit dem Moment, da sie gaukelnd auffliegen, in einer blendenden Farbmetamorphose eine neue Jugendfrische zu erlangen. Die Einsamkeit gleicht einem großen Gedanken aus lauter Licht.

Hin und wieder unterbricht Platero sein Mahl und schaut zu mir herüber. Ich unterbreche hin und wieder meine Lektüre und schaue Platero an ...

LXIX

Der Grillensang

Von unseren nächtlichen Streifzügen her sind Platero und ich wohlvertraut mit dem Singen der Grillen.

Der erste Gesang der Grille, in der Abenddämmerung, ist unsicher, verhalten und spröde. Er wechselt die Tonart, lernt von sich selbst, und ganz allmählich steigt er an, steigert sich und versucht seine Stellung einzunehmen, als suchte er die Harmonie von Ort und Stunde. Auf einmal, wenn schon die Sterne am klargrünen Himmel stehen, erlangt der Gesang die melodiöse Lieblichkeit eines frei schwingenden Glöckleins.

Die kühlen, dunkelvioletten Brisen kommen und gehen. Gänzlich öffnen sich die Blüten der Nacht, und durch die Ebene schweift ein reiner, göttlicher Duft, von blauen Wiesen, die ineinanderfließen, von blauen Erd- und Himmelsauen. Und der Gesang der Grille gerät in Verzückung, erfüllt die ganze Landschaft, ist wie die Stimme des Dunkels. Nun kennt er kein Schwanken, kein Schweigen mehr.

Wie ein Springquell, der stetig aus sich selbst emporsteigt, bringt er Ton um Ton hervor, einer gleich dem anderen, zwillingshaft, verschwistert wie unsichtbare Kristalle.

Gelassen geht Stunde um Stunde dahin. Keinen Krieg gibt's auf der Welt, ruhig schläft der Bauer und sieht den Himmel in der hoheitsvollen Tiefe seines Traumes. Vielleicht treibt die Liebe im Dickicht der Schlingpflanzen an der Gartenmauer entrückt ihr Wesen, Auge in Auge. Die Bohnenäcker senden dem Städtchen Botschaften von zartem Wohlgeruch, als wären es Winke einer zwanglosen, jugendlich arglosen Nacktheit. Und die Weizenfelder wogen, mondgrün, seufzend im Wind, um zwei, um drei, um vier ... Der Grillensang ist untergegangen in der Fülle seines eigenen Tönens ...

Da, horch! O Grillenlied im Morgengrauen, wenn Platero und ich, durchrieselt von Kälteschauern, heimwärts gehen, bettwärts, auf weiß schimmernden Taupfaden! Der Mond sinkt hin, rötlich und schläfrig. Jetzt ist der Gesang mondberauscht, sternentrunken, romantisch, geheimnisvoll, maßlos. Es ist die Stunde, wo ein paar große, bejammernswerte Wolken, umrändert von verfärbtem, tristem Malvenrosa, langsam den Tag aus dem Meere hieven ...

LXX

Der Stierkampf

Wetten, Platero, daß du nicht weißt, was diese Kinder hier wollten? Sie haben mich nämlich gefragt, ob ich erlauben würde, daß sie heute nachmittag dich zur Arena mitnehmen und dort vor Beginn der Corrida auf deinem Rücken zur Ehrenloge reiten, um vom Präsidenten feierlich den Schlüssel des Stierzwingers zu erbitten. Aber sei unbesorgt. Ich habe ihnen klipp und klar gesagt, daß sie sich das aus dem Kopf schlagen sollen ...

Sie waren außer Rand und Band, Platero, als sie anrückten! Das ganze Städtchen ist in Aufruhr wegen der Corrida. Die Blechkapelle bläst seit dem Morgengrauen vor den Tavernen, außer Takt und herzergreifend falsch; ein Hin und Her von Kutschen und Pferden herrscht in der Calle Nueva, straßauf, straßab. Nahebei, im Hintergäßchen, richtet man den »Kanari« her, diesen gelben Festkarren für die Toreros, der den Kindern so gefällt. In den Patios sind keine Blumen mehr zu finden, weil alles, was da blüht, den Ehrendamen dargebracht werden soll. Es tut einem weh, mit anzusehen, wie die jungen Kerle durch die Straßen tapsen und torkeln, mit ihren breitkrempigen Sombreros und offenen Blusen, mit der Zigarre im Mund, nach Stall und Fusel stinkend ...

So gegen zwei, Platero, in jener knappen Zeitspanne sonnenbeherrschter Einsamkeit, in jener hellen Hohlstunde des Tages, werden wir, du und ich, während die Matadores und die Ehrendamen sich ankleiden, durch die Geheimtür witschen und durch das Seitengäßchen ins Freie entweichen, wie im letzten Jahr ...

Wie schön ist das offene Land an solchen Festtagen, wo alle ihm den Rücken kehren! Allenfalls ist hie und da, auf einem Weinberg oder in einem Obstgarten, ein altes Männchen zu sehen, gebeugt über den knorrigen Rebstock, über das klare Rinnsal im Bewässerungsgraben ... Fernab schwebt über dem Städtchen, wie eine Kitschkrone, das tolle Geschrei, das Klatschen, das Tschingderassassa der Stierkampfarena – ein Gelärme, das sich mehr und mehr verliert, wenn man, in heiterer Gelassenheit, dem Meer entgegengeht ... Und die Seele, Platero, empfindet sich als wahre Königin all dessen, was sie kraft ihres Gefühls besitzt; als Herrin des großen, gesunden Leibes der Natur, der, mit Ehrfurcht betrachtet, jedem, der es verdient, hingebungsvoll die Augenweide seiner strahlenden, ewigen Schönheit gewährt.

LXXI

Gewitter

Angst. Angehaltener Atem. Kalter Schweiß. Der grauenhaft niedrige Himmel erstickt den heraufkommenden Tag. (Es gibt kein Entrinnen.) Stille ... Die Liebe hält inne. Es zittert die Schuld. Die Reue schließt die Augen. Noch tiefere Stille.

Der Donner, dumpf, dröhnend, unaufhörlich, wie ein Gähnen, das kein Ende nimmt, wie eine gewaltige Steinladung, die vom Horizont auf das Städtchen herabkollert, rollt langgedehnt durch den verödeten Morgen. (Es gibt keine Zuflucht.) Alles Schwache – Blumen, Vögel – verschwindet aus dem Leben.

Scheu schaut das Entsetzen aus dem halb geöffneten Fenster, nach Gott, der in einem tragischen Licht erscheint. Dort im Osten, zwischen Wolkenfetzen, sieht man ein trauriges, schmutziges, kaltes Schimmern von Malven und Rosen, das nicht obsiegen kann über die Schwärze. Die Sechs-Uhr-Kutsche hört man – obwohl es erst vier Uhr scheint – jetzt um die Straßenecke kommen, mitten im Wolkenbruch: auf dem Bock der Kutscher, laut singend, um die Angst zu verscheuchen. Dann ein Karren mit Traubenbottichen, leer, hastig vorüberrumpelnd ...

Betglocken! Ein mühsames Angelusläuten, das verlassen aufschluchzt zwischen den Donnerschlägen. Das letzte Angelus der Welt? Man hat den Wunsch, die Glocke möge verstummen, augenblicklich, oder stärker schlagen, viel stärker, so stark, daß sie das Unwetter niederschlägt. Und man rennt hin und her, man weint, man weiß nicht, was man will ...

(Es gibt kein Entrinnen.) Die Herzen sind erstarrt. Die Kinder rufen von überall ...

»Was wird aus Platero, drunten im Hof, so allein in seinem klapprigen Stall?«

LXXII

Weinlese

Wie wenig Esel, Platero, sind heuer traubenbeladen ins Städtchen gekommen! Vergeblich ist es, daß die Plakate mit Großbuchstaben verkünden: SECHS REALES PRO LADUNG. Wo sind all die Esel aus Lucena, aus Almonte, aus Palos, die flüssiges, dicht geballtes, rieselndes Gold herbeischleppten, schwer beladen, wie du mit mir, mit meiner Blutlast? Wo sind die langen Reihen von Grautieren, die Stunde um Stunde warteten, während die Keltern ausgeräumt wurden? Der Most floß in Strömen durch die Straßen, und die Frauen und die Kinder füllten Krüge, Töpfe, Kübel ...

Wie lustig, Platero, ging es damals in den Kellereien zu! Welch ein Leben in unserer Kelter, der alten Zehntscheuer! Unter dem großen Nußbaum, der später das Dach zusammenschlug, wuschen die Kellermeister singend und kettenschwingend die Weinschläuche aus, daß es nur so platschte, wetterte und klirrte; nacktbeinig liefen die Schöpfknechte hin und her, mit Krügen voll überschwappenden, schäumenden Mostes, tiefrot wie Stierblut; und hinten, unter dem Schuppen, hämmerten die Küfer, mit prachtvoll hallenden, hohltönenden Schlägen, bis über die Knöchel in Haufen sauberer, duftender Hobelspäne steckend ... Ich ritt auf Almirante zum einen Tor herein und zum anderen hinaus – durch diese beiden Freudentore, die brüderlich einander entsprachen und sich gegenseitig beschenkten mit einem Bild voller Licht und Leben – und fühlte auf meinem Leibroß die Freundlichkeit, mit der die arbeitenden Männer mich gewähren ließen ...

In zwanzig Keltern wurde Tag und Nacht gestampft und gepreßt. Welch eine Tollheit, welch ein Taumel, welch frohgemuter Feuereifer! Heuer, Platero, sind bei allen die Fenster mit Brettern vernagelt, und die eine beim Pferch, mit zwei oder drei Mann, ist mehr als genug.

Und jetzt, Platero, heißt es sich rühren; du kannst nicht alleweil den Tagedieb spielen.

Die anderen Esel, schwer beladen, haben ihn angegafft; ihn, der sich frei und müßig herumtreibt; und damit sie keinen Groll gegen ihn empfinden oder eine schlechte Meinung von ihm bekommen, begebe ich mich mit ihm zur nächsten Tenne, belade ihn mit Trauben und führe ihn, hübsch langsam, zwischen den anderen hindurch, zur Kelter ... Dann machen wir uns heimlich aus dem Staube ...

LXXIII

Nocturno

Vom Städtchen, dessen Festbeleuchtung einen rötlichen Schein in den Himmel wirft, wehen im sanften Wind schrille, sehnsuchtsvolle Walzerweisen herüber. Man sieht den Turm, verschlossen, fahl, stumm und hart, umgeben von einem unsteten, bald violett, bald bläulich, bald strohfarben schimmernden Lichthof... Und dort, hinter den dunklen Lagerhallen der Weinhandlungen am Ortsrand, läßt sich einsam der tief gesunkene Mond, gelb und schlaftrunken, auf dem Flusse nieder.

Das Land ist allein mit seinen Bäumen und mit dem Schatten seiner Bäume. Bruchstücke eines Grillenliedes sind noch da, das Nachtwandlergespräch verborgener Wasser, eine feuchte Gelöstheit, als zerflössen die Sterne ... Platero stößt in der lauen Wärme seines Stalles einen traurigen Schrei aus.

Die Ziege ist wohl noch wach, und ihr Glöckchen scheppert beständig, zunächst erregt, dann zart. Schließlich verstummt es ... In der Ferne, Monte-

mayor zu, schreit ein anderer Esel ... Ein dritter, etwas später, im Tälchen ... Es bellt ein Hund ...
Die Nacht ist so klar, daß man die Blumen im Garten an ihren Farben erkennt, wie bei Tage. Beim letzten Haus der Brunnengasse, unter einer roten, schwankenden Laterne, kommt ein einsamer Mann um die Ecke ... ich? Nein, ich, im dufterfüllten himmlischen Halbdunkel, im regsamen, goldüberhauchten Dämmerleben, das der Mond, die Fliederbüsche, die Brise und die Finsternis bilden, lausche auf die Tiefe in mir, auf ein Herz ohnegleichen ...
Die Sphäre kreist, schweißbenetzt und sanft ...

LXXIV

Sarito

An einem scharlachroten Abend, als ich zur Lese in dem Weingarten beim Bach war, sagten mir die Frauen, daß ein Negerbengel nach mir gefragt habe.
Ich begab mich zur Tenne, als er auch schon den Feldweg herabkam.
»Sarito!«
Es war Sarito, der Diener Rosalinas, meiner Freundin aus Puerto Rico. Er war ausgebüxt, hatte sich aus Sevilla fortgestohlen, um in den Dörfern ringsum als Stierkämpfer aufzutreten, und kam soeben aus Niebla, zu Fuß, den knallroten Torero-Umhang über einer Schulter, Hunger im Bauch und kein Geld in der Tasche.
Die Tagelöhner musterten ihn mit scheelen, mißtrauischen Blicken und kaum verhohlener Geringschätzung. Die Frauen machten einen Bogen um ihn, mehr der Männer wegen als aus eigenen Gründen. Zuvor schon, als er sich bei der Kelter hatte blicken lassen, war er in Streit geraten, mit einem

jungen Burschen, der ihm ein Ohr zerbissen hatte.

Ich lächelte ihn an und sprach mit ihm in freundlichem Ton. Da er es nicht wagte, mir unmittelbar eine Zärtlichkeit zu erweisen, streichelte er Platero, der gerade damit beschäftigt war, Trauben zu mampfen; und dabei schaute Sarito unentwegt mich an, mit Augen voller Adel ...

LXXV

Letzte Siesta

Wie trist, wie gelb und ausgebleicht ist die Schönheit der Sonne am Nachmittag, wenn ich aufwache unterm Feigenbaum!

Eine trockene Brise, gewürzt vom Wohlgeruch dufttriefender Zistrosen, liebkost das schweißgebadete Erwachen. Die großen Blätter des alten, milden Baumes regen sich gelinde und lassen mal Düsternis, mal blendende Helle auf mich fallen. Es ist, als schaukelten sie mich sanft in einer Wiege, die aus der Sonne in den Schatten, aus dem Schatten in die Sonne schwingt.

Fern, in dem menschenleeren Städtchen, läuten die Drei-Uhr-Glocken zum Gebet, hinterm gläsernen Wellengang der Luft. Platero, der mir eine große Melone voll süßen, scharlachroten Rauhreifs gestohlen hat, blickt bei diesen Klängen, starr und aufrecht neben mir stehend, mich fragend an mit seinen riesigen Augen, auf denen eine zudringliche grüne Fliege spaziert.

Angesichts seiner müden Augen werden meine

Augen abermals müde ... Die Brise regt sich aufs neue, wie ein Schmetterling, der auffliegen möchte und dem auf einmal die Flügel erschlaffen ... die Flügel erschlaffen ... die Flügel ... meine flau flatternden Lider, die auf einmal sich schließen ...

LXXVI

Das Feuerwerk

Im September, wenn bis tief in die Nacht gefeiert wurde, setzten wir uns auf die Hügelkuppe, die sich hinter dem Gartenhaus erhebt, um in dem dufterfüllten Frieden, der den Narden am Zisternenrand entströmte, das Lärmen des festlich erregten Städtchens zu vernehmen. Pioza, der alte Weinbergschütz, lag betrunken auf dem Erdboden und blies, starr zum Mond aufblickend, Stunde um Stunde sein Tritonshorn.

Spät erst ließ man das Feuerwerk los. Es fing an mit dumpfem, zwergenhaftem Rumpeln und Pumpeln; dann folgten die Raketen ohne Schweif, die in der Höhe mit einem Seufzer aufgingen, wie ein lädiertes, sternchensprühendes Auge, das für einen Augenblick die ganze Landschaft in rotem, violettem und blauem Lichte sieht; dann andere, deren strahlende Herrlichkeit sich der Fallkraft ergab wie eine jungfräuliche Nacktheit, die fügsam sich rückwärts biegt und niedersinkt; wie eine blutrote Trauerweide, von welcher Lichtblüten zur Erde tropfen.

Oh, was für funkelnde Pfauenfächer! Was für eine Fülle schwerelos schwebender, glimmrig aufknospender Rosenbüsche! Was für Feuerfasane in Sterngärten!
Platero zuckte bei jedem Krachen zusammen, erzitterte blau, violett, rot, wenn der ganze Himmel, jählings aufleuchtend, sich verfärbte; und in der flackrigen Helle, die seinen Schatten auf der Hügelkuppe bald vergrößerte, bald verkürzte, sah ich seine großen schwarzen Augen, die mich erschreckt anschauten.
Als zum Abschluß, begleitet vom Jubelgeschrei des ganzen Städtchens, überm bengalischen Schloß die güldene Krone kreiselnd in den Sternenhimmel emporstieg, die Herrin des großmächtigen Donnerschlags, bei dem alle Frauen die Augen zukneifen und sich die Ohren verstopfen, rannte Platero durchs Gewirr der Rebstöcke davon, wie einer, dem der Teufel im Nacken sitzt, und raste mit irrem Röchelwiehern hinüber zu den ruhig verharrenden, von Dunkel umringten Pinien.

LXXVII

Der Lustgarten

Da wir nun schon mal in Andalusiens Hauptstadt sind, möchte ich Platero den Vergel sehen lassen, Sevillas Lustgarten ... Schön langsam nähern wir uns dem Ziel, am Eisengatter entlang, im angenehmen Schatten der Akazien und Platanen, die noch in voller Pracht stehen. Plateros Hufe klappern auf den großen Pflasterplatten, die glänzen und gleißen, frisch besprüht, und mal ein Stückchen Himmelsblau spiegeln, mal weiß sind, bedeckt von abgefallenen Blüten, deren Fülle in der Feuchte ein vager, süßlich feiner Duft entströmt.

Und welch eine Frische, welch ein Geruch kommt jeweils aus dem wohlgetränkten Garten, wo eine Lücke in dem Efeu klafft, der das Spaliergestänge überrieselt! Drinnen spielen die Kinder. Und durch ihre weiß wogende Menge kreuzt, schrillend und bimmelnd, das Spazierkütschlein mit seinen violetten Fähnchen, zierlich überdacht von einer grünen Sonnenplane; die Barke des Knabberzeugverkäufers, prunkvoll aufgetakelt, ganz in Granatrot und

Gold, die Taue wie Perlenschnüre, voller Erdnüsse, dazu der rauchende Schornstein; das Luftballonmädchen mit seiner fliegenden Riesentraube, blau, grün und rot; der Waffelverkäufer, gottergeben, die rote Blechbüchse auf dem müden Buckel ... Am Himmel, durch die Massen schon herbstlich angekränkelten Grüns, von dem die beständige Zypresse, die unangefochtene Palme sich eindrucksvoll abheben, schimmert zaghaft bereits der gelbliche Mond, zwischen rosigen Wölkchen ...

Schon sind wir am Tor, und wie ich hinein will, sagt mir der blaue Mann, der den Lustgarten mit seinem gelben Rohrstock und seiner großen silbernen Uhr bewacht:

»Dr Esel darf nit nei, Herr.«

»Der Esel? Welcher Esel?« frage ich ihn und blicke unwillkürlich suchend ins Blaue, über Platero hinweg, dessen tierische Gestalt ich völlig vergessen habe.

»Ja, welicher Esel ist wohl gemeint, guter Herr! Welicher Esel wohl!«

Zurückversetzt in die Wirklichkeit und eingedenk der Tatsache, daß Platero »nit nei« darf, weil er ein Esel ist, will ich, weil ich Mensch bin, auch nicht hinein und gehe mit ihm, in umgekehrter Richtung, wieder am Eisengatter entlang, streichle ihn und rede mit ihm von etwas anderem ...

LXXVIII

Der Mond

Platero hatte eben am Brunnen im Hof zwei Eimer Wasser samt Sternen getrunken und zockelte nun, zwischen den hohen Sonnenblumen, gedankenverloren zum Stall zurück. Ich erwartete ihn unter der Tür, lässig an die gekalkte Kante gelehnt und umhüllt vom lauen Wohlgeruch der Heliotrope. Über den Ziegeln der Mauerkrone, feucht vom Septembertau, schlummerte fern das weite Land, das einen starken Piniengeruch verbreitete. Eine große schwarze Wolke legte, gleich einer riesenhaften Glucke, die ein Goldei legt, den Mond auf einen Hügel.

Ich sagte zum Mond:

... Ma sola
ha questa luna in ciel, che da nessuno
cader fu vista mai se non in sogno.

Platero schaute starr ihn an und schüttelte, mit einem rauhen Laut voller Sanftheit, eines seiner Ohren. Versonnen schaute er mich an und schüttelte das andere ...

LXXIX

Lebensfreude

Platero spielt mit Diana, der hübschen weißen Hündin, die der Sichel des zunehmenden Mondes gleicht; er spielt mit der alten grauen Ziege, spielt mit den Kindern ...

Diana hüpft gewandt und elegant vor dem Esel herum, so daß ihr zierliches Glöcklein klingelt, und tut so, als wollte sie ihn in die Nüstern beißen. Platero stellt seine Ohren auf, steif und spitz wie zwei Agavenblätter, nimmt die Hündin sanft auf die Hörner und läßt sie übers blühende Gras kullern.

Die Ziege macht sich seitlich an Platero heran, reibt sich an seinen Beinen und zupft mit den Zähnen an den Spitzen der Rohrkolbenblätter, die aus dem Bündel auf seinem Rücken herausragen. Mit einer Bartnelke oder einer Margerite im Maul stellt sie sich vor ihn hin, stupst ihn an der Stirn und hopst dann mit fröhlichem Gemecker hin und her, kokett wie eine Frau ...

Für die Kinder dient Platero als Spielzeug. Mit welcher Geduld erträgt er ihre Albereien! Wie langsam setzt er Schritt vor Schritt, bleibt stehen und stellt sich dumm, damit sie nicht herunterfallen! Wie erschreckt er sie, indem er plötzlich in eine andere Gangart verfällt!

Heitere Nachmittage im herbstlichen Moguer! Wenn die reine Oktoberluft allen Klängen eine hellere Klarheit verleiht, steigt aus dem Tal ein idyllischer Jubel auf, ein Lustgelärm aus Meckerlauten, Eselsschreien, Kinderlachen, Hundegebell und Glöckchengebimmel ...

LXXX

Die Enten ziehen

Ich habe Platero zur Tränke gebracht. In der klaren Nacht, voll streunender Wolken und Sterne, hört man, im stillen Hof stehend, dort oben eine endlose Folge von Pfeiftönen vorüberstreichen.

Es sind die Enten. Sie ziehen landeinwärts, auf der Flucht vor dem Seesturm. Ab und zu vernimmt man, als hätten wir uns in die Höhe erhoben oder sie sich herabgelassen, selbst die geringsten Geräusche ihrer Flügel, ihrer Schnäbel, wie man zuweilen auf freiem Feld klar das Wort eines Menschen hört, der weit in der Ferne wandert ...

Platero hält ab und zu im Trinken inne und erhebt den Kopf wie ich, wie die Frauen von Millet, hinauf zu den Sternen, mit einem Blick voll sanfter, grenzenloser Sehnsucht ...

LXXXI

Das kleine Mädchen

Das kleine Mädchen war Plateros höchstes Glück. Kaum hatte er es zu Gesicht bekommen, wie es zwischen den Fliederbüschen mit seinem weißen Kleidchen und seinem Reisstrohhut auf ihn zugelaufen kam und mit gespitztem Schnütchen rief: »Platero, Plateriiillo!« – war Freund Langohr nicht mehr zu halten, wollte seinen Strick zerreißen, hopste wie ein Lausbub umher und iahte irre.

Mit blindem Vertrauen schlüpfte das Persönchen wieder und wieder unter ihm hindurch, versetzte ihm zärtliche Tritte und steckte die Hand – eine hell schimmernde Nardenblüte – in jenes rosige Riesenmaul, das zinnenartig bestückt war mit großen gelben Zähnen; oder es packte ihn an den Ohren, die er bereitwillig so hinhielt, daß es sie erreichen konnte, und benannte ihn mit all den Koseformen, zu denen sein Name sich irgend abwandeln ließ: Platero! Platerón! Platerillo! Platerete! Platerucho!

Während der langen Tage, da das kleine Mädchen in seiner weißen Wiege flußabwärts trieb, dem Tod

entgegen, dachte niemand an Platero. Im Fieber phantasierend, rief es traurig: »Plateriiillo! ...« Manchmal war in dem dunklen, von Seufzern erfüllten Haus von ferne der Klageruf des Freundes zu hören. O melancholischer Sommer!
Mit welchem Prunk stattete Gott dich aus, Abend der Beerdigung! Der September, rosig und golden, wie jetzt, ging zur Neige. Wie hallte das Heimwegläuten der Friedhofsglocke in der Wölbung des aufgeblühten Westhimmels wider, des offenen Torwegs zur Seligkeit! ... Verhohlen, hinter den Gartenmauern herum, ging ich heim, betrübt und allein, betrat das Haus durch die Hühnerhoftür und suchte, die Menschen meidend, den Stall auf, wo ich mich hinsetzte, um nachzudenken, gemeinsam mit Platero.

LXXXII

Der Hirte

Auf dem Hügel, den die violette Stunde finster und unheimlich macht, steht der Hirtenbub, schwarz abgehoben vom Grün des glasklaren Westens, und pustet in seine Pfeife, unterm zittrigen Glitzern der Venus. Im Gewirr der Blumen, die nun stärker duften, aber nicht mehr zu sehen sind, und deren Duft so heftig wird, daß er ihnen Gestalt verleiht inmitten des Dunkels, worin sie verschwunden sind, klingeln und bimmeln, auf der Stelle verharrend, die hellen, lieblichen Schellen der Ziegenherde, die sich vor dem Einzug ins Städtchen noch für ein kleines Weilchen in der vertrauten Umgebung zerstreut hat.

»Junger Herr, wenn doch der Esel da mir gehören tät ...«

Das Bürschlein, im Dämmerschummer noch dunkelhäutiger und malerischer als sonst, mit flinken Funkelaugen, die jeglichen Glanz des Augenblicks erhaschen, scheint einer jener Bettlerbuben zu sein, die Bartolomé Esteban gemalt hat, Murillo, der gute Sevillaner.

Ich würde ihm den Esel ja geben ... Aber was soll ich anfangen ohne dich, Platero?
Der Mond, der emporsteigt, rund, über der Wallfahrtskapelle von Montemayor, hat sich sanft auf die Wiese ergossen, wo noch vage Reste von Tageshelle umhergeistern; und der blütenbedeckte Erdboden wirkt jetzt wie ein Traumgebilde, wie ein rätselhaftes Mosaik von urtümlichem Reiz; und die Felsen sind größer, bedrohlicher und trauriger; und heftiger weint das Wasser des unsichtbaren Rinnsals ...
Und der Hirtenbub ruft, voller Begier, weit weg schon:
»Ach, wenn der Esel da doch mir gehören tät ...«

LXXXIII

Der Kanarienvogel stirbt

Schau, Platero, heute morgen lag der Kanarienvogel der Kinder tot in seinem silbernen Käfig. Freilich, das arme Kerlchen war schon recht alt ... Im letzten Winter – du weißt es ja noch genau – war er immer stumm; still hockte er da, den Kopf im Gefieder vergraben. Und als es dann Frühling wurde, als die Sonne das weit offene Zimmer zum Garten machte und die herrlichsten Rosenblüten im Patio sich öffneten, wollte auch er das Seine zur Schönheit des neuen Lebens beitragen und sang; aber seine Stimme war brüchig und asthmatisch, wie die Stimme einer geborstenen Flöte.

Als der Älteste, der ihn versorgte, ihn starr auf dem Käfigboden liegen sah, beteuerte er hastig und unter Tränen:

»Aber er hat doch alles gehabt! Nichts hat ihm gefehlt, weder Futter noch Wasser!«

Nein, es hat ihm an nichts gefehlt, Platero. Er ist gestorben, nur einfach so – würde Campoamor sagen, ein anderer alter Kanari ...

Platero, gibt es wohl ein Paradies für die Vögel? Gibt es wohl über dem blauen Himmel einen grünen Lustgarten, voll gülden blühender Rosenbüsche, in denen sich die Seelen weißer, rosaroter, himmelblauer und gelber Vögel tummeln?
Hör her, heute nacht werden wir – die Kinder, du und ich – den Vogel hinunterbringen in den Garten. Wir haben jetzt Vollmond, und in seinem fahlen Silberschein wird der arme Sänger sich auf Blancas unschuldiger Hand wie das welke Blütenblatt einer gelben Lilie ausnehmen. Und wir werden ihn beerdigen, in der Erde unter dem großen Rosenstrauch.
Im Frühling dann, Platero, sehen wir sicherlich, wie der Vogel auffliegt aus dem Herzen einer weißen Rose. Die dufterfüllte Luft wird zu Wohlklang werden, und in der Aprilsonne wird ein verzücktes Schwirren und Schweifen unsichtbarer Schwingen sein, und ein heimliches Träufelglucksen von klaren Trillern aus purem Gold.

LXXXIV

Der Hügel

Hast du mich nie, Platero, auf dem Hügel liegen sehen, romantisch und klassisch zugleich?

... Die Stiere ziehen vorbei, die Hunde, die Raben, ohne daß ich mich rühre oder auch nur ihnen nachschaue. Die Nacht kommt, und ich gehe erst, wenn die Dunkelheit mich verscheucht. Ich weiß nicht, wann ich mich dort zum ersten Mal befand, und ich zweifle sogar, ob ich überhaupt je dort gewesen bin. Du weißt schon, welchen Hügel ich meine: jenen roten Hügel, der sich, wie der Torso eines Mannes und einer Frau, über dem alten Weingarten von Cobano erhebt.

Auf ihm habe ich alles gelesen, was ich gelesen habe, und alle meine Gedanken gedacht. In allen Museen sah ich dieses Bildnis von mir, gemalt von mir selbst: ich, in Schwarz, auf dem Sandboden liegend, mit dem Rücken zu mir, ich meine: zu dir oder jedem sonstigen Betrachter, und frei meine Idee zwischen meinen Augen und dem Abendhimmel.

Man ruft nach mir, von der Casa de la Piña aus, will

wissen, ob ich jetzt wohl zum Essen oder zum Schlafen komme. Ich glaube, daß ich gehe, weiß aber nicht, ob ich nicht dort verweile. Und ich bin mir sicher, Platero, daß ich jetzt nicht hier bin, hier bei dir, noch irgendwann jeweils da, wo ich mich gerade befinden mag; auch nicht im Grab, wenn ich mal tot bin; sondern auf dem roten Hügel, auf der klassischen und zugleich romantischen Anhöhe, wo ich, ein Buch in der Hand, zuschaue, wie die Sonne untergeht überm Fluß ...

LXXXV

Der Herbst

Schon wird die Sonne ein wenig träge, Platero, und hat keine Lust, beizeiten aus den Federn zu steigen. Die Bauern sind vor ihr auf den Beinen. Freilich, sie ist nackt, und draußen ist es kalt.

Wie pfeift es von Norden! Schau, auf dem Boden, die abgefallenen Ästchen – so scharf weht der Wind, so stur geradeaus, daß sie alle parallel daliegen, nach Süden gerichtet.

Der Pflug, der wie ein grobes Kriegsgerät daherkommt, geht an sein fröhliches Friedenswerk, Platero; und hier, zu beiden Seiten des breiten, feuchten Pfades, beleuchten die gelben Bäume, ihres Wiederergrünens gewiß, lodernd wie linde Freudenlohen aus leuchtendem Gold, den Weg unseres hurtigen Morgenritts.

LXXXVI

Der Kettenhund

Der beginnende Herbst, Platero, ist für mich immer ein an die Kette gelegter Hund, der laut und lange bellt, in der Einsamkeit eines Hofes, eines Patios oder eines Gartens, wo es am Nachmittag allmählich kalt und traurig wird ... An welchem Ort ich mich auch befinde, Platero, stets höre ich in diesen Tagen, die immer gelber werden, jenen angeketteten Hund, der die untergehende Sonne anbellt ...
Sein Bellen stimmt mich elegisch wie sonst nichts. Es sind die Augenblicke, in denen alles Leben am schwindenden Golde hängt, wie das Herz eines Geizigen an der letzten Unze seines zerrinnenden Schatzes. Und das Gold ist kaum noch vorhanden, geizig zusammengerafft in der Seele und von ihr mal nach da, mal nach dort geschafft, wie Kinder die Sonne einfangen mit einer Spiegelscherbe und sie dann an die Schattenwand versetzen, so die Erscheinung des Schmetterlings und des welken Blattes in einem einzigen Bild vereinend ...
Die Spatzen, die Amseln steigen im Orangenbaum

oder in der Akazie von Ast zu Ast, höher, immer höher, halten Schritt mit dem Sonnenschein. Die Sonne wird rosa, malvenfarben ... Die Schönheit macht den Moment zur Ewigkeit, den flüchtigen, in dem kein Puls mehr pocht, noch lebend und doch wie tot für immer. Und der Hund bellt ihn an, scharf und wütend, weil er ahnend vielleicht spürt, daß sie stirbt, die Schönheit ...

LXXXVII

Die griechische Landschildkröte

Mein Bruder und ich fanden sie eines Mittags, als wir auf dem Heimweg von der Schule durch das enge Hintergäßchen gingen. Es war im August – der Himmel tiefblau, fast schwarz, Platero! Um uns die ärgste Hitze zu ersparen, ließ man uns diesen Abkürzungsweg machen. Im Unkraut, dicht an der Wand des Kornspeichers, lag sie, hilflos, fast wie ein Erdbrocken, ein wenig geschützt durch den Schatten des »Kanaris«, des alten, wohlvertrauten, knallgelben Festkarrens, der in jenem Winkel vergammelte. Erstaunt und ängstlich hoben wir sie auf, mit Hilfe des Laufmädchens, und stürzten keuchend ins Haus mit dem Schrei: »Eine Schildkröte! Eine Schildkröte!« Dann besprengten wir sie mit Wasser, denn sie war sehr schmutzig; und wie bei einem Abzugsbildchen kam eine Zeichnung zum Vorschein, ein goldenes und schwarzes Muster …

Don Joaquín de la Oliva – unser neuer Rektor –, der ›Sargspecht‹ und andere, die es von diesen beiden gehört hatten, sagten uns, daß es eine griechische Landschildkröte sei. Später, als ich bei den Jesuiten in Naturkunde unterrichtet wurde, fand ich sie im Lehrbuch abgebildet, genau so, wie sie in Wirklichkeit aussieht, und mit diesem Namen versehen; und ich sah sie präpariert in der großen Vitrine, samt einem Schildchen, das gleichfalls mit diesem Namen beschriftet war. Es kann also keinen Zweifel geben, Platero, daß es eine griechische Landschildkröte ist.

Da, schau, noch immer ist sie im Haus, seit damals. Als Kinder haben wir manches üble Spiel mit ihr getrieben; wir setzten sie auf das Trapez und ließen sie schaukeln; wir warfen sie Lord vor die Schnauze; tagelang ließen wir sie auf dem Rücken liegen ... Einmal feuerte Sordito, der Gehörlose, eine Schrotladung auf sie ab, um uns zu beweisen, wie hart gepanzert sie sei. Die Bleikügelchen prallten ab, und eines tötete eine arme weiße Taube, die gerade unterm Birnbaum aus einer Pfütze trank.

Monat um Monat kann vergehen, ohne daß man sie zu Gesicht bekommt. Eines Tages dann taucht sie plötzlich im Kohlenhaufen auf, starr, wie tot. Ein andermal in der Abflußrinne ... Manchmal bezeugt eine Kuhle voll tauber Eier ihren Aufenthalt an irgendeinem Ort. Sie holt sich ihr Futter, wo die Hühner, die Tauben, die Spatzen fressen, und was ihr am meisten schmeckt, das sind die Tomaten. Zuweilen, im Frühling, macht sie den Hofraum zu ihrem Reich, und man hat den Eindruck, als wäre ihrem ewig dürren, ewig einsamen

Greisendasein ein frisches Reislein entsprossen; als hätte sie sich selbst aufs neue zur Welt gebracht, für ein weiteres Jahrhundert ...

LXXXVIII

Oktoberabend

Die Ferien sind vorbei, und die Kinder müssen, kaum daß die ersten gelben Blätter sich zeigen, wieder zur Schule gehen. Einsamkeit. Die Sonnenhelle ums Haus wirkt kahl, gleichfalls vom Blätterfall befallen. In der Einbildung hört man ferne Rufe, entrücktes Lachen ...

Über die Rosenbüsche, die noch in Blüte stehen, senkt sich der Abend, langsam. Die Glut des Sonnenuntergangs entflammt die letzten Rosen, und der Garten, der gleichsam eine Lohe von Duft dem brennenden Westen entgegenlodern läßt, riecht nach lauter verbrannten Rosen. Stille.

Platero, gelangweilt wie ich, weiß nicht, was tun. Schritt um Schritt kommt er auf mich zu, zögert ein Weilchen, und schließlich geht er, voller Vertrauen, mit hartem Geklapper über die Backsteinfliesen trappelnd, gemeinsam mit mir ins Haus hinein ...

LXXXIX

Antonia

Der Bach führte so viel Wasser, daß die gelben Schwertlilien – stetig festlicher Goldschmuck seiner Ufer im Sommer – überschwemmt, auseinandergerissen, versprengt wurden und der enteilenden Strömung all ihre Schönheit überließen, Blütenblatt um Blütenblatt ...

Wo sollte Antoñilla mit ihrem Sonntagskleid hinüber? Die Steine, die wir in die Flut legten, versanken im Schlamm. Das Mädchen lief auf der Böschung bachaufwärts, bis dort, wo die Schwarzpappeln das Wasser säumen, um zu sehen, ob es dort hinübergelangen könnte ... Nein, es konnte nicht ... Da bot ich ihm galant Platero an.

Bei meinen Worten erglühte Antoñillas ganzes Gesicht, und die aufwallende Röte sengte die Sommersprossen hinweg, deren Gesprenkel ihren grauen Blick mit dem Reiz kindhafter Naivität umgab. Dann plötzlich, einem Baum zugewandt, brach sie in Lachen aus ... Endlich entschloß sie sich. Sie warf das rosige Umschlagtuch aus feinem

Wollgarn ins Gras, nahm einen kleinen Anlauf und schwang sich windhundflink mit gespreizten Schenkeln auf Platero, so daß zu beiden Seiten ihre strammen Beine baumelten, deren Ründe und ungeahnte Reife von den roten und weißen Ringelstreifen der rauhen Strümpfe hervorgehoben wurden.

Platero überlegte einen Augenblick, und mit einem selbstgewissen Satz sprang er ans andere Ufer. Dann, als sich zwischen Antoñillas Verschämtheit und mir der Bach befand und sie mit ihren Fersen den Eselsbauch traktierte, trabte er los, hinaus in die weite Ebene, unterm golden und silbern klingenden Lachen des dunkelhaarigen, unbändigen, von Stößen gerüttelten Mädchens.

Es roch nach Lilien, nach Wasser, nach Liebe. Wie eine Rosenkrone, mit Dornen gespickt, hielt der Vers, den Shakespeare seine Cleopatra sagen läßt, mein Denken umklammert:

O happy horse, to bear the weight of Antony!

»Platero!« schrie ich schließlich, in heftigem, wütigem, ungehörigem Ton ...

XC

Die vergessene Traube

Nach den langen Regenfällen des Oktobers, im himmlischen Gold des unverhüllten Tages, zogen wir alle hinaus zu den Weinbergen. Platero trug im einen Lastkorb den Picknickproviant und die Hüte der Mädchen, im anderen, als Gegengewicht, zart, weiß und rosa, wie eine Marillenblüte, die kleine Blanca.

Wie zauberhaft war die erquickte, verjüngte Landschaft! Die Bäche quollen über, die Erde der Felder war weich, gelockert vom Pflug, und in den Pappeln am Rain, die noch immer mit Gelb geschmückt waren, sah man schon die Vögel, schwarz.

Auf einmal rannten die Mädchen los, eines dem anderen hinterdrein, mit dem Schrei:

»Eine Traube! Eine Traube!«

An einem alten Rebstock, dessen lange, wirr verflochtene Ranken noch ein paar welke, schwärzlich und karminrot gefärbte Blätter aufwiesen, ließ die feurig hineingrapschende Sonne eine helle, pralle Bernsteintraube aufleuchten, so üppig schimmernd wie die Frau in ihrem Herbst. Alle wollten die Traube haben! Victoria, die sie an sich riß, verwahrte die Beute verteidigungsbereit hinterm Rükken. Da bat ich sie darum, und gutwillig, mit jener süßen Fügsamkeit, die das Mädchen, das allmählich zur Frau wird, dem Mann entgegenbringt, überließ sie mir die Frucht.

Die Traube hatte fünf große Beeren. Eine gab ich Victoria, eine Blanca, eine Lola, eine Pepa – jedes der Kinder hatte seinen Teil! Und die letzte gab ich, unter einhelligem Lachen und Beifallklatschen, Platero, der sie ruckartig schnappte, mit seinen riesigen Zähnen.

XCI

Almirante

Du hast ihn nicht gekannt. Man hat ihn fortgeschafft, ehe du gekommen bist. Er hat mich gelehrt, was Adel heißt. Wie du siehst, ist seine Namenstafel noch immer über der Krippe angebracht, die ihm gehörte und an der noch immer sein Sattel, sein Zaum und sein Halfter hängen.

Welch beglückende Verheißung war es, Platero, als er zum ersten Mal den Hof betrat! Er stammte aus dem Lagunenland, aus den Marismas, und er erschien mir als Ausbund von Kraft, Lebhaftigkeit und Freude. Wie hübsch er aussah! Jeden Morgen, in aller Frühe, ritt ich auf ihm das Ufer entlang, flußabwärts, und galoppierte durch das Schwemmland, Schwärme von Krähen aufscheuchend, die sich beutesuchend bei den stillstehenden Mühlen herumtrieben. Dann ging's aufwärts, über die Landstraße heimwärts, und mit einem kurzen, scharfen Trab zogen wir ins Städtchen ein, durch die Neue Straße.

Eines Abends im Winter kam Monsieur Dupont in

unser Haus, der von den Kellereien in San Juan, seine Peitsche in der Hand. Er hinterließ auf dem runden Leuchtertischchen im kleinen Salon ein paar Geldscheine und ging mit Lauro in den Wirtschaftshof. Später, als es schon Nacht wurde, sah ich, wie in einem Traum, Monsieur Dupont am Fenster vorbeiziehen, mit Almirante, der vor Monsieurs zweirädrigen Karren gespannt war und sich im Regen, die Neue Straße hinauf, entfernte.

Ich weiß nicht, wieviel Tage mein Herz wie versteint war. Der Arzt mußte gerufen werden, und man behandelte mich mit Brom und Äther und wer weiß was noch, bis die Zeit, die alles auslöscht, ihn entschwinden ließ aus meinen Gedanken, ihn mir wegnahm, wie sie mir Lord und auch das kleine Mädchen wegnahm, Platero.

Ja, Platero. Was für gute Freunde wärt ihr geworden, Almirante und du!

XCII

Vignette

Platero, in die feuchten und weichen, parallel verlaufenden Furchen des dunklen, frisch gepflügten Ackerbodens, durch die sich schon wieder flaumleichtes, aus untergegrabenen Samen sprießendes Grün in hurtigen Streifen zieht, sät die Sonne, deren Bahn nun so kurz ist, im Moment des Entschwindens lange Rieselspuren sinnenkitzelnden Goldes. Die kältescheuen Vögel reisen in großen, hohen Schwärmen ins Mohrenland. Der gelindeste Windstoß entkleidet ganze Äste ihrer letzten gelben Blätter.

Die Jahreszeit lädt zur Betrachtung unserer Seele ein, Platero. Jetzt werden wir einen anderen Freund haben: das neue Buch, erwählt und edel. Und die ganze Landschaft wird sich offen uns darbieten, im Angesicht des offenen Buches, wohlgeneigt in ihrer Nacktheit dem unendlich beständigen, einsamen Sinnen.

Schau, Platero, schau dir den Baum da an, der grün und wispernd, vor kaum einem Monat noch, unsere

Siesta beschirmte. Allein, klein und dürr steht er da, mit einem schwarzen Vogel zwischen den wenigen Blättern, die ihm verblieben sind: eine karge Silhouette vor dem tristen, gelben Ungestüm des raschen Sonnenuntergangs.

XCIII

Die Schuppe

Aus der Flußmühlengasse betrachtet, ist Moguer ein anderer Ort, Platero. Dort fängt das Seemannsviertel an. Die Leute reden anders, gebrauchen Matrosenwörter und drücken sich in kecken, prächtig bildhaften Wendungen aus. Die Männer sind besser gekleidet, haben schwere Uhrketten, rauchen gute Zigarren und lange Pfeifen. Was für ein Unterschied zwischen einem nüchternen, trockenen, einfachen Mann aus dem Stellmacherviertel, wie zum Beispiel Raposo, und einem lustigen, dunkelhäutigen und blonden Menschen wie Picón – du kennst ihn ja – aus der Uferstraße!

Granadilla, die Tochter des Küsters von San Francisco, stammt aus der Korallengasse. Wenn sie gelegentlich zu uns ins Haus kommt, bringt sie mit ihrem lebhaften, anschaulichen Geplapper die ganze Küche in Wallung. Die Dienstmädchen – von denen eines aus der Friseta, das zweite vom Monturrio, das dritte von den Meilern kommt – sperren in fassungslosem Staunen Augen und Ohren auf.

Sie erzählt von Cádiz, von Tarifa und von der Insel; sie redet von geschmuggeltem Tabak, von Stoffen aus England, von seidenen Strümpfen, von Silber, von Gold ... Dann tänzelt sie hinaus, mit den Absätzen klappernd und sich in den Hüften wiegend: eine schwerelose Nippfigur, wellig bewegt und eingefaßt vom Schultertuch aus gischtfeinem schwarzem Krepp.
Hinterher tauschen die Dienstmädchen ihre Meinungen über die schillernden Reden Granadillas aus. Ich sehe Montemayor, wie sie eine Fischschuppe gegen das Sonnenlicht hält und betrachtet, indem sie ihr linkes Auge mit der Hand verdeckt ... Als ich sie frage, was sie da tue, antwortet sie mir, Unsere Liebe Frau vom Karmel sei in der Schuppe zu sehen, mit dem offen wallenden Mantel, unterm Regenbogen; Unsere Liebe Frau vom Karmel, die Schutzpatronin der Seeleute; und das stimme wirklich, denn Granadilla habe es gesagt ...

XCIV

Pinito

»Der da! ... Der da! ... Der da! ... Noch dümmer als Pinito! ...«

Fast hatte ich schon vergessen, wer Pinito war. Jetzt, Platero, in dieser milden Oktobersonne, die aus den roten Sandwällen wabernde Flammenwände von mehr Farbenpracht als Hitze macht, läßt mich die Stimme dieses kleinen Bengels plötzlich den armen Pinito sehen, wie er mit einem Bündel schwärzlicher Rebhölzer den Hang heraufkommt.

Sein Bild leuchtet in meiner Erinnerung auf und erlischt wieder. Ich kann mich seiner kaum noch entsinnen. Für einen kurzen Moment sehe ich ihn: hager, dunkelhäutig, behend, mit einem Rest von Schönheit in seiner schmutzigen Häßlichkeit; doch sowie ich versuche, mir seine Erscheinung deutlicher zu vergegenwärtigen, entschwindet sie mir völlig, wie ein Traum, wenn es Tag wird, und ich weiß nicht einmal, ob meine Vorstellung wirklich von ihm herrührt ... Mag sein, daß er fast nackt an einem Regenmorgen durch die Neue Straße lief, verfolgt von den Steinwürfen der Gassenkinder; möglich auch, daß er in der Dämmerung, an einem Winterabend, mit hängendem Kopf, taumelnd und wieder und wieder fallend, die Mauern des Alten Friedhofs entlang, heimwärts stolperte, zur Windmühle, seinem mietfreien Unterschlupf, in der Nachbarschaft von toten Hunden, von Müllhaufen und von fremden Bettlern.

»... Noch dümmer als Pinito! ... Der da! ...«

Was gäbe ich jetzt darum, Platero, wenn ich bloß ein einziges Mal mit ihm geredet hätte! Der arme Kerl starb, wie die Macaria behauptet, total betrunken, bei liederlichen Weibern, im Graben der Alten Zitadelle, schon vor langer Zeit, als ich noch ein Kind war, wie du heute, Platero. Aber, war er wohl dumm? Wie war er wohl in Wirklichkeit?

Platero, er ist tot, und ich weiß nicht, wie er war; doch du weißt wenigstens, daß ich, laut diesem Bengel, laut diesem Sproß einer Mutter, die den Verschwundenen zweifellos kannte, noch dümmer bin als Pinito.

XCV

Der Fluß

Schau, Platero, was sie aus dem Fluß gemacht haben, mit ihren Bergwerken, mit ihrer hartherzigen, lieblosen Raffgier. Sein rotes Wasser ist heute abend kaum noch imstand, da und dort, zwischen violettem und gelbem Schlamm, einen Schimmer der sinkenden Sonne aufzufangen; und nur noch Spielzeugschiffchen können in seiner Rinne fahren. Welche Armseligkeit!

Früher haben die großen Frachter der Weinhändler, rundbauchige Einmaster, Brigantinen, Feluken – »El Lobo«, »La Joven Eloísa«, der »San Cayetano«, der meinem Vater gehörte und von dem armen Quintero befehligt wurde, meines Onkels »Estrella«, kommandiert von Picón – den Himmel von San Juan mit dem fröhlichen Durcheinander ihrer Masten belebt, mit dem Höhenwuchs ihrer Hauptmastbäume, die wir Kinder so bestaunten! Oder sie fuhren nach Málaga, nach Cádiz, nach Gibraltar, tief ins Wasser gedrückt von all der Menge verstauten Weines ... Zwischen ihnen verwirrten die Leichter den Wellengang, mit ihren Bugaugen, ihren Galionsheiligen und ihren grün, blau, weiß, gelb oder karminrot gepinselten Namen ... Und die Fischer brachten Sardinen, Riesenaustern, Aale, Seezungen und Krabben ins Städtchen herauf ... Das Kupfer von Riotinto hat alles mit seinem Gift verseucht. Freilich, Platero, ein Glück im Unglück ist, daß der Ekel der reichen Leute es den Armen erlaubt, allein die kümmerliche Beute der Fischer von heute zu verzehren.

Was für ein Elend! Nicht einmal der hohe steinerne Christus kann heutzutage die Flut heranbranden sehen! Da ist nur noch, gleich dem bißchen Blut, das aus der Wunde eines Toten, eines zerlumpten, ausgemergelten Bettlers, rinnt, die stockende Strömung des Flusses, rostfarben wie dieser rote Sonnenuntergang, vor dem die »Estrella« abgetakelt, schwarz und vermodert, mit schartig zum Himmel gekehrtem Kiel, als gewaltiges Fischgerippe die Silhouette ihres ausgebrannten Wracks präsentiert, in dem, wie die Ängste und Wünsche in meinem Herzen, die Kinder der Grenzer ihre Spiele treiben.

XCVI

Der Granatapfel

Wie schön, dieser Granatapfel, Platero! Aguedilla hat ihn mir geschickt, hat ihn ausgewählt unter den besten ihres ›Nonnengartens‹ am Bach. Keine andere Frucht erinnert mich so lebhaft an die Kühle des Wassers, das sie genährt hat. Sie strotzt vor Frische, Gesundheit und Kraft. Wollen wir sie essen?

Platero, wie angenehm bitter und trocken schmeckt die widerspenstige Schale, die so zähe haftet wie eine im Erdboden verkrallte Wurzel! Jetzt die erste Süße, eine Morgenröte, zum winzigen Rubin geworden, in Gestalt der Körner, die innen an der Schale kleben. Jetzt, Platero, der geballte Kern, gesund und füllig, ohne Fehl, mit seinen feinen Schleierhüllen und dem köstlichen Schatz, der Druse eßbarer Amethyste, saftig und voller Kraft, wie das Herz einer sagenhaften jungen Königin. Wie üppig, Platero! Da, iß! Wie lecker! Mit welcher Wonne versinken die Zähne im Reichtum der würzigen, lustvoll geröteten Reife! Warte, ich kann nicht reden. Zunge und Gaumen erleben eine Empfindung, wie sie dem Auge zuteil wird, wenn es sich im wirbelnden Farbenlabyrinth eines Kaleidoskops verliert. Schluß, fertig, aus!

Ich selbst habe keine Granatbäume mehr, Platero. Du hast die im Hofraum der Kellerei an der Blumengasse nie gesehen. Abends gingen wir dorthin ... Wo die Lehmziegelmauern eingestürzt waren, sah man in die Höfe hinter den Häusern der Korallengasse hinein, von denen jeder seinen eigenen Reiz hatte; und man gewahrte, weiter weg, das offene Land und den Fluß. Man hörte die Signalhörner der Grenztruppe und die Hämmer in der Schmiede von Sierra ... Es war die Entdeckung eines neuen Teils unserer Stadt, der nicht der meine war, eines Viertels voller Alltagspoesie. Die Sonne war im Sinken, und die Granatbäume leuchteten auf, schimmernd wie herrliche Schätze, neben dem schattenumlagerten Brunnen, dessen Mauerwerk zerbröckelt wurde von dem Feigenbaum voller Geckos ...

Granatapfel, Frucht von Moguer, Zierde seines Wappenschildes! Granatäpfel, offen sich darbietend dem granatroten Licht der untergehenden Sonne! Granatäpfel des ›Nonnengartens‹, der ›Trift beim Birnbaum‹, der ›Senke von Sabariego‹, in den geruhsamen, tiefen, von Bächen durchrauschten Tälern, wo der Himmel, wie in meinen Gedanken, nachglüht, bis weit in die Nacht hinein, mit rosigem Schein!

XCVII

Der Alte Friedhof

Ich wollte, Platero, daß du mit mir hier hineingehst; deshalb habe ich dich versteckt, zwischen den Eseln des Ziegelbrenners, so daß der Totengräber dich nicht sehen konnte. Schon sind wir in der Stille ... Auf denn! ...

Schau, das ist der Hof von Sankt Josef. Dieser schattige und grüne Winkel, eingefriedet mit dem umgesunkenen Eisengatter, ist der Begräbnisplatz für die Geistlichen ... Das weiß getünchte Höfchen, dort gegen Westen, das in der flimmernden Hitze der Drei-Uhr-Sonne schmilzt, ist für die Kinder bestimmt ... Weiter! ... Der Admiral ... Doña Benita ... Die große Grube, das Massengrab für die Armen, Platero ...

Die Spatzen der Zypressen – wie schwirren sie ein und aus! Schau, wie vergnügt sie sind! Der Wiedehopf, den du da im Salbei siehst, hat sein Nest in der Bestattungsmauer, in einer Sargnische ... Die Kinder des Totengräbers. Schau, mit welchem Appetit sie ihr Vesper verzehren, Brotschnitten, bestrichen mit rosa gefärbter, süßer Butter ... Platero, schau, die zwei weißen Falter da ...

Der neue Hof ... Warte ... Hörst du? Das Schellengeklingel ... Es ist die Drei-Uhr-Kutsche, die auf der Landstraße zur Bahnstation fährt ... Die Pinien dort sind die von der Windmühle ... Doña Lutgarda ... Der Kapitän ... Alfredito Ramos, den ich, als Kind, an einem Frühlingsnachmittag, gemeinsam mit meinem Bruder, mit Pepe Sáenz und Antonio Rivero, in seinem weißen Särglein hierher trug ... Sei still! ... Der Zug von Riotinto, der über die Brücke fährt ... Geh weiter ... Die arme Carmen, die Schwindsüchtige, die so hübsch war, Platero ... Schau, diese Rose im Sonnenlicht ... Da liegt das kleine Mädchen, diese Nardenblüte, mit den unbändigen schwarzen Augen ... Und hier, Platero, liegt mein Vater ...

Platero ...

XCVIII

Lipiani

Geh zur Seite, Platero, und laß die Schulkinder vorbei.

Es ist Donnerstag, wie du weißt, und sie machen ihre Exkursion. Manchmal führt Lipiani sie zum Pater Castellano, ein andermal zur Angustiasbrücke oder zum Quellbecken. Heute ist Lipiani offensichtlich gut gelaunt und hat sie, wie du siehst, bis zur Wallfahrtskapelle heraufgebracht.

Gelegentlich habe ich mir überlegt, ob Lipiani dich nicht vielleicht entmenscheln könnte – du weißt ja, was gemeint ist, wenn ein Kind ›enteselt‹ werden soll, wie unser Bürgermeister zu sagen pflegt –, aber ich fürchte, du würdest dabei verhungern. Denn der arme Lipiani versteht es, zu eigenem Nutz und Frommen das Gebot der brüderlichen Nächstenliebe aller Gotteskinder den Kleinen ans Herz zu legen; und den Worten »Lasset die Kindlein zu mir kommen« weiß er eine eigene Deutung zu geben, die bewirkt, daß jedes Kind sein Vesperbrot mit ihm teilt und er folglich dreizehn Hälften allein ver-

speist, an jedem Ausflugsnachmittag, bei jeder seiner häufig wiederholten Exkursionen.
Schau, wie vergnügt sie alle daherkommen! Die Kinder, wie die leibhaftige, scharenweise heranschwärmende Hochgestimmtheit in Lumpen; eine rote, heftig pumpernde Herzlichkeit, durchpulst von der feurigen Kraft dieses fröhlichen und frechen Oktobernachmittags. Lipiani wiegt seine weiche Massigkeit in dem knappen, karierten Zucker-und-Zimt-Anzug, der einmal dem Gecken Boria gehörte; und ein Lächeln umspielt seinen großen, angegrauten Bart, durchsonnt von der Aussicht auf das Freßgelage unter der Pinie ... Die Feldflur vibriert unter seinen Schritten wie ein vielfarbig schillerndes Metall, genau wie die dicke Glocke, die jetzt, da ihr Vesperläuten verstummt ist, weitersummt über dem Städtchen wie ein großer grüner Brummhummeler, auf dem goldenen Turm, von wo aus sie das Meer gewahrt.

XCIX

Die Zitadelle

Wie schön ist der Himmel heute abend, Platero, mit seinem herbstlichen Metallschimmer, gleich einer breiten Schwertklinge aus lauterem Gold! Ich komme gern hierher, denn von dieser einsamen Anhöhe aus kann man gut dem Versinken der Sonne zuschauen, ohne daß irgendein Mensch uns stört oder wir einem anderen die Ruhe rauben ... Nur ein einziges Haus steht hier, weiß und blau, zwischen den Gewölben der Kellereien und den altersgrauen, von Meerrettich und Brennesseln gesäumten Mauerwällen, und man könnte meinen, niemand wohne in ihm. Dies ist die nächtliche Liebeswalstatt der Lolilla und ihrer Tochter, jener zwei strammen, weißhäutigen Frauenzimmer, die fast gleich aussehen und immer schwarz gekleidet sind. In diesem Graben da starb der arme Pinito, und hier lag er zwei Tage lang, ohne daß ihn irgendwer bemerkte. Hier wurden die Kanonen aufgestellt, als die Artilleristen kamen – grau und blau, wie auf den Schlachtengemälden von Marcelino de Unceta –, um Salutschüsse zu Ehren von Kolumbus abzufeuern. Den Draufgänger Don Ignacio hast du ja noch erlebt, wie er da ungeniert mit seinem geschmuggelten Schnaps auftrumpfte, mit seiner ehrlichen Wut »auf die Regierung«. Und nicht zu vergessen: die Stiere, die von den Weiden bei der Angustiasbrücke auf dieses Gelände kommen, wo nicht einmal streunende Lausbuben zu finden sind.

Schau, durch den Brückenbogen überm Festungsgraben siehst du den Weinberg, rot und verwildert, samt den Ziegelöfen und dem violetten Fluß im Hintergrund. Schau, das weite, sich selbst überlassene Lagunenland, über das allein der Wind galoppiert. Schau, die verlassene große Mole, wo man in See stach, zur ersten Fahrt nach Amerika. Schau, wie die untergehende Sonne, indem sie sich, riesig und scharlachrot, als sichtbarer Gott erweist, die Verzückung aller Dinge und Wesen auf sich zieht und versinkt, in dem Streifen Meer hinter Huelva, in der vollkommenen Stille, ihr geweiht von der Welt, das heißt, von Moguer und seinem Land, von dir und mir, Platero.

C

Die Alte Stierkampfarena

Plötzlich und unfaßlich, Platero, durchschauert mich wieder einmal, wie eine Bö, die Traumerscheinung der Alten Stierkampfarena, die niederbrannte, eines Abends ... im Jahre ... niederbrannte, weiß nicht wann ...
Ich weiß auch nicht, wie sie innen aussah ... In meiner Erinnerung lebt nur die Vorstellung, ich hätte dort mit angesehen – oder war das auf einem Schokoladebildchen, das Manolito Flórez mir geschenkt hatte? –, wie ein paar plattnasige, kleine graue Hunde, wie aus Vollgummi, von einem schwarzen Stier in die Luft geschleudert wurden ... Und ringsum vollkommene Einsamkeit, mit tiefgrünem, hoch aufgeschossenem Unkraut ... Ich weiß nur, wie ihr Äußeres war, ich meine, das Obere, die Aufbauten, also nicht die eigentliche Arena ... Aber keine Leute waren da ... Ich lief im Kreis, über die Pinienbretterböden der gestuften Ränge, und malte mir aus, ich befände mich in einer ordentlichen, richtigen Stierkampfarena, einer solchen wie auf

jenen Bildchen, und kurvte höher, immer höher; und in der Dämmerung, die regnerisch hereinbrach, prägte sich meiner Seele unvergeßlich das Bild einer fernen Landschaft ein, voll üppigen, düsteren Grüns, im Schatten, nein, in der Kälte des schwarzen Gewölks, und mit dem Horizont der Pinienwälder, der scharf sich abzeichnete vor einer vereinzelten, dünn und lang gedehnten Zone matt schimmernder Helligkeit, dort über dem Meer ... Nichts weiter ... Wie lange blieb ich dort? Wer holte mich heraus? Wann war das? Ich weiß es nicht, und niemand hat mir Auskunft gegeben, Platero ... Aber wenn ich davon spreche, antworten alle: »Ach ja, die Arena bei der Zitadelle; die Arena, die niedergebrannt ist ... Damals, ja, da kamen noch Toreros nach Moguer ...«

CI

Das Echo

Die Gegend ist so einsam, daß man den Eindruck hat, als wäre da immer irgendwer. Die Jäger, die vom Bergwald herunter heimwärts gehen, beschleunigen hier ihren Schritt und erklimmen die nächste Bodenerhebung, um freien Ausblick zu gewinnen. Man sagt, bei seinen Raubzügen durch unser Gebiet habe hier Parrales genächtigt, der Bandit ... Der rote Fels ragt gegen Osten auf, und droben erhebt sich zuweilen die Silhouette irgendeiner entlaufenen Ziege, scharf konturiert vor dem gelben Mond der Dämmerstunde. Auf der Wiese sammelt ein Tümpel, der nur im August austrocknet, gelbe, grüne, rosa Himmelsscherben, obwohl er fast blind ist von all den Steinwürfen, die auf ihn herniederprasseln, wenn die Lausebengel nach den Fröschen zielen oder das Wasser mit gewaltigem Getöse aufwirbeln wollen.

... Ich habe Platero angehalten, an der Wegbiegung bei dem Johannisbrotbaum, der den Eingang zur Wiese beschirmt, ganz schwarz von all seinen schwarzen Krummsäbeln, all seinen dürren Früchten; und meinen Mund vergrößernd mit meinen Händen, habe ich gegen den Felsen gebrüllt: Platero!

Der Fels hat mit Schroffheit, die nur ein wenig gemildert wurde durch den sänftigenden Einfluß des nahen Wassers, die Antwort gegeben: Platero!

Platero hat rasch sich umgedreht, mit gerecktem, wehrhaft versteiftem Hals und erzitternd am ganzen Leib, geschüttelt von dem aufwallenden Verlangen, Reißaus zu nehmen.

Platero! – habe ich noch mal dem Felsen zugebrüllt.

Der Fels hat noch mal erwidert: Platero!

Platero hat mich angeblickt, hat den Felsen angeblickt und mit aufgestülpten Lefzen einen nimmerendenden Röchelschrei zum Zenit emporgeschmettert.

Der Fels hat zurückgeschmettert, einen langen, finsteren Röchelschrei, der Plateros Geschrei in getreuer Entsprechung begleitet, aber den Schluß in die Länge zieht.

Platero hat wieder gebrüllt.

Der Fels hat wieder gebrüllt.

Und da ist Platero urplötzlich, bockig sich aufbäumend, blitzwütig wie ein wahrer Donnerwettertag geworden, hat angefangen, den Nacken oder das Laufwerk herumzuwirbeln, wild entschlossen, den Kappzaum zu zerreißen, davonzurasen, mich allein zu lassen, bis es mir, mit leisen Worten, schließlich gelungen ist, ihn wegzuführen, und sein Iah-Geschrei ganz allmählich zurückgefunden hat zum Solo seines eigenen und alleinigen Iahs zwischen den Feigenkaktushecken.

CII

Schreck

Es war beim Abendessen der Kinder. Wohlig verträumt ließ die Lampe ihr laues Rosenlicht überm Schneelinnen des Tischtuchs schimmern, und die roten Geranien und buntscheckigen Äpfel sprenkelten das schlichte Idyll versammelter Unschuldsmienen mit den Farbklecksen einer herzhaft derben Fröhlichkeit. Die Mädchen speisten wie Frauen; die Buben diskutierten wie rechte Mannsbilder. Im Hintergrund, die weiße Brust dem Kleinsten reichend, saß die Mutter, jung, blond, schön, und schaute lächelnd ihnen zu. Durchs Gartenfenster blickte zitternd die klare Sternennacht, klamm und kalt.

Plötzlich flüchtete Blanca wie ein blasser Blitz in die Arme der Mutter. Jähe Stille herrschte, und dann, unterm Krachen umgestürzter Stühle, rannten alle Blanca hinterdrein, mit wüstem Radau, wobei sie entsetzte Blicke zum Fenster hinüberwarfen.

Der Tolpatsch Platero! Seinen großmächtigen Kopf an die Scheibe gepreßt, einen Grind, den das Schattenduster, das Glasgespiegel und die Angst ins Gigantische wachsen ließen, schaute er, besinnlich und traurig, ins gemütliche, mild erhellte Eßzimmer herein.

CIII

Der Alte Brunnquell

Weiß, immer weiß vor dem immerwährenden Grün des Pinienwaldes; rosa oder blau, obwohl doch weiß, im Schein der Morgenröte; golden oder malvenfarben im Abendschimmer, obwohl doch weiß; grün oder himmelblau, obwohl doch weiß, in der Nacht: der Alte Brunnquell, Platero, an dem du so oft mich hast verweilen sehen, so lange Zeit – er birgt, wie ein geheimer Hort oder ein Grabhügel, die ganze Elegie der Welt, das Schmerzgefühl des wahren Lebens.

In ihm habe ich den Parthenon gesehen, die Pyramiden, alle Kathedralen. Jedesmal wenn ein Brunnen, ein Mausoleum, ein Portikus mich mit der eindringlichen Dauer seiner Schönheit um den Schlaf brachte, wurde sein Bild in meinem unruhig duselnden Dämmerdenken abgelöst von dem Bild des Alten Brunnquells.

Von ihm aus bin ich zu allem gegangen. Von allem bin ich zu ihm zurückgekehrt. So klar entspringt er an seinem wahren Ort, so harmonisch ist die Einfachheit, in der er ewig währt, die Farbe und das Licht sind so vollkommen ihm zu eigen, daß es fast möglich scheint, mit der bloßen Hand, wie man an ihm sein Wasser schöpft, die ganze Fülle des Lebens zu fassen. Ihn hat Böcklin gemalt, vor dem Hintergrund Griechenlands; Fray Luis de León hat ihn übertragen; Beethoven hat ihn mit Strömen von Freudentränen überflutet; Michelangelo hat ihn an Rodin vermacht.

Er ist die Wiege und das Hochzeitslager; er ist das Lied und das Sonett; er ist die Wirklichkeit und die Freude; er ist der Tod.

Tot liegt er da, Platero, heute nacht, wie ein Marmorleib, umrauscht vom dunklen und weichen Grün; tot, indes er meiner Seele entquillt: Quellwasser meiner Ewigkeit.

CIV

Weg

Wieviel Blätter sind in der letzten Nacht gefallen, Platero! Es ist, als hätten sich die Bäume kopfüber gedreht und hätten den Wipfel nun im Boden und im Himmel die Wurzeln, voller Begier, sich darin auszubreiten. Schau diese Schwarzpappel an: sie gleicht Lucía, der jungen Akrobatin im Zirkus, wenn sie, das Feuerhaar auf dem Teppich ausgeschüttet, himmelwärts, dicht beisammen, ihre schlanken, schönen Beine hebt, die noch länger wirken dank dem grauen Netzgewebe des Trikots.

Jetzt, Platero, werden die Vögel, von ihren kahlen Zweigen aus, uns sehen, zwischen lauter goldenen Blättern, wie wir sie zwischen lauter grünen Blättern sehen, im Frühling. Das linde Lied, das einst die Blätter da oben sangen – zu welch dürrem, schlurfendem Betspruchgeraune ist es da unten geworden!

Siehst du die Feldflur, Platero, ganz bedeckt von welken Blättern? Wenn wir am nächsten Sonntag wieder hierherkommen, wirst du nicht ein einziges sehen. Ich weiß nicht, wo sie sterben. Wahrscheinlich haben die Vögel, in ihrer Frühlingsverliebtheit, ihnen das Geheimnis dieses schönen, verborgenen Sterbens verraten, das weder dir noch mir zuteil wird, Platero ...

CV

Pinienkerne

Da kommt sie, durch die sonnenhelle Neue Straße: die Kleine mit den Knabberkernen. Roh oder geröstet sind sie bei ihr zu haben. Ich will ihr, für dich und für mich, eine Groschenportion Röstkerne abkaufen, Platero.

Der November kombiniert Winter und Sommer in goldenblauen Tagen. Die Sonne sticht, und die Adern schwellen an wie Blutegel, prall und blau ... Durch die weißen, ruhigen, reinlichen Gassen zieht der Leinenhändler aus der Mancha mit seinem grauen Ballen auf der Schulter; der Hausierer aus Lucena, über und über mit gelbem Gefunkel beladen, klimpernd mit seinem Klapperblechzeug, das bei jedem Klingklang ein Sonnenglitzern erhascht ... Und langsam, dicht an der Hauswand entlang, mit einem Stückchen Holzkohle einen langen Strich auf der Kalktünche ziehend, gebeugt unter ihrer Kiepe, die Arena-Göre, die mit lauten, gefühlvoll in die Länge gezogenen Rufen verkündet: »Geröööste-teee Piiinienkeeerne ...!«

Die Liebespaare knabbern sie gemeinsam vor den Haustüren, tauschen lächelnd, mit flammenden Mienen, die knackigsten Knusperbissen aus. Die Kinder, die auf dem Weg zur Schule sind, klopfen auf der Türschwelle mit einem Stein die Schale auf ... Ich erinnere mich, daß wir in meiner Kindheit an manchen Winternachmittagen in Marianos Orangenhain gingen, draußen bei den Bächen. Wir hatten ein Taschentuchbündel voll gerösteter Pinienkerne dabei, und mein helles Entzücken war es, das Messer in der Hand zu halten, mit dem wir die Samen öffneten, ein Messer mit Perlmuttgriff, das die Gestalt eines Fisches hatte, mit zwei kleinen, in Verbindung stehenden Rubinaugen, durch die der Eiffelturm zu sehen war ...

Welch herrlichen Geschmack hinterlassen die gerösteten Pinienkerne im Mund, Platero! Sie geben Schwung, beflügeln die Lebensgeister! Dank ihnen fühlt man sich gefestigt im Sonnenlicht der kalten Jahreszeit, als wäre man bereits das eigene unsterbliche Denkmal, und man marschiert mit knallendem, hallendem Mannesschritt, ohne die Schwere der Winterkleider zu spüren, und fühlt sich gar imstande, den rechten Ellbogen auf die Tischkante zu stemmen, die nächstbeste Hand zu umklammern und auf die Platte zu zwingen, wäre es auch die mächtige Rechte von León, Platero, oder die Pranke von El Manquito, dem einarmigen Gepäckträger und Kutschendiener ...

CVI

Der entlaufene Stier

Wie ich mit Platero zum Orangenhain gelange, liegt der Hohlweg noch im Schatten, weiß von den reifbedeckten Blüten der Löwenkrallendistel. Die Sonne schenkt noch nicht ihr Gold dem farblos schimmernden Himmel, von dem sich der Kermeseichenhügel abhebt, samt dem zierlich gezeichneten Stachelmuster seiner Stechginsterbüsche ... Von Zeit zu Zeit läßt ein weiches, weitgebreitetes, anhaltendes Rauschen mich nach oben schauen. Es sind die Stare, die zurückkehren zu den Olivenhainen, in großen Schwärmen, mit raschen Schwenkungen phantastisch manövrierend ...

Ich klatsche in die Hände ... Das Echo ... »Manuel!« ... Niemand ... Plötzlich ein rasendes Schnauben, groß und bullig ... Das Herz schlägt, voll einer Ahnung, die es zu sprengen droht. Ich verstecke mich, mit Platero, im tiefhängenden Gezweig des alten Feigenbaums ...

Ja, da kommt er. Ein rot gefleckter Stier zieht vorbei, der Herr des Morgens, witternd, brüllend, mutwillig zerfetzend, was ihm in den Weg kommt. Einen Moment verharrt er auf dem Hügel und füllt das Tal, bis hinauf zum Himmel, mit einem kurzen, grauenhaften Klagelaut. Die Stare schwirren furchtlos, wie zuvor, mit einem Rauschen, das mein Herzklopfen übertönt, am rosigen Himmel.

In einer Staubwolke, welche die Sonne, die jetzt auftaucht, mit einem Kupferschimmer überhaucht, trabt der Stier, zwischen den Agaven, hinab zum Brunnen. Er trinkt ein Weilchen, und dann, hochmütig, streitlüstern, größer als die Landschaft, geht er weg, hangaufwärts, die Hörner behangen mit den Resten von Rebranken, zum Berg empor, und entschwindet endlich zwischen den gierigen Augen und dem blendenden Morgenschein, der schon aus purem Gold ist.

CVII

November-Idyll

Wenn Platero in der einbrechenden Dunkelheit vom Lande heimkehrt, beladen mit der linden Last von Pinienzweigen für den Ofen, verschwindet er fast unter der Fülle schlaff herabhängenden Grüns. Sein Gang ist zierlich, schmal, wie der des Zirkusfräuleins auf dem Drahtseil, feinfühlig und verspielt ... Es scheint, als ginge er gar nicht. Spitzt er die Ohren, könnte man glauben, er sei eine Schnecke, die ihr Haus auf dem Rücken trägt.

Die grünen Zweige, Zweige, die einst, als sie noch aufrecht waren, belebt wurden von der Sonne, den Zeisigen, dem Wind, dem Mond, den Raben – wie gräßlich! Hier sind sie gehockt, Platero! –, schleifen armselig nun im weißen Staub der ausgetrockneten Dämmerpfade.

Eine kühle, malvenblasse Anmut umfängt alles mit einem Glorienschein. Und im Gefild, dem schon der Dezember nahe ist, gewinnt die zarte Demut des lastentragenden Esels allmählich, wie im letzten Jahr, den Zauber einer biblischen Erscheinung ...

CVIII

Die weiße Stute

Traurig komme ich daher, Platero ... Hör zu ... Als ich durch die Blumengasse ging, schon beim Portal, genau an der Stelle, wo der Blitz die beiden Zwillingskinder erschlug, lag die weiße Stute des Tauben, tot. Ein paar kleine, halbnackte Mädchen standen wortlos um sie herum.

Purita, die Näherin, die vorbeiging, hat mir gesagt, der Taube habe die Mähre heute morgen zum Schindanger gebracht, da er es satt gehabt habe, ihr das Gnadenbrot zu geben. Du weißt ja, die Ärmste war schon so alt wie Don Julián und genauso unbeholfen. Sie sah nichts mehr, hörte nichts mehr und konnte kaum noch gehen ... Gegen Mittag stand die Stute wieder vor der Haustür ihres Herrn. Erbost griff dieser nach einem Rebpfahl und wollte sie mit einer Tracht Prügel zum Teufel jagen. Sie wich nicht von der Stelle. Da hieb er mit der Sichelspitze auf sie ein. Die Leute liefen zusammen, und umtost von Flüchen, krummen Sprüchen und Gelächter, trollte sich die Stute, straßaufwärts, lahmend und stolpernd. Die Gassenkinder folgten ihr mit Steinen und Gebrüll ... Schließlich stürzte sie zu Boden, und dort gab man ihr den Rest. Eine Regung von Mitleid flatterte auf und umschwebte sie: – Laßt sie in Frieden sterben! –, als ob wir zur Stelle gewesen wären, ich oder du, Platero; aber das war wie ein Schmetterlingsgaukeln inmitten eines entfesselten Sturmes.

Als ich sie zu Gesicht bekam, lagen noch immer die Steine herum, bei ihr, die auch schon steinkalt war. Eines ihrer Augen war weit offen; das eine, das zu ihren Lebzeiten blind war und das jetzt, wo sie tot war, zu schauen schien. Das Weiß der Stute war der letzte verbleibende Lichtschimmer in der dunklen Gasse, über welcher der Dämmerhimmel, sehr hoch in seiner Kälte, sich mit einem Gewimmel rosa schimmernder Schäfchenwolken überzog ...

CIX

Polterposse

Wahrhaftig, Platero, die bemoosten Brautleute sind zünftig veräppelt worden. Doña Camila war in Weiß und Rosa gehüllt und bemühte sich mit Hilfe von Wandtafel und Zeigestock, einem Schweinchen das Einmaleins beizubringen. Er, als Oberteufel drapiert, hatte einen leeren, schlappen Weinschlauch in der einen Hand, und mit der anderen griff er ihr unter den Rock und mauste einen Geldbeutel aus der Gürteltasche. Ich glaube, die Possenreißer, die in diesen Rollen auftraten, waren Pepe der Stutzer und Concha die Botenfrau, die sich in unserem Haus alle möglichen alten Klamotten besorgt hatte. Voraus zog Pepito der Photograph, als Pfarrer verkleidet, auf einem schwarzen Esel reitend, mit hoch erhobener Prozessionsfahne. Hinterdrein liefen sämtliche Knirpse aus der Hauptstraße, der Brunnengasse, dem Stellmacherviertel, vom Kanzlistenplatz und vom Gevatter-Tello-Gäßchen und machten einen Heidenkrawall, mit Blechbüchsen, Viehschellen, Kupferkesseln, Küchenmörsern,

Rätschen und Eimern, in einträchtigem Rhythmus, straßauf, straßab, beschienen vom Vollmond.
Du weißt ja, daß Doña Camila eine dreifache Witwe und um die sechzig ist und daß der Oberteufel, gleichfalls verwitwet, wenn auch nur ein einziges Mal, so viel Jahre auf dem Buckel hat, daß er sich den Wein von siebzig Ernten zu Gemüte führen konnte. Man sollte heute nacht Mäuschen spielen können, um zu hören, was er hinter den fest verschlossenen Fenstern des Hochzeitshauses sagt, wenn er mit eigenen Augen und Ohren erlebt, wie da die Moritat von ihm und seiner neuen Eheliebsten präsentiert wird, in vielsagenden Bildern und mit drastischen Worten!
Drei Tage, Platero, wird die Polterposse dauern. Dann geht jede Nachbarin auf den kleinen Platz und holt sich das, was sie selbst beigesteuert hat zu dem Spottaltar, vor dessen beleuchteten Bildwerken die Betrunkenen tanzen. Ein paar Nächte lang geht das Gelärme der Knirpse weiter. Schließlich bleibt von dem Spektakel nur noch der Vollmond übrig, der Vollmond und die Lästerverse …

CX

Die Zigeuner

Schau dir die Frau an, Platero. Da kommt sie die Gasse herab, im kupferroten Sonnenlicht, aufrecht, gerade, ohne Mantel, ohne einen Blick für irgendwen ... Mit welchem Anstand trägt sie ihre verjährte Schönheit, stolz und stattlich noch immer, stark, wie aus Eichenholz, eingehüllt, jetzt, zur Winterszeit, in das gelbe, hüftlange Schultertuch und den blauen, weiß getüpfelten Rüschenrock! Sie geht zum Rathaus, um die Erlaubnis zu erbitten, daß die Sippe, wie üblich, hinterm Friedhof ihr Lager aufschlagen darf. Du erinnerst dich doch an die schäbigen Lotterzelte der Zigeuner, mit ihren Lagerfeuern, ihren farbenprächtig gekleideten Weibern und ihren klapperdürren Eseln, die rings um das Biwak ihr letztes ledriges Lebenshälmchen knabbern.

Die Esel, Platero! Schon zittern wohl sämtliche Langohren von Friseta, weil sie drunten im Ort, in ihren Verschlägen, längst die Zigeuner erlauscht haben! – Im Blick auf Platero bin ich unbesorgt, denn um zu seinem Stall zu gelangen, müßten die Zigeuner durch die halbe Ortschaft laufen, und überdies ist da noch Rengel, der Wachmann, der mich mag und ihn mag. – Aber spaßeshalber will ich Platero einen kleinen Schreck einjagen und sage mit hohl dröhnender, nachtschwarzer Stimme:

– Marsch hinein, Platero, marsch hinein! Ich muß das Gattertor versperren, sonst holen sie dich!

Platero, der genau weiß, daß kein Zigeuner ihn jemals raubt, trabt hurtig durch das Tor, das mit einem mächtigen Krach, klappernd und klirrend ins Schloß fällt, springt in wilden Sätzen vom Marmorpatio in den Blumenpatio und von dort, pfeilgeschwind, in den Hühnerhof: eine kurze Flucht, bei der er – so ein Tolpatsch! – rasend ein paar Ranken der blauen Kaiserwinde mitreißt.

CXI

Die Flamme

Komm näher, Platero. Komm her ... Förmlichkeiten sind hier überflüssig. Der Feldhüter fühlt sich pudelwohl in deiner Nähe, er gehört ja zu deinen Vertrauten. Alí, sein Hund, mag dich auch; das weißt du doch. Und ich – na, da brauche ich wohl kein Wort zu verlieren, Platero! ... Was für eine Kälte kommt über den Orangenhain! Du hörst schon das Gemunkel Raposos: »Geb's Gott, daß heut nacht nicht eine Menge Orangenbäume kaputtgeht!«

Gefällt dir das Feuer nicht, Platero? Ich glaube nicht, daß der Leib irgendeiner nackten Frau sich messen könnte mit der flackernden Lohe. Welche wallende Haarflut, welche Arme, welche Beine könnten im Vergleich mit dieser Fülle feuriger Nacktheit bestehen? Vielleicht hat die Natur nichts aufzuweisen, was schöner gelungen wäre als das Feuer. Das Haus ist dichtgemacht, und die Nacht bleibt draußen, einsam; aber dennoch – wieviel näher als selbst das freie Land sind wir hier der

Natur, Platero, hier an diesem offenen Feuer, am Guckloch von Plutos Höhle! Das Feuer ist das ins Haus versetzte, häuslich lebende Weltall. Rot und endlos sprudelnd, wie das Blut aus einer Wunde des Körpers quillt, wärmt es und kräftigt es uns, mit allen Urerinnerungen des Blutes.

Platero, wie schön ist das Feuer! Schau, wie Alí, so gebannt, daß er sich fast versengt, es mit seinen lebendigen, weit geöffneten Augen betrachtet. Welche Lust! Uns umtummeln Tänze aus Gold und Tänze aus Schatten. Das ganze Haus hüpft, duckt sich und reckt sich, gelöst in leichtem Spiel, mal klein, mal groß, wie russische Reigenspringer. Alle Gestalten entspringen aus ihm, in unerschöpflicher Zauberkraft: Zweige und Vögel, der Löwe und das Wasser, der Berg und die Rose. Schau, wir selbst tanzen, ohne es zu wollen, auf der Wand, auf dem Boden, an der Decke.

Welch eine Narretei, welch ein Rausch, welche Seligkeit! Selbst die Liebe wirkt daneben wie der Tod, Platero.

CXII

Genesung

Im schwachen, gelben Lampenschein meines Krankenzimmers, weich umgeben von Teppichen und Wandbehängen, höre ich, wie in einem feuchtkühlen Traum, durchglitzert von Sternentau, draußen auf der nächtlichen Straße flink vom Felde heimkehrende Esel vorübertrippeln, höre Kinder spielen und schreien.

Man ahnt die dunklen Riesenköpfe der Lasttiere und die zierlichen Köpfchen von Kindern, die mitten im Gelärme der Eselslaute mit Kristall- und Silberstimmen Weihnachtslieder singen. Das Städtchen fühlt sich umfangen vom Rauch gerösteter Kastanien, vom Dunst vieler Ställe, vom Atem friedvoller Familienstuben ...

Und meine Seele verströmt sich, in läuterndem Schwall, als ob eine Flut von himmlischen Wassern dem von Dunkel umlagerten Felsen des Herzens entspränge. Dämmerstunde vielfältiger Erlösung! Innige Stunde, kühl und wohlig warm zugleich, voll grenzenloser, mannigfacher Helle!

Die Glocken, dort oben, dort draußen, läuten zwischen den Sternen. Angesteckt, läßt Platero einen Schrei los, in seinem Stall, der in diesem Augenblick, da der Himmel nahe ist, sehr ferne scheint ... Ich weine, schwach, erschüttert und allein, genau wie Faust ...

CXIII

Der alte Esel

... Todmüde trottet er tapernd
und taumelt bei jedem Schritt...
*(Der Grauschimmel
des Alkalden von Los Vélez)*
Romancero General

Ich bringe es nicht übers Herz, Platero, einfach weiterzugehen. Wer läßt den Ärmsten hier so allein, hilflos dem Unheil ausgesetzt?
Wahrscheinlich ist er dem Schindanger entronnen. Ich glaube, er kann uns weder hören noch sehen. Schon heute morgen hast du ihn an derselben Stelle gesehen, auf dieser Böschung da, unter den weißen Wolken, als lichtumflutete klapprige Elendsgestalt, auf der die Fliegen wimmelnde Inseln bildeten, als sonnenbeglänzte Trübsal – ein Fremdkörper inmitten der zauberischen Schönheit des Wintertages. Langsam drehte er sich um sich selbst, als hätte er die Orientierung verloren, lahmend auf allen vieren, und stand schließlich wieder da, wo er zuvor gestanden hatte. Inzwischen hat er nur die Rich-

tung gewechselt. Heute morgen schaute er nach Westen, und jetzt schaut er nach Osten.

Welch klägliche Fessel ist doch das Alter, Platero! Da steht er, der arme gute Kerl, ledig aller Pflicht, und rührt sich nicht vom Fleck, obwohl der Frühling sich schon ihm naht. Oder ist er etwa tot, wie Bécquer, ein Toter, der stetig aufrecht steht? Ein Kind könnte seine Konturen zeichnen, die starr vor dem Dämmerhimmel verharren.

Du siehst ja ... Ich wollte ihn antreiben, doch er regt sich nicht ... Er reagiert auf keinen Zuruf ... Es ist, als hätte die Todesangst ihn in den Erdboden gerammt ...

Platero, er wird erfrieren auf dieser hohen Böschung, heute nacht, durchbohrt vom Nordwind ... Ich bringe es nicht übers Herz, einfach weiterzugehen; ich weiß nicht, was tun, Platero ...

CXIV

Die Morgendämmerung

Beim trägen Aufschimmern der Tageshelle im Winter, wenn die wachsamen Hähne die ersten Rosen der Frühe erblühen sehen und galant sie begrüßen, bricht Platero, des Schlafes überdrüssig, in ein langes Brüllen aus. Wie lieblich, dieses Signal seines fernen Erwachens, das mit den Strahlen himmlischen Lichts durch die Ritzen der Fensterläden hereindringt in die Schlafkammer! Ich, genauso tagesbegierig, denke im molligen Bett an die Sonne.

Und ich denke, wie es wohl dem armen Platero erginge, wenn er, statt in meine Poetenhände, in die Hände von einem jener Köhler gefallen wäre, die, noch bei Nacht, über den knirschenden Rauhreif einsamer Wege hinauf zu den Bergwäldern ziehen, um Pinienstämme zu stehlen; oder in die Hände jener verkommenen Zigeuner, die ihre Esel bunt bemalen, ihnen Arsenik ins Futter mischen und Nadeln in die Ohren stecken, damit sie nicht schlappmachen.

Platero brüllt aufs neue. Weiß er wohl, daß ich an

ihn denke? Sei's drum. Im zarten Morgendämmern ist mir die Erinnerung an ihn genauso wichtig und willkommen wie der frisch heraufziehende Tag. Und Gott sei Dank – er hat einen Stall, so warm und weich wie eine Wiege, so liebevoll wie mein Gedenken.

CXV

Traumblumen

Für meine Mutter

Als Oma Teresa starb, so erzählt mir meine Mutter, sah sie in ihrem letzten Delirium lauter Blumen. Eine geheimnisvolle Verquickung, Platero, mit den farbigen Sternchen meines damaligen Kleinkindertraumes erweckt in mir immer, wenn ich daran denke, die Vorstellung, die Blumen ihrer Fieberphantasie seien Verbenen gewesen, rosa, blaue und violette Verbenen.

Ich sehe Oma Teresa nie anders als durch die farbigen Glasscheiben der Patiotür, durch die ich die Sonne und den Mond blau oder tiefrot gewahrte, und stets ist sie unverrückbar gebückt, starrsinnig vorgebeugt über die himmelblauen Blumentöpfe oder die weiß gefaßten Rabatten. Und die Gestalt verharrt, ohne je ihr Gesicht mir zuzuwenden – ich kann mich nämlich nicht entsinnen, wie es ausgesehen hat –, verharrt unter der heißesten Mittagssonne des Augusts oder unter den Gewittergüssen des Septembers.

In ihrem Delirium – sagt meine Mutter – rief sie nach einem, weiß nicht welchem, unsichtbaren Gärtner, Platero. Wer immer er war – er hat sie sicherlich behutsam fortgeführt, auf einem Blumenpfad, zwischen lauter Verbenen. Und auf diesem Weg kehrt sie zurück, in meiner Erinnerung, zu mir, der ich sie nach ihrem Geschmack in zärtlichem Andenken bewahre, obschon entrückt, jenseits von meinem Herzen, wie umhüllt von jenen feinen Stoffen, die sie zu tragen pflegte, von Seidenfalten, ganz übersät mit winzigen Blumen, Schwestern der abgefallenen Blüten des Heliotrops im Garten und der flüchtigen Lichtpünktchen meiner frühen Kindheitsnächte.

CXVI

Weihnachten

Das Feuerchen auf freiem Feld! ... Es ist der Nachmittag, dem der Heilige Abend folgt, und eine verhangene, matte Sonne hebt sich kaum noch vom unwirtlichen, wolkenlosen Himmel ab, der nun ganz grau statt ganz blau ist, mit einem verschwommenen Gelbschimmer am westlichen Horizont ... Plötzlich bricht ein grelles Knistern aus, ein Knakken von berstenden grünen Zweigen, die zu brennen beginnen; dann der dichte Rauch, weiß wie Hermelin, und schließlich die Flamme, die den Rauch klärt und die Luft belebt mit lauter reinen, zuckenden Zungen, die hinaufzulecken scheinen.

Oh, die Flamme im Wind! Rosige, gelbe, malvenfarbene, blaue Geister stieben entschwindend auf, wer weiß wohin, einen seltsam niedrigen Geheimnishimmel durchbohrend, und hinterlassen in der Kälte den Geruch von glühendem Reisig! Dezemberfeld, nun wohlig warm! Winter voller Zärtlichkeit! Heiliger Abend der Glückseligen!

Die Zistrosenbüsche der Umgebung zergehen im

Feuer. Die Landschaft, hinter der heißen Luft, zittert und gewinnt eine Reinheit, als wäre sie aus unstetem Kristall. Und die Kinder des Feldhüters, die keine Weihnachtskrippe haben, scharen sich, arm und traurig, rings um das Feuerchen, um ihre klammen Hände zu wärmen, und in die Glut schütten sie Eicheln und Kastanien, die aufplatzen mit lautem Knall.
Und da freuen sie sich und springen über das Feuer, das die nahende Nacht schon rötlich leuchten läßt, und singen:

... Zieh weiter, Maria!
Auf, Josef, nur zu ...

Ich bringe Platero zu ihnen und lasse ihn dort, daß sie mit ihm spielen.

CXVII

Die Uferstraße

Hier, in diesem großen Haus, das heute als Polizeiwache der Guardia Civil dient, bin ich zur Welt gekommen, Platero. Wie sehr hat es mir einst gefallen, als ich noch ein Kind war! Wie herrlich fand ich diesen armseligen Balkon im pseudomaurischen Stil von Baumeister Garfia, mit den Ziersternen aus farbigen Gläsern! Schau durch die Tür, Platero: Noch schmücken die weiß und lila blühenden Fliederbüsche den Innenhof, samt den blauen Glöckchen der Kaiserwinden, die am schwarz verwitterten Gatter im Hintergrund des Patios hängen – das helle Entzücken meiner ersten Lebensjahre.
Platero, hier, an der Ecke zur Blumengasse, postierten sich abends immer die Matrosen in ihren Ausgehuniformen von unterschiedlichem Blau, standen grüppchenweise beisammen, wie Garbenhaufen auf einem Erntefeld im Oktober. Ich weiß noch, daß sie mir riesig vorkamen, denn zwischen ihren Beinen hindurch, die sie nach Seemannsart gespreizt auf den Boden stemmten, sah ich, dort unten, den Fluß,

mit seinen parallelen Wasser- und Sumpfstreifen, gleißend die einen, stumpf und dürregelb die anderen; mit einem langsam dahingleitenden Boot im Zauberreich des Altwassers; mit den hitzig roten Flecken am Abendhimmel im Westen ... Später zog mein Vater um, in die Neue Straße, weil die Seeleute immer mit dem Messer in der Hand herumliefen, weil die Gassenbengel jede Nacht die Scheiben der Laterne am Hauseingang einwarfen und die Türschelle ramponierten, und weil hier an der Ecke immer ein starker Wind herrschte ...

Vom Auslugpavillon auf der Dachterrasse sieht man das Meer. Und nie werden in meiner Erinnerung die Bilder jener Nacht verblassen, in der man uns Kinder alle hinaufbrachte, damit wir, zitternd vor Erregung und Neugier, das englische Schiff sehen konnten, jenes Schiff, das brennend auf der Sandbank lag ...

CXVIII

Der Winter

Gott ist in seinem Glaspalast. Will sagen, es regnet, Platero. Es regnet. Und die letzten Blüten, die der Herbst noch nicht hinweggefegt hat und die zäh sich an ihre blutleeren Stengel klammern, werden mit Diamanten überhäuft. In jedem Diamant ein Himmel, ein Glaspalast, ein Gott. Schau diese Rose an: Sie enthält eine zweite, eine Rose aus Wasser, und wenn man sie schüttelt – siehst du? –, entgleitet ihr die neue, funkelnde Blüte, als wär's ihre Seele, und der Verlust macht sie trüb und traurig, wie die meinige.

Das Wasser ist offensichtlich etwas ebenso Lustiges wie die Sonne. Schau! Hab' ich nicht recht? Wie glücklich rennen sie im Regen rum, die Kinder, wild und rotbackig, mit nackten Beinen. Sieh, wie die Spatzen sich alle auf einmal als schwirrende Rasselbande ins Efeudickicht stürzen, in ihre Schule, wie Darbón, dein Arzt, zu sagen pflegt.

Es regnet. Heute gehen wir nicht ins Freie. Dieser Tag ist der stillen Betrachtung gewidmet. Schau, was für Sturzbäche sich aus den Dachrinnen ergießen. Schau, wie die Akazien reingewaschen werden, die schon schwarzen, nur noch ein bißchen goldgefleckten Äste; wie im Straßengraben das Schifflein der Kinder, das gestern im Unkraut hängengeblieben ist, sich von neuem auf große Fahrt begibt. Schau, jetzt, wo für einen kurzen Moment die Sonne schüchtern hervorblickt – wie schön der Regenbogen, der hinter der Kirche aufsteigt und mit einem verschwimmenden Schillern auf unserer Seite des Städtchens erstirbt.

CXIX

Eselsmilch

Die Leute gehen hastiger und husten in der Stille des Dezembermorgens. Der Wind schüttet das Meßglockenbimmeln vom anderen Ende des Städtchens herüber. Leer rattert die Sieben-Uhr-Kutsche vorbei ... Mich weckt ein weiteres Mal das vibrierende Geräusch eines Fenstergitters, an dem gerüttelt wird ... Hat wohl der Blinde wieder einmal, wie jedes Jahr, seine Eselin hier angebunden?

Eilig laufen die Milchmädchen straßauf, straßab, die Blechkanne vor dem Bauch, und preisen lauthals in der Kälte ihre weiße Kostbarkeit an. Die Milch aber, die der Blinde seiner Eselin abzapft, ist nur für Halskranke bestimmt.

Der Blinde, weil er halt blind ist, sieht zweifellos nicht, wie der elende Zustand seiner Eselin sich verschlimmert, falls das noch möglich ist, verschlimmert von Tag zu Tag, von Stunde zu Stunde. Das ganze Tier wirkt wie ein blindes Auge seines Herrn ... Eines Abends, als ich mit Platero im Geistergrund unterwegs war, traf ich den Blinden, der mit wütendem Gefuchtel, nach links und nach rechts hauend, hinter der armen Eselin her war, die durch die Wiesen flüchtete, mit geducktem Hinterleib, als rutschte sie hockend im feuchten Gras. Die Stockschläge trafen einen Orangenbaum, prasselten auf das Schöpfrad, sausten in die Luft – nicht so kräftig wie die Flüche, die, zu massiver Dinghaftigkeit verdichtet, gewiß den Wehrturm der Alten Zitadelle zum Einsturz gebracht hätten … Die arme Eselin wollte nicht mehr guter Hoffnung sein und wehrte sich gegen ihr Schicksal, indem sie den Huldbeweis irgendeines leichtlebigen Esels auf die Erde fallen ließ, wie Onan tat, als er den Samen vergeudete …. Der Blinde, der sein finsteres Leben damit fristet, daß er den für die kleinen Eselchen bestimmten Nektar fingerhutweise für ein Scherflein oder ein Versprechen an die alten Leute verkauft, wollte, daß die Eselin aufrecht stehe und so die fruchtbringende Gabe bei sich behalte, die wirkende Kraft, die seine leckere Arznei hervorbringen sollte.

Und da steht die Eselin nun, reibt ihre arme Haut an den Gitterstäben meines Fensters und spielt einen ganzen weiteren Winter lang ihre Rolle als Notapotheke für alte Raucher, Schwindsüchtige und Trunkenbolde.

CXX

Reine Nacht

Die von Zinnen umkränzten weißen Dachterrassen heben sich schroff vom heiter blauen und eisig kalten Sternenhimmel ab. Der lautlose Nordwind liebkost uns, lebhaft, mit reiner, schneidender Leidenschaft.

Alle glauben, sie frieren, und verstecken sich in den Häusern, verschließen die Türen. Wir, Platero, wollen langsam – du mit deinem Wuschelfell und mit meiner Decke, ich mit meiner Seele – durch das saubere, einsame Städtchen ziehen.

Welche Kraft aus dem Inneren richtet mich auf, als wäre ich ein Turm aus rohem Felsgestein mit einer Krone aus frei schwebendem Silber! Schau, wieviel Sterne! So viele sind's, daß einem schwindlig wird. Man könnte meinen, der Himmel sei eine Kinderwelt und sie bete für die Erde einen glühenden Rosenkranz vollkommen strahlender Liebe.

Platero, Platero! Ich gäbe mein ganzes Leben hin – und wünschte, du würdest das deine geben wollen – für die Reinheit dieser hohen Januarnacht, so einsam, klar und hart!

CXXI

Der Petersilienkranz

»Mal sehen, wer zuerst am Ziel ist!«
Der Preis war ein Bilderbuch, das ich am Vorabend erhalten hatte, aus Wien.
»Mal sehen, wer zuerst bei den Veilchen ist! ... Eins ... zwei ... drei ... los!«
Auf und davon stürmten die Mädchen, mit lustigem, lärmendem Ungestüm, als weißes und rosa Gewusel im gelben Sonnenschein. Einen Moment war die Stille zu hören, die durch die stumme Anstrengung heftig sich hebender Brustkörbe in der Morgenluft entstand; der langsame Stundenschlag der Turmuhr im Städtchen; das klitzekleine Sirresingen eines Winzlings von Fliege auf dem Pinienhügel; das Heranrinnen des Wassers im Berieselungsgraben ... Die Mädchen waren gerade bis zum ersten Orangenbaum gelangt, als Platero, der untätig dort herumstreunte, angesteckt vom Spieleifer, sich der Horde anschloß und an ihrem Wettlauf teilnahm. Da keine die Siegeschance vergeuden wollte, konnten sie nicht protestieren oder sich auch nur ein Lachen leisten ...

Ich rief ihnen nach: »Wetten, daß Platero gewinnt! Platero gewinnt!«
Ja, Platero war vor allen anderen bei den Veilchen, wo er sich hinlegte und im Sande wälzte.
Strümpfe heraufziehend und Haare aus dem Gesicht streichend, kamen die Mädchen keuchend zurück und protestierten atemlos: »Das gilt nicht! Das gilt nicht! Aber nein! Aber nein! Aber nein! Das gibt's nicht!«
Ich erklärte, daß Platero diesen Wettlauf gewonnen habe und es deshalb nicht mehr als recht und billig sei, ihn als Sieger irgendwie zu prämieren. Das Buch, na gut, das bleibe, weil Platero nun mal nicht lesen könne, für einen späteren Wettlauf aufgespart; aber Platero müsse mit einer Auszeichnung bedacht werden.
Nun, da sie wußten, daß das Buch ihnen sicher war, hüpften und lachten die Mädchen mit roten Gesichtern: »Ja! Ja! Ja!«
Da sagte ich mir, indem ich an mich selbst dachte, daß der schönste Lohn für Platero wohl in der eigenen Anstrengung liege, wie für mich in meinen Versen. Und ich zupfte aus dem Pflanztrog, in dem die Frau des Feldhüters gleich vor der Haustür ihre Küchenkräuter zog, ein paar Büschelchen Petersilie, wand einen Kranz daraus und setzte ihn auf Plateros Haupt, als vergängliches und unüberbietbares Ehrenzeichen, wie es einem Spartaner geziemt.

CXXII

Die Heiligen Drei Könige

Ganz aus dem Häuschen waren die Kinder heute abend, Platero! Unmöglich, sie ins Bett zu bringen. Zu guter Letzt hat sie dann doch der Schlaf überwältigt, das eine im Lehnsessel, das andere auf dem Boden, neben dem Kamin, Blanca auf einem Schemel, Pepe auf der steinernen Bank am Fenster, den Kopf dicht bei der offenen Tür, um nur ja den Zug der Weisen aus dem Morgenland nicht zu verpassen ... Und jetzt, in der Tiefe dieser Lebensentrücktheit, wird der Traum von allen vernehmbar, pulsierend und voll magischer Kraft, wie ein großes, pralles, munteres Herz.

Vor dem Abendessen bin ich mit allen hinaufgegangen, zum Dachgarten. Mit welchem Gerappel und Radau drängelten sie die Stiege hinauf, die ihnen sonst bei Nacht so unheimlich ist! »Ich hab' keine Angst vor dem Glasdach, Pepe – und du?« sagte Blanca, indem sie meine Hand ganz fest umklammerte. – Und an der Brüstung, zwischen den Zedratbäumchen, haben wir die Schuhe sämtlicher

Kinder paratgestellt. Jetzt, Platero, wollen wir – Tantchen Montemayor, María Teresa, Lolilla, Perico, du und ich – uns verkleiden, mit Leintüchern, Bettüberwürfen und alten Hüten. Und um zwölf werden wir als Karawane am Fenster der Kinder vorbeimarschieren, prächtig vermummt und mit flackernden Laternen, unter den Klängen der Festmusik, die wir selber machen, mit Küchenmörsern, Trompeten und dem Tritonshorn – dem großen Meeresschneckengehäuse, das im Hinterzimmer liegt. Du wirst mit mir an der Spitze gehen, denn ich werde Kaspar sein und einen weißen Bart aus Werg tragen, und du wirst die Flagge Kolumbiens umhaben, wie eine Schürze – die Fahne, weißt du, die ich von meinem Onkel, dem Konsul, mitgebracht habe ... Die Kinder, jäh aus dem Schlaf gerissen, werden mit erstaunten, noch von Traumfetzen verhangenen Augen als Hemdenmatze hinter den Fensterscheiben auftauchen, zitternd und wunderverwirrt. Danach werden wir noch geraume Zeit durch ihren Traum dahinziehen, und morgen, zu recht später Stunde, wenn der blaue Himmel durch die Ritzen der Fensterläden scheint und sie blendet mit seiner Helle, werden sie, halb angezogen, zum Dachgarten hinaufstürmen und sich all der Schätze bemächtigen.

Letztes Jahr haben wir viel gelacht. Du wirst schon sehen, wie herrlich wir uns heut nacht noch amüsieren, Platero, mein Kamelchen du!

CXXIII

Mons-urium

El Monturrio heißt heute dieser Höhenzug. Seine ockerfarbenen Hügelchen, die durch die Wühlerei der Fegsandverkäufer von Tag zu Tag armseliger werden, erscheinen, vom Meer aus gesehen, als goldene Kuppen, und deshalb verliehen die Römer ihm diesen glanzvollen, erhabenen Namen. Über ihn gelangt man, schneller als auf dem Friedhofsweg, zur Windmühle. Überall kommen auf ihm Ruinen zum Vorschein, und in seinen Weinbergen holen die Männer, die dort hacken und graben, Knochen, Münzen und Tongefäße ans Tageslicht.

Der Gedanke an Kolumbus ist für mich nicht sonderlich erhebend. Mag er auch, wie man sagt, in unserem Haus eingekehrt sein; mag er in der Kapelle des Klosters Santa Clara am Vorabend seiner Ausfahrt das Abendmahl empfangen haben; mag diese Palme oder jene Herberge noch aus seiner Zeit sein ... Er ist nah, mit ihm ist es nicht weit her, und du kennst ja die zwei Geschenke, die er uns aus

Amerika mitgebracht hat: den Tabak und die Syphilis. Wen ich jedoch mit Wonne unter mir verspüre, wie eine starke Wurzel, das sind die Römer, welche die Alte Zitadelle errichteten, mit einem Mörtel, dem keine Spitzhacke, kein Rammbock etwas anhaben kann und der sich allen Versuchen widersetzt hat, auf diesem Bollwerk den eisernen Storch als Wetterfahne einzupflanzen, Platero ... Nie werde ich den Tag vergessen, an dem ich, noch als ganz kleiner Junge, diesen Namen erfuhr: *Monsurium*. Schlagartig wurde damit der Monturrio für mich geadelt, ein für allemal. Meine Sehnsucht nach dem Höheren – so elend geprellt in meinem armseligen Städtchen! – fand einen trügerisch erquickenden Trost. Wen mußte ich jetzt noch beneiden? Welches Monument des Altertums, welche Ruine – Kathedrale oder Burg – könnte mich jetzt noch festhalten, fixiert in Gedanken auf das Verdämmern und Versinken der Illusion? Auf einmal war mir, als befände ich mich über einem unerschöpflichen Schatz. Moguer, Monte de oro – ein Goldberg, Platero. Du kannst zufrieden sein: Es reicht fürs Leben und fürs Sterben.

CXXIV

Der Wein

Platero, ich habe dir gesagt, das Brot sei die Seele von Moguer. Nein. Moguer ist wie eine Caña, wie ein hohes, schlankes Trinkgefäß aus dickem und klarem Glas, das während des ganzen Jahres, unter dem runden blauen Himmel, seinen Goldwein erwartet. Sobald es September geworden ist, füllt sich – falls nicht der Teufel als Spielverderber dazwischenpfuscht – dieser Kelch mit Wein, bis zum Rand, und läuft fast immer über, wie ein freigebiges Herz.

Das ganze Städtchen riecht dann, mehr oder minder großzügig, nach Wein und klirrt wie Glas. Es ist, als würde die Sonne sich selber hinschenken in flüssiger Schönheit, für ein Spottgeld, aus purer Lust, sich im durchsichtigen Rund des hellen Städtchens einschließen zu lassen und dessen braves Blut munter zu machen. Jedes Haus ist, in jeder Gasse, wie eine Flasche auf dem Bord hinter der Theke von Juanito Miguel oder hinterm Schanktisch des »Royalisten«, wenn ein Strahl der untergehenden Sonne darüber hinstreicht.

Ich erinnere mich an »Die Quelle der Gelassenheit« von Turner, ein Bild, das mit seinem dominierenden Zitronengelb so aussieht, als wäre es ganz und gar mit neuem Wein gemalt. So auch Moguer, eine Quelle sprudelnden Weins, der, wie das Blut, unaufhörlich läuft und stets sich einstellt, wo immer eine Wunde gelabt sein will; ein Springborn trauriger Freude, der gleich der Aprilsonne jedes Jahr zum Frühling emporsteigt und doch in stetigem Fallen täglich versinkt.

CXXV

Die Fabel

Von klein auf, Platero, empfand ich immer ein instinktives Grauen vor der lehrhaften Tierparabel, wie vor der Kirche, der Guardia Civil, den Toreros und der Ziehharmonika. Die Tiere, die ständig dummes Zeug von sich geben, das ihnen die Fabeldichter eingetrichtert haben, kamen mir so abscheulich vor wie die stummen, ausgestopften Geschöpfe in den stinkenden Vitrinen des Naturkundesaals unserer Schule. Jedes Wort, das sie sagten – nein, das irgend so ein verschnupfter, bärbeißiger Herr mit gelbem Gesicht sagte –, kam mir vor wie ein Glasauge, wie der Drahtbügel unter einem Flügel, wie der als Ständer benutzte künstliche Ast. Später, als ich in Huelva und Sevilla dressierte Zirkustiere sah, tauchten die Fabeln aus der Vergessenheit, in die sie mitsamt den Klassenarbeiten, den Belobigungen und der ganzen einstigen Schule versunken waren, wieder auf, wie scheußliche Albtraumbilder aus meiner Knabenzeit.

Ich war bereits erwachsen, Platero, als ein Fabeldichter, Jean de La Fontaine, von dem du schon manche Geschichte aus meinem Mund gehört hast, mich mit den redenden Tieren versöhnte; und mancher Vers von ihm klang in meinen Ohren wirklich wie die wahre Stimme der Krähe, der Taube oder der Ziege. Aber immer habe ich mir bei der Lektüre das moralische Fazit erspart, diesen dürren Schwanz, diesen Aschenrest, diese am Schluß schlaff am Boden schleifende Steißfeder.

Zwischen uns ist klar, Platero, daß du kein Esel im vulgären Sinn des Wortes bist; auch keiner gemäß der Definition im Wörterbuch der Spanischen Akademie. Du bist einer, ja, aber einer von der Art, die meiner Erfahrung und meinem Verständnis entspricht. Du hast deine Sprache und nicht die meine, sowenig wie ich die der Rose spreche oder diese die Sprache der Nachtigall spricht. Du brauchst also nicht zu befürchten, daß ich, wie du möglicherweise beim Anblick meiner Bücher gedacht hast, dich jemals zum geschwätzigen Gaukelhelden eines Fabelhistörchens machen und deine volltönende Ausdrucksweise mit den Redensarten des Fuchses oder des Distelfinks zusammenzwirnen würde, um dann, in Kursivschrift, die schale und frostige Formel der aus solchem Schnickschnack gezogenen moralischen Schlußfolgerung zu präsentieren. Nein, Platero ...

CXXVI

Karneval

Wie hübsch ist Platero heute herausgeputzt! Es ist Rosenmontag, und die Kinder, prächtig verkleidet als Stierkämpfer, Clowns und flotte Handwerksburschen in Rokokotracht, haben ihm das maurische Geschirr angelegt, seine über und über mit Arabesken bestickte, rot, grün, weiß und gelb schimmernde Galamontur.

Regenschauer, Sonne und Kälte. Die runden, bunten Papierschnipselchen rollen, vom scharfen Abendwind gehetzt, alle in einer Richtung über den Gehsteig, und die Maskierten, klamm und fröstelnd, machen alles mögliche zur Hosentasche für ihre blauen Hände.

Kaum sind wir auf den Platz gelangt, da haben ein paar Frauen, als Irre kostümiert, in langen weißen Hemden und mit Girlanden grüner Blätter im schwarzen, aufgelöst wallenden Haar, Platero gepackt, in die Mitte ihrer lärmenden Runde gezerrt, sich bei den Händen gefaßt und ausgelassen einen Ringelreihen getanzt, Kreis um Kreis, immer um ihn herum.

Platero, verdutzt und ratlos, stellt seine Ohren auf, reckt den Kopf, und wie ein Skorpion, der vom Feuer umzingelt ist, versucht er nervös, irgendwo auszubrechen. Aber da er so klein ist, haben die verrückten Frauenspersonen keine Angst vor ihm und hopsen weiterhin, singend und lachend, rings um ihn herum. Die kleinen Bengel, die sehen, daß er nicht herauskann, schreien iah, damit auch er in Gebrüll ausbricht. Der ganze Platz ist jetzt ein tolles Konzert von gelbem Schmetterblech, Eselsschreien, Lachsalven, Liederfetzen, Schellentrommeln und Küchenmörsern ...

Endlich traut sich Platero, mannhaft entschlossen, den Ring zu durchbrechen, und kommt zu mir herübergetrabt, voller Trauer, kläglich umbaumelt vom heruntergerutschten Galageschirr. Er will, wie ich, mit dem ganzen Karneval nichts zu tun haben ... Wir sind nicht die Richtigen für so ein Treiben ...

CXXVII

León

Gemächlich trotte ich mit Platero – er jenseits, ich diesseits der Reihe von Steinbänken – über den Nonnenplatz, der einsam und heiter daliegt an diesem warmen Spätnachmittag, während schon der Sonnenuntergang sich ankündet, mit einem Malvenschimmer, der sich auflöst in Gold, übcrm Spital, als ich auf einmal spüre, daß noch jemand da ist. Wie ich den Kopf wende, stoßen meine Ohren auf die Worte: »Don Juan ...« Und León gibt mir einen Klaps auf die Schulter ...

Ja, es ist León, schon geschniegelt und gebügelt für das abendliche Promenadenkonzert, mit seinem kurzen karierten Jackett, seinen Stiefeln aus weißem Segeltuch und schwarzem Lackleder, seinem heraushängenden grünen Seidentüchlein und seinen, unter den Arm geklemmten, funkelnden Becken. Er gibt mir einen Klaps und sagt, Gott gewähre eben einem jeden seine eigene, besondere Gabe; wenn ich einer sei, der in Zeitungen schreibe, so sei er, mit dem Gehör, das er habe, imstand ... »Sie wissen's

ja, Don Juan, die Becken ... Das heikligste Instrument ... Das einzige auf Gottes Erdboden, das man ohne Notenblatt spielt ...« Wenn er Modesto ärgern wollte, er, mit seinem Gehör, dann würde er die neuen Stücke pfeifen, eh' die Kapelle sie spielt. – »So ist es halt ... Ein jeder hat seine eigene Gabe ... Sie schreiben in den Zeitungen ... Ich hab' mehr Kraft als Platero ... Fühlen Sie mal, hier ...«
Und er zeigt mir seinen alten, blankgewetzten Kopf, auf dessen Mitte, kahl wie die Kastilische Hochebene, hart und ausgedörrt wie eine alte Melone, eine große Schwielenplatte deutlich seinen harten Beruf bezeugt.
Er gibt mir einen Klaps auf die Schulter, macht einen Hupf und zieht ab, mit einem Zwinkern in seinem pockennarbigen Gesicht und irgendeinen Pasodoble pfeifend – zweifellos das neue Stück des Abends. Aber plötzlich kommt er zurück und reicht mir seine Visitenkarte:

LEÓN
DIENSTÄLTESTER UND OBMANN
DER LASTENTRÄGER
VON MOGUER

CXXVIII

Die Windmühle

Wie groß kam er mir damals vor, Platero, dieser Tümpel, und wie hoch dieses Amphitheater aus rotem Sand! War es dieses Wasser, in dem sich jene grimmigen Pinien spiegelten, die hernach meinen Traum mit dem Bild ihrer Schönheit erfüllten? War dies der Auslug, wo ich einmal die klarste Landschaft meines Lebens gewahrte, in einer hinreißenden Sonnenmusik?

Ja, die Zigeunerinnen sind da, und die Angst vor den Stieren stellt sich wieder ein. Da ist auch, wie immer, ein einsamer Mann – Derselbe? Ein anderer? –, ein betrunkener Kerl, der sinnloses Zeug daherredet, wie wir an ihm vorbeigehen, und mit seinem einzigen Auge zum Weg hinüberspäht, um zu sehen, ob Leute kommen ... und unversehens stockt in seinem Gequassel ... Ja, die Verlassenheit ist da, und die Elegie liegt in der Luft – doch wie neu wirkt jene Verwahrlosung, wie heruntergekommen dieses Lied des Leids!

Vor dem heutigen Wiedersehen an Ort und Stelle,

Platero, glaubte ich diese Gegend, die meine Kindheit verzauberte, auf einem Bild von Courbet zu gewahren, und auf einem anderen von Böcklin. Immer wollte ich ihre Herrlichkeit malen, rot im Angesicht des herbstlichen Sonnenuntergangs, verdoppelt mit ihren Pinienhainen in dem kristallenen Tümpel, der den Sand unterhöhlt ... Doch was bleibt, ist nur ein mit Strohblumen geschmücktes Souvenir, das, wie ein Seidenpapier neben einer lodernden Flamme, dem nicht standhält, was andringt im magischen Sonnenglast meiner Kindheit.

CXXIX

Der Turm

Nein, du kannst nicht auf den Turm hinauf. Du bist zu groß. Ja, wenn das die Giralda wäre, der Turm der Kathedrale von Sevilla!
Wie gern würde ich es dir gönnen, daß du einmal hinaufsteigst. Von dem Balkon unter der Uhr überblickt man schon die Dachterrassen des Städtchens, mit ihren helmartigen Aufsätzen aus buntem Glas und ihren indigoblau gestrichenen, blütenstrotzenden Blumenkübeln. Dann auf der Südseite, die von der dicken Glocke ramponiert wurde, als man sie hinaufschaffte, sieht man den Innenhof der Alten Zitadelle; und man sieht die Zehntscheuer und, bei Flut, das Meer. Weiter oben, vom Glockenstuhl aus, kann man vier Ortschaften sehen, und den Zug, der nach Sevilla fährt, und den Zug von Riotinto, und die Jungfrau Maria auf dem Felsgipfel. Danach muß man an der eisernen Leiter hinaufhangeln, und da würdest du die Füße der heiligen Johanna berühren, die vom Blitzschlag versengt wurde, und dein Kopf, der schließlich unter dem

Torbogen des pavillonartigen Tempelchens ganz oben zwischen den weißen und blauen Kacheln, die in der Sonne zu Gold zersprühen, zum Vorschein käme, würde das Staunen der Kinder erregen, die Stierkampf spielen, unten auf dem Kirchplatz, von wo, schrill und hell, ihr Jubelgeschrei zu dir emporstiege.

Auf wieviel Triumphe mußt du verzichten, armer Platero! Dein Leben ist so bescheiden wie der kurze Weg zum Alten Friedhof!

CXXX

Die Esel des Sandhändlers

Schau, die Esel am Ufer des Quemado – langsam, niedergedrückt, unter ihrer ausladenden Traglast, der roten Masse nassen Sandes, worin, wie im Herzen, tief eingestochen der stachlige Knüttel steckt, der frisch vom Wilden Ölbaum geschnittene Knotenstock, mit dem man sie schlägt …

CXXXI

Madrigal

Sieh ihn dir an, Platero. Er hat, wie das Zirkuspferdchen auf seiner Kreisbahn, drei Runden gedreht, rings um den ganzen Garten, weiß wie die alleinige leichte Welle eines lieblichen Lichtmeeres, und ist wieder abgeschwebt, über die Mauer hinweg. Wahrscheinlich flattert er jetzt in dem Rosenstrauch, der auf der anderen Seite wild gewachsen ist, und fast glaube ich, ihn sehen zu können, durch die Kalkwand hindurch. Schau, da ist er schon wieder. Eigentlich sind es zwei Falter: der eine weiß, er selbst; der andere schwarz, sein Schatten.

Es gibt, Platero, Schönheiten, die alles überragen und durch nichts anderes verdunkelt werden können. Wie in deinem Gesicht die Augen der höchste Reiz sind, so der Stern in der Nacht und die Rose und der Falter im morgendlichen Garten.

Platero, schau, wie herrlich er fliegt! Welche Lust muß es für ihn sein, so fliegen zu können! Wohl so ähnlich wie für mich, als wahren Dichter, die Wonne des Verses. Sein ganzes Wesen versenkt sich in seinen Flug, geht auf in seiner Seele, als wäre nichts anderes ihm wichtig auf der Welt, ich meine, hier im Garten.

Sei still, Platero ... Sieh ihn an. Welche Beglükkung, ihn so fliegen zu sehen, rein und ohne Verrenkung!

CXXXII

Der Tod

Ich fand Platero auf seinem Strohlager, langgestreckt, mit matten, trüben Augen. Ich ging zu ihm hin, streichelte ihn, redete ihm zu, wollte ihn zum Aufstehen ermuntern ...

Mit einer jähen Bewegung drehte der Arme sich um sich selbst und stockte, auf ein Knie gestützt ... Er konnte nicht ... Da löste ich ihm das geknickte Bein, legte es auf den Boden, streichelte ihn wieder, liebkosend, und ließ seinen Arzt rufen.

Der alte Darbón kniff gleich beim ersten Blick auf ihn seinen riesigen zahnlosen Mund zusammen, der sich bis zum Nacken verzog, und ließ seinen hochroten Kopf vor der Brust hin und her schwingen, wie ein Pendel.

»Gar nicht gut, hm?«

Ich weiß nicht, was er antwortete ... Daß es zu Ende gehe mit dem Bedauernswerten ... Nichts zu machen ... Ein Schmerz ... Irgendeine üble Wurzel ... Die Erde, zwischen dem Gras ...

Gegen Mittag war Platero tot. Sein Wattebäuchlein

hatte sich aufgebläht, war wie zur Weltkugel geworden, und seine Beine ragten steif und ausgebleicht zum Himmel. Sein lockiges Wuschelfell glich nun dem von Motten zerfressenen Werghaar alter Puppen, das abfällt, wenn man mit der Hand darüberstreicht, zerrieselnd in staubiger Trübsal ...
Durch den stillen Stall flatterte, aufflammend jedesmal, wenn er den durch die Luke einfallenden Sonnenstrahl kreuzte, ein schöner, dreifarbiger Falter ...

CXXXIII

Sehnsucht

Platero, du siehst uns, nicht wahr?
Nicht wahr, du siehst, wie gelöst das Wasser lacht, das klar und kühl aus den Wanderkübeln des Schöpfrads in das Nutzgärtlein läuft; wie im letzten Licht die eifrigen Bienen den Rosmarin umschwirren, der grün und malvenfarben, rosa und golden schimmert, dank der Sonne, die den Hügel noch erglühen läßt?
Platero, du siehst uns, nicht wahr?
Nicht wahr, du siehst, wie von der roten Anhöhe dort, beim Alten Brunnquell, die Eselchen der Wäscherinnen herunterkommen, müde, lahmend und traurig inmitten der unendlichen Reinheit, die Himmel und Erde vereint in einem einzigen Kristallgefunkel?
Platero, du siehst uns, nicht wahr?
Nicht wahr, du siehst, wie die Kinder verzückt herumtollen zwischen den Zistrosenbüschen, auf deren Zweigen, zu flüchtiger Rast, die eigenen Blüten ruhend verweilen: ein leichtlebiger Schwarm von

luftigen Schmetterlingen mit weißen, karminrot gesprenkelten Schwingen?
Platero, du siehst uns, nicht wahr?
Platero, nicht wahr, du siehst uns doch? Ja, du siehst mich. Und ich glaube zu hören, ja, ja, ich höre im wolkenlos verglühenden Abend dein zartes, dein mit Liebreiz das ganze weite Weinbergtal erfüllendes, klagendes Rufen ...

CXXXIV

Der Sattelbock

Über den dreibeinigen Holzbock hängte ich den Sattel, den Zaum und den Halfterstrick des armen Platero und trug das Ganze auf den großen Dachspeicher, in den Winkel, wo die vergessenen Wiegen der Kinder stehen. Der Speicher ist weiträumig, still, sonnig. Von ihm aus sieht man das ganze Land rings um Moguer: die Windmühle, rot, zur Linken; gegenüber, eingemummt in Pinien, Montemayor, mit seiner weißen Wallfahrtskapelle; hinter der Kirche das abgelegene Geheimgärtlein am Hang des Piña-Hügels; im Westen das Meer, brandend und funkelnd mit den Brechern der sommerlich hohen Flut.

Während der Ferien kommen die Kinder zum Spielen auf den Speicher. Sie machen sich eine Eisenbahn, indem sie altersschwache Stühle zusammenkoppeln zu einem endlosen Zug; machen sich ein Theater, indem sie Zeitungsbogen mit Ocker bemahlen; machen Kirchen, Schulen ...

Manchmal steigen sie auf den seelenlosen Holzbock, und mit heftig anfeuerndem Gefuchtel von Händen und Füßen traben sie über die Wiese ihrer Träume:

»Hopp, Platero! Hopp, Platero!«

CXXXV

Schwermut

Heute nachmittag bin ich mit den Kindern hinausgegangen, um Plateros Grab zu besuchen, das im Garten auf La Piña ist, zu Füßen des runden, väterlichen Pinienbaumes. Ringsum hatte der April die Erde mit großen gelben Schwertlilien geschmückt.

Hoch droben in der grünen, ganz mit Zenitblau grundierten Kuppel sangen die Zeisige, und ihr winziges, schnirkelzierlich kicherndes Girrezwitschern verschwirrte in der Goldluft des lauen Nachmittags wie ein lichter Traum von neuer Liebe.

Sobald die Kinder sich dem Orte näherten, verstummte ihr Geschrei. Ruhig und ernst, mit ihren glänzenden Augen mir in die Augen blickend, bedrängten sie mich mit sehnlichen Fragen.

»Platero, mein Freund«, sagte ich, zur Erde gewandt, »wenn du, wie ich vermute, jetzt auf einer Himmelswiese weilst und auf deinem wuschelhaarigen Rücken kleine Engelbengel spazierenreiten läßt – hast du mich da vielleicht vergessen? Platero, sag mir, denkst du noch an mich?«

Und wie zur Antwort auf meine Frage flatterte ein duftiger weißer Falter, den ich vorher noch nie gesehen hatte, beharrlich, gleich einer Seele, von Lilie zu Lilie …

AN PLATERO
IM HIMMEL VON
MOGUER

CXXXVI

An Platero im Himmel von Moguer

Lieblich trabender Platero, mein lieber kleiner Esel, der du so oft meine Seele – nur meine Seele! – getragen hast, durch jene tiefen Hohlwege, zwischen Feigenkakteen, Malven und Geißblattranken; dir sei dieses Buch gewidmet, das von dir redet, jetzt, wo du es verstehen kannst.
Es wendet sich an deine Seele, die schon im Paradiese weidet, auf der seligen Au, der Seele unserer Landschaft von Moguer, die wohl auch zum Himmel emporgeschwebt ist, mit der deinen. Auf dem papierenen Rücken dieses Buches reitet meine Seele, die, ihrer Himmelfahrt entgegenwandernd zwischen blühenden Dornbüschen, besser, friedlicher, reiner wird von Tag zu Tag.
Ja, ich weiß, daß im sinkenden Abend, wenn ich, zwischen Pirolen und Apfelsinenblüten, langsam und nachdenklich, durch den einsamen Orangenhain zu der Pinie gelange, die deinen Tod in Schlaf lullt, du, Platero, glückselig auf deiner Wiese ewiger Rosen, mich siehst, wie ich stehenbleibe vor den gelben Schwertlilien, die aufgesprossen sind aus deinem verwesten Herzen.

PLATERO
AUS PAPPE

CXXXVII

Platero aus Pappe

Platero, als vor einem Jahr ein Bruchstück dieses Buches, das ich zu deinem Andenken schrieb, hinausging in die Welt der Menschen, schenkte mir eine Freundin von dir und von mir diesen Platero aus Pappe. Siehst du ihn von da oben? Schau, er ist halb grau und halb weiß; er hat ein schwarzrotes Maul; seine Augen sind ungeheuer groß und ungeheuer schwarz; er trägt zwei irdene Lastkörbchen mit sechs Blumentöpfen, in denen rosa, weiße und gelbe Blumen aus Seidenpapier blühen; er kann den Kopf schütteln und bewegt sich auf einem indigoblau gestrichenen Brett mit vier plumpen Rädern.

In Gedanken an dich, Platero, habe ich mich allmählich angefreundet mit diesem Spielzeugesel-chen. Jeder, der mein Arbeitszimmer betritt, sagt lächelnd: Platero. Wenn jemand nicht Bescheid weiß und mich fragt, wer oder was das sei, sage ich: Es ist Platero. Und der Name hat im Lauf der Zeit mein Gefühl so sehr an ihn gewöhnt, daß ich nunmehr, auch wenn ich allein bin, selber glaube, daß du's bist, und ihn mit zärtlichen Blicken hätschele.

Du? Wie treulos ist doch das Erinnern im Menschenherzen! Dieser Platero aus Pappe hat heute für mich mehr von Platero als du selbst, Platero ...

Madrid, 1915

AN PLATERO,
IN SEINER ERDE

CXXXVIII

An Platero, in seiner Erde

Einen Augenblick, Platero, möchte ich der Gefährte deines Todes sein. Ich habe nicht gelebt. Nichts ist geschehen, nichts vergangen. Du lebst, und ich bin bei dir ... Ich komme allein. Die Buben und die Mädchen sind jetzt schon Männer und Frauen. Der Ruin ist über uns alle hereingebrochen, hat sein Zerstörungswerk vollbracht – du weißt es ja –, und auf der Wüstung, die er hinterlassen hat, stehen wir aufrecht, verfügen über den schönsten Reichtum: den unseres Herzens.

Mein Herz! Geb's Gott, daß auch ihnen das Herz genüge, wie es mir genügt. Geb's Gott, daß auch sie so denken, wie ich denke. Aber nein, lieber nicht ... Wenn sie nicht an meine Gedanken denken, bleibt ihnen die traurige Erinnerung an meine Bosheiten, meine Zynismen, meine Unverschämtheiten erspart.

Mit welcher Freude, welcher Ungezwungenheit sage ich dir diese Dinge, die nur für deine Ohren bestimmt sind! ... Ich will von jetzt an so handeln, daß die Gegenwart das ganze Leben ist und an die Stelle der Erinnerung tritt; daß die künftige Klarheit ihnen die Vergangenheit zu etwas Unerheblichem macht, zu etwas, das nicht größer als ein Veilchen ist, ein Veilchen im Schatten, von matter Farbe und sanftem Duft.

Du, Platero, bist allein in der Vergangenheit. Doch was kümmert dich das Vergangene, dich, der du im Ewigen lebst, der du, wie ich hier, in Händen hältst, granatrot, wie das Herz Gottes des Allwährenden, die Sonne einer jeden Morgenröte?

Moguer, 1916

Fritz Vogelgsang

MONADISCHE BRÜDERLICHKEIT

Polyphoner Versuch der Annäherung
an ein Solo-Duo

Was ist Poesie? Ramón Gómez de la Serna erklärt: »... daß beim Schußwechsel mit dem Gegner die beiden Kugeln unterwegs sich vereinen und eine Blüte aus Blei zu Boden fällt.«

Ist das einverständige Lächeln, das die Nennung des Namens »Platero« unter Eingeweihten gemeinhin auslöst, Ausdruck einer solch bestürzend paradoxen, bezaubernden Erfahrung? Oder ist es der Widerschein wohligen Erinnerns an eine Niedlichkeit, joviales Eingeständnis einer Schwäche von einst, die sich der kultivierte Intellekt doch wohl verzeihen darf, weil auch das professoralste Selbstbewußtsein ja nicht umhin kann, mit Nachsicht das Faktum zu akzeptieren, daß noch in jedem Kathedersouverän ein Kind lebt, das Kind, das er selbst gewesen und das – erlaubt oder unerlaubt – hin und wieder noch immer sich rührt, etwa in der Rührung eingedenk eines Wesens von wundersamer, herzgewinnender Weichheit, eines lyrisch geadelten kleinen Esels, »so weich von außen, daß man meinen könnte, er sei ganz aus Watte«?

Der Irrealis in der Formulierung »daß man meinen könnte« – ist er ein subtiles Warnzeichen, gleich im ersten Satz dieses Werkes, oder ein suggestives Reizmittel, ein dezent verabreichtes Opiat, das die Phantasie von vornherein erlöst aus der lästigen Verklammerung mit der bleiernen Realität?

Worum geht es? Um Wattebildnerei im Wunschtraumlabor oder um jenen magisch anmutenden Akt der augenblicklichen Verwandlung tödlichen Metalls in ein Phänomen von floraler Schönheit?

»Aus Stahl und Mondsilber zugleich«, so lautet, wie zur Antwort, das Resümee, das der Autor selbst am Ende des Eingangskapitels gibt, als Fazit der ersten »Charakterskizze« jenes mutmaßlichen Wattewesens, das als ständiger Begleiter eines »Ichs« durch das ganze Buch geht.

Eine animalische Erscheinung aus Stahl und Mondsilber – eine Vorstellung, ebenso schön wie kühl, so hart wie zart. Befremdend auch, seltsam surreal, fernab, so scheint es, von jeglicher Traulichkeit.

Also doch eher Kunstfigur als literarisches Kuscheltier? War das Lächeln ein Irrtum? Ein Mißverständnis der Grund weltweiter Beliebtheit? Wie konnte es dann dazu kommen, daß dieses Werk als »Kinderbuch« millionenfach auf dem Globus verbreitet wurde? Daß ausgerechnet der rigoroseste unter den großen Lyrikern dieses Jahrhunderts damit einen Bestseller-Ruhm erlangte, dessen Glanz heute sein gesamtes Schaffen überstrahlt, also verdeckt?

Dem Dichter selbst war dieser Triumph nicht geheuer. Ja, er hat versucht, ihn zu verhindern, indem er den Vertrieb dieser »Andalusischen Elegie« für einige Zeit verbot. Vergeblich. Raubdrucker vieler Länder scherten sich keinen Deut um sein Verdikt. Kritiker und Kollegen belehrten ihn, wie sehr er im Unrecht sei, wenn er so rede, als wäre diese (in neunjähriger Arbeit zwischen 1907 und 1916 entstandene) Dichtung eine Sammlung beiläufiger »äußerlicher Versuche«. Schließlich, fast gewaltsam von seinen Lesern zur Anerkennung des eigenen Jugendwerkes endgültig bekehrt, beschäftigte er sich in seinen letzten Jahren mit Plänen für eine beachtliche Erweiterung des Buches. Daß jene Folge von Prosagedichten mittlerweile in den Ländern Hispanoamerikas zur Schullektüre avanciert war, verwunderte ihn über alle Maßen, die Platero-Bilder jedoch, die argentinische Kinder für ihn gemalt hatten, hängte er beglückt in seinem Arbeitszimmer auf.

Obwohl (oder eben weil) er sich sagen mußte, daß er an der fragwürdigen Richtung, in der sich der Ruhm seines Geschöpfes entwickelte, nicht ganz unschuldig sei, blieb er hartnäckig bemüht, mögliche oder wirkliche Mißverständnisse über die Bestimmung der »Andalusischen Elegie« zu korrigieren. So schrieb er, nachdem er 1956 mit dem Nobelpreis ausgezeichnet worden war, für eine Neuausgabe, die in Madrid erscheinen sollte, noch kurz vor seinem Tode (26. 5. 1958) in Puerto Rico einen klarstellenden »Prologuillo«:

»Man glaubt im allgemeinen, daß ich ›Platero y yo‹ für die Kinder geschrieben habe, daß es ein Buch für Kinder sei.

Nein. 1913 bat mich der Verlag ›La Lectura‹, der erfahren hatte, daß ich an diesem Buch war, ein Bündel der idyllischsten Blätter daraus vorab für seine ›Jugendbibliothek‹ herauszurücken. Damals schrieb ich, in einer momentanen Anwandlung, dieses Vorwort:

›Hinweis für die großen Leute,
die dieses Buch für Kinder lesen

Dieses schmale Buch, in dem die Freude und der Kummer Zwillinge sind, wie die Ohren Plateros, ist geschrieben worden für ... was weiß ich, für wen! ... für wen wir Lyriker schreiben ... Jetzt, da es zu den Kindern geht, nehme ich kein Komma weg und füge keines hinzu. Wie gut!

'Wo Kinder sind', sagt Novalis, 'da ist ein goldnes Zeitalter.' Und in eben diesem goldnen Zeitalter, das wie ein vom Himmel gefallenes geistiges Eiland ist, bewegt sich das Herz des Dichters, und so wohl fühlt es sich da, daß sein größter Wunsch wäre, es nie verlassen zu müssen. Insel der Anmut, der Frische und des Glücks, goldnes Zeitalter der Kinder! Möge ich immer dich finden in meinem Leben, diesem Meer der Trauer! Möge deine Brise mir ihre Lyra leihen, ein Klingen, so hoch, so unsinnig zuweilen wie das Tirilieren der Lerche in der hellen Sonne der Morgenfrühe!‹

– Ich habe nie etwas für Kinder geschrieben und werde es niemals tun; denn ich glaube, daß das Kind die Bücher lesen kann, die der Erwachsene liest – mit gewissen Ausnahmen, die jeder sich denken kann. Ausnahmen gibt es wohl auch für Männer und für Frauen ...«

Die Auskunft des Autors ist eindeutig: das »Buch für Kinder« war nicht sein Projekt, sondern der Einfall eines befreundeten Verlagsmannes. Was 1914 erstmals unter dem Titel »Platero y yo« auf den Markt kam und rasch zu einem Riesenerfolg wurde, war eine »von den Herausgebern bewerkstelligte Auswahl« aus dem Buch, »das damals schon fast ganz geschrieben war«. Als rund zwei Jahre später, im Januar 1917, der Madrider Verlag Calleja dann die erste vollständige Ausgabe des Werkes veröffentlichte, hatte der zierliche Vorläufer die Ruhmesbahn bereits aufs klarste trassiert. Der Rezeption war die Richtung gewiesen. Die »edición menor« (mit 64 von insgesamt 138 Kapiteln) hielt sich weiterhin als »Renner« und wurde erst nach Jahrzehnten von der »edición completa« abgeschlagen.

Daß der Verlagsleiter von »La Lectura«, Francisco Acebal, anno 13 einen »Riecher« hatte, ist unbestreitbar. Doch was reizte ihn zum Risiko? Was bewog ihn zu der Tollkühnheit, eine Sammlung von Prosagedichten unter die Pappbändchen einer Kinderbuchreihe zu schmuggeln, als Nr. IV der Biblioteca Juventud, die doch wohl auch dem kommerziellen Flankenschutz seiner wettergebeutelten Zeitschrift dienen sollte? Das poetische Kaliber des zweiunddreißigjährigen Verfassers hatte er sicherlich längst erkannt; denn schon seit Jahren publizierte er in »La Lectura« wieder und wieder Verse dieses »Modernisten«, der im Laufe von zwölf Jahren fünfzehn Lyrikbände – weit über fünfzehnhundert Seiten Gedichte – veröffentlicht hatte. Aber als »poeta modernista« sich einen Namen gemacht zu haben, galt der Allgemeinheit gewiß nicht als Bürgschaft für Unterhaltungswert oder pädagogische Nützlichkeit. Im Gegenteil: diese Kennmarke erweckte eher die Vorstellung sittlicher Dubiosität, diffuser Aufsässigkeit gegen die Tugendnormen der Tradition, ketzerischer Anmaßung im Umgang mit den Institutionen und Doktrinen staatlicher, religiöser und ästhetischer Ordnung. All diese Verdachtsmomente – so mag Acebal gedacht haben – würden aber doch vielleicht hinfällig, wenn die Leser entdeckten, daß es in dieser Dichtung nicht um schwach verhüllte oder nackte Nymphen geht, sondern um das arglose Wesen eines »burrito«, eines doch wohl nicht jugendgefährdenden Eselchens. Offeriert mit den äußeren Merkmalen einer »Tiergeschichte«, mochte die Sache »durchgehen« oder gar »einschlagen«.

Wurde da ein »décadent« mit dem Linnen ländlicher Einfalt drapiert? Weshalb, wozu begab sich ein mit allen Finessen des Pariser Parnaß vertrauter Exponent der literarischen Progressistenpartei zurück in den heimisch-andalusischen Viehverschlag, wo er sich – ausgerechnet – das als dumm verschriene Grautier zum Haupt- und Lieblingskumpan, ja zum einzigen Genossen seiner einsamkeitssüchtigen Ausflüge in die Öffentlichkeit erwählte?

»Ein Esel? Das ist sonderbar ...«, meint auch Dostojewskis Generalin, als Fürst Myschkin ihr erzählt, was ihn von seiner »geistigen Stumpfheit«, von der »unerträglichen Traurigkeit in mir« befreite. »...Am entsetzlichsten«, so berichtet ›Der Idiot‹, »wirkte auf mich, daß alles um mich herum so *fremd* war ... Diese Fremdheit vernichtete mich förmlich. Aus diesem Zustand, aus dieser Dunkelheit, dessen entsinne ich mich noch deutlich, erwachte ich eines Abends – es war in Basel, als wir in der Schweiz angelangt waren –, und was mich weckte, war der Schrei eines Esels auf dem Marktplatz. Dieser Esel frappierte mich ungeheuer: er gefiel mir aus irgendeinem Grunde über alle Maßen. Und im selben Augenblick wurde es gleichsam hell in mir, und die Dunkelheit verschwand ... Seit der Zeit habe ich die Esel sehr gern. Ich empfinde geradezu Sympathie für sie ...«

Keine Erklärung. Nein, aber ein (fiktives) Bekenntnis. Ein merkwürdiges, denkwürdiges Dokument der Erfahrung jenes Autors, von dem Nietzsche sagte, er sei der einzige Psychologe, von dem er etwas zu lernen habe und dem er das »wertvollste psychologische Material« verdanke, das er kenne. (Und plötzlich stellt sich das Bild der Turiner Straßenszene ein, die Overbeck geschildert hat: Nietzsche, der Paralysierte, der schluchzend einen mißhandelten Droschkengaul umhalst.)

Warum solche Assoziationen im Zusammenhang mit Jiménez und Platero? – Wir tun gut daran, zunächst die wenigen Sätze zu betrachten, mit denen der Dichter selbst nachträglich dieses Buch und seine Entstehung kommentierte. Die meisten davon stehen auf hinterlassenen Zetteln, die in der »Sala Zenobia y Juan Ramón Jiménez« der Universidad de Río Piedras in Puerto Rico verwahrt werden. Wir lesen da (genauer gesagt: in der gründlichen Dokumentation der Revisionspläne des

Dichters, die Ricardo Gullón 1960 in drei Nummern der Zeitschrift »Papeles de Son Armadans« geboten hat) die mit Bleistift gekritzelte (und später durchgestrichene) Erklärung: »Ich benutzte das Thema von Platero, um eine anekdotische und lyrische Geschichte meiner Kindheit zu schreiben.« Auf einem anderen Blatt ist von den »ersten zauberhaften Entdeckungen der Kindheit« die Rede, von magischen Wahrnehmungen jener Phänomene des Lebens, »die später dem Erwachsenen als etwas Alltägliches und Gewöhnliches erscheinen«. Bedeutsame Ergänzungen, Differenzierungen und Korrekturen finden sich in den Zeilen eines weiteren Notizpapiers: »Etwa 1906 begann ich Platero zu schreiben, als ich wieder zu Hause in Moguer war, nachdem ich zwei Jahre lang bei dem generösen Doktor Simarro gelebt hatte. Die Erinnerung an ein anderes Moguer, verbunden mit der Gegenwart des neuen und mit meiner neuen Kenntnis von Land und Leuten, bestimmte das Buch. Damals ging ich oft mit meinem Arzt, Luis López Rueda, durch das Städtchen und sah viele traurige Dinge. – Zuerst dachte ich an ein Buch der Erinnerungen im selben Stil wie ›Die Blumen von Moguer‹, ›Wesen und Schatten meiner Kindheit‹ und ›Andalusische Elegien‹. Ich ging spazieren, einsam und begleitet von Platero, der eine Hilfe und ein Vorwand war, und ihm vertraute ich meine Gefühle an. – Viele Leute haben mich gefragt, ob es Platero gegeben hat. Natürlich hat es ihn gegeben. Jedermann in Andalusien hält, falls man Landbesitz hat, außer Pferden und Maultieren ein paar Esel. Der Esel leistet andere Dienste als das Pferd oder das Maultier und braucht weniger Pflege. Man benutzt ihn bei Landpartien für den Transport kleinerer Lasten, läßt Kinder, die müde geworden sind, auf ihm reiten, führt Kranke auf

ihm aus. Platero ist der allgemeine Name für eine gewisse Sorte von Eseln, für alle silberfarbenen ... In Wirklichkeit ist *mein* Platero nicht ein einzelner Esel, sondern mehrere (in einem), eine Synthese silbergrauer Esel. Als Bub und als junger Mann hatte ich verschiedene. Alle waren ›plateros‹. Die Summe all meiner Erinnerungen an sie ergab für mich die Wesensgestalt und das Buch. – Als Halbwüchsiger bevorzugte ich mein Pferd ›Almirante‹; denn ihm verdankte ich soviel Lust, Begeisterung und Freude, mit ihm erlebte ich soviel Tagesanbrüche, heiße Mittagsstunden und soviel Abenddämmerungen, Gewitter und Wolkenbrüche, vertraute Felder und fremdartige Berge. Später, als man für mich das Landhaus Fuentepiña kaufte, bevorzugte ich den Esel für meine Ausflüge. Ich ritt nicht auf dem Esel, der Esel begleitete mich. Bei solchen Gängen ist der Esel ein besserer Kamerad als das Pferd, obwohl er verschlossener und scheuer ist. Aber er ist geduldiger und bescheidener ...«
Mit dieser Begründung der Vorliebe stimmt überein, was Jiménez bereits 1935 in einem Miniaturbeitrag zu Paulita Brooks Buch »Cartas a Platero« (Briefe an Platero) geschrieben hatte: »Du, Platero, bist mir noch immer der liebste Alltagsfreund (so oft habe ich dir das schon gesagt!), lieber als jeder menschlich-männliche Freund. Die Frau ist ein anderer Fall, etwas Unvergleichliches, du verstehst schon, darüber brauchen wir nicht erst zu reden. Denn du ... leistest mir Gesellschaft und raubst mir nicht die Einsamkeit (das habe ich dir auch schon oft gesagt), oder umgekehrt ausgedrückt: du gewährst mir die Einsamkeit und läßt mich doch nicht allein. – Dir kann ich alles erzählen in meiner Begeisterung oder meinem Leid. Und du, deinerseits, so freundlich wie du bist, hast es nicht nötig, mich zu unterbrechen, bist dir selbst

genug. Du sagst auch nicht zu mir, daß ich lächerlich oder selbstsüchtig sei, auch wenn du das vielleicht denkst; ernst und gedankenabwesend schweigst du dich aus. – Wie überlegen du bist, verglichen mit mir und allen anderen, Platero! Darum passen wir auch als Freunde so vortrefflich zusammen. Ich mag keine Freunde, die schlechter sind als ich. – Gemeinsam hören wir den fernen Vögeln zu, riechen die Rosen, trinken an der Quelle, schweigen, essen Orangen, lächeln, schauen zu den Wolken auf, wälzen uns im Gras, treiben all das, wovon man hierzuland in den Hinterzimmern behauptet, daß es sich nicht gehöre für einen Mann ...«

»Hilfe und Vorwand«, so hatte es auf einem der Zettel geheißen, sei Platero gewesen. Der zweite, rätselhaft gebliebene Begriff läßt im Licht dieser Worte seine konkrete Bedeutung erahnen. Und seine Wiederholung in einer der Nachlaßnotizen macht die Bewandtnis vollends klar: »Ich ging mit ihm (Platero) ins Freie, mit ihm als Gefährten und Vorwand. Ein Señorito (ein junger Herr aus besserem Hause), der nichts zu tun hatte, nichts, was ersichtlich gewesen wäre, wurde in Moguer schief angesehen. Immer war es mir unangenehm, aufzufallen; immer war es mir am liebsten, unbeachtet vorbeizugehen.«

Schlagartig aber erinnert sich der Leser, daß das »Ich« des Buches, trotz Platero, der gewünschten Nichtbeachtung keineswegs sicher ist. Im Gegenteil, es ist sich dessen bewußt, daß es Aufsehen, Befremden erregen muß: »In Trauerkleidung, mit meinem Nazarenerbart und meinem schwarzen, schmalrandigen Hut, muß ich einen seltsamen Anblick bieten, wenn ich auf der grauen Sanftmut Plateros daherreite.« Die Gassenbengel brüllen ihm nach: »Der Verrückte! Der Verrückte!« – Eine Dissonanz, die in der Dichtung sogleich verhallt, zur fernen Belanglosigkeit wird: »Dem unermeßlichen, klarblauen Himmel zugekehrt, öffnen sich meine Augen – so fern von meinen Ohren! – rückhaltlos dem flammenden Indigo und nehmen in ihrer Ruhe diese namenlose Gelassenheit auf, die harmonische, göttliche Heiterkeit, die in der unendlichen Weite des Horizontes lebt ...«

Was die Ohren verletzt, wird überwunden durch die Aktivität der vom Gehör distanzierten, Distanz schaffenden Augen. Generell formuliert, lautet das in einem knappen »Selbstporträt« aus dem Jahr 1923: »Die blinden Leidenschaften werden in mir ausbalanciert durch die einer guten Sehkraft ...«

Daß solche Balance eine prästabilierte Selbstverständlichkeit sei, keine Leistung, wird freilich nirgendwo behauptet. Das wohlproportionierte Zwillingsverhältnis von Freude und Kummer attestiert der Autor seinem Buch, nicht seiner Existenz. Sämtliche Auskünfte über die Ursprungsjahre dieses Werkes bezeugen eine ständige Bedrohung der psychischen Stabilität, heftige Störungen des inneren Gleichgewichts, Verstörungen, die erkennen lassen, daß es nicht nur die Aufmachung, die äußere Erscheinung des Poeten war, was den Schimpfruf der Zigeunerknirpse auslöste; daß in den »Hinterzimmern« nicht nur über seine Untätigkeit gemunkelt wurde. Dem ganzen Städtchen galt er als »loco«, als »verrückt«, und dies schon seit langem.

Das 1881 (am 23. Dezember, nicht – wie es selbst gern behauptete – am Heiligen Abend) in Moguer geborene Kind eines Kellereibesitzers, der seine exquisiten Weine und famosen Kognaksorten mit eigenen Schiffen expedierte und nebenher als Agent des staatlichen Tabakmonopols seine Erwerbsmöglichkeiten abrundete, erregte im Milieu des kleinen westandalusischen Provinzstädtchens vielleicht schon einiges an gemischten Gefühlen, als es – eben fünfzehn geworden – in den Zeitungen der benachbarten Städte Sevilla und Huelva Gedichte zu veröffentlichen begann. Wie man im heimischen Umkreis reagierte, als der Achtzehnjährige – nach frühzeitigem Abbruch des vom Vater verordneten Jurastudiums und nach leidenschaftlicher Hingabe an die zum Beruf erwählte Malerei – von den namhaftesten Repräsentanten einer eben ruchbar gewordenen, gänzlich neuen Dichtungsart brieflich eingeladen wurde, nach Madrid zu kommen, »um dort für den Modernismo zu kämpfen«, und dieser Lockung begeistert folgte, ist nicht überliefert worden. Vielfach dokumentiert ist jedoch, daß der schon nach zwei Monaten in höchst nervösem Zustand Heimgekehrte beim kurz danach erfolgten Tod seines herzkranken Vaters in schwere Depressionen verfiel, Ohnmachtsanfälle erlitt und – von Todesängsten gehetzt, ständig das Aussetzen seines galoppierenden Herzens erwartend, gewürgt von Atemnöten – sich nur noch in Begleitung eines Arztes aus dem Hause wagte. Im Städtchen machte das Gerücht die Runde, er habe sich in sein Zimmer eingeschlossen, habe Türen und Fenster zugenagelt, um dem Tod den Eintritt zu verwehren.

Die beunruhigte Familie hielt eine stationäre Behandlung für ratsam und schickte den Gefährdeten nach Frankreich, in ein Sanatorium unweit von Bordeaux, wo er psychiatrisch betreut wurde (und in der Privatbibliothek des Chefarztes nicht nur Baudelaire, Verlaine, Laforgue, Mallarmé und Leconte de Lisle kennenlernte, sondern auch die Italiener D'Annunzio, Carducci und Pascoli). Ein Jahr später, im Frühling 1902, reiste er zurück nach Spanien, nach Madrid, um sich dort wieder in ein Sanatorium zu begeben, unter die Obhut des schon erwähnten »generösen Dr. Simarro«, eines vielseitig interessierten, hochgebildeten Neurologen und Psychologen, der den Patienten fast vier Jahre lang »wie einen Sohn« behandelte, ihn die zweite Hälfte dieser Zeit in der eigenen Wohnung beherbergte, ihm Bücher besorgte, Voltaire, Nietzsche, Kant, Wundt, Spinoza vorlas, es ermöglichte, daß der Kranke »zu Hause« sich mit befreundeten Autoren (Villaespesa, Rueda, Valle-Inclán, Antonio und Manuel Machado, Martínez Sierra) nach Lust und Laune traf. Und Simarro war es auch, der ihm einen Kontakt von lebensbestimmender Bedeutung vermittelte: die Bekanntschaft mit der liberalsten, modernsten, lebendigsten Erziehungs- und Bildungsstätte des Landes, der Institución Libre de Enseñanza, und die Freundschaft mit deren Gründer: Francisco Giner de los Ríos – von dem Jiménez später, auf einem seiner Notizzettel, schrieb: »... Er war einer der ersten guten Freunde meines Silbereselchens. Und wenn das Büchlein so gut seinen Weg machte, dann deshalb, weil er Platero am Halfterstrick nahm und bis zur Tür des Lebens zog ...«

In der »Institución« wurde, so bekannte rückblickend der alte Jiménez, »noch ehe die Generation von 98 dahin wirkte, die Verbindung zwischen dem Populären und dem Aristokratischen geschmiedet, dem Aristokratischen in Wind und Wetter, wohlgemerkt«.

Doch so reich die Anregungen auch waren, die er hier tagtäglich erhielt, so rasch er mit dem, was er schrieb, die Anerkennung der Besten unter den jungen Literaten der Hauptstadt errang – ein unüberwindliches Gefühl der Fremdheit in der als häßlich empfundenen Metropole, das ständige »Heimweh nach Andalusien« in der Dürre und Meeresferne Kastiliens, ein neuerlicher Anfall nervöser Depression trieben ihn Ende 1905 nach Moguer zurück, wo er sieben lange Jahre blieb, abseits von jedem Kulturbetrieb, in scheinbar unermüdlicher, unaufhaltsamer Produktivität.

Gómez de la Serna, dem es nach vielen vergeblichen Briefen endlich 1912 gelang, den Dichter wieder ins Zentrum der Nation zu locken, vermittelt uns in seinen »Retratos contemporáneos« ein ebenso bizarres wie eindrucksvolles Bild des Einunddreißigjährigen, der sich da wieder dem Gewimmel der Urbanität näherte, ein Porträt aus der Entstehungszeit von »Platero«, scharf skizziert mit wenigen Strichen, halb Karikatur, halb phantastischer Steckbrief:

»Juan Ramón bat mich in einem Brief, ihm eine Pension in der Nähe eines Hauses für Erste Hilfe zu suchen. Die Bitte war beunruhigend; aber ich wußte, daß der Dichter an einer merklichen Neurasthenie litt, und sein Bruder, der bei mir zu Besuch gewesen war, hatte mir erzählt, Juan Ramón habe die Türen zugenagelt, sie ringsum am Rahmen festgenagelt, und man habe ihn wie eine ägyptische Mumie aus seiner Steinkammer ans Licht holen müssen, damit er nicht für immer und ewig die Verbindung mit der Außenwelt verliere. Aus Angst vor dem Sterben hatte er jene Vorsichtsmaßnahme getroffen, dem Tod die Türen versperrt. – Ich sorgte ihm für eine Unterkunft in der Nähe einer Unfallklinik, einer jener Not- und Hilfsstationen mit rot maskierter Straßenlaterne vor der Haustür, und eines Tages ging ich zum Bahnhof, um den Dichter abzuholen. Welch bestürzende Überraschung! Juan Ramón jagte mir Angst ein. Er war imposant und majestätisch, und ich empfand es als Unerhörtheit, daß wir uns duzten. So bärtig, wie er mir entgegentrat, mit

jenem Bart, so schwarzviolett, wie mit schwarzen Maulbeeren gefärbt!... Die ungeheuerliche Schwalbe hatte mir einen panischen Schrecken eingejagt; denn wenn es kein feindseliges Monstrum war, so war es ein poetisches Monstrum, ein Wesen, in dessen Gesicht allzu hell der Kalvarienberg des maßlosen Lichts von Andalusien gleißte, das maßlose Leidenslicht des Lebens. Geronnenen Blutes kam er daher, begierig nach Schweißtüchern, die nicht zu Hilfe eilten auf seine Rufe und doch sein Gesicht – das angeschwollen war, aber die Züge von früher bewahrte – trocknen sollten mit Linnen, mit weißen Veronikatüchern, die seinen blutigen Angstschweiß wiedergeben würden. – Was für eine Verpflichtung hatte ich da übernommen! – In meinem Arbeitszimmer, mit Schlafkoje im Hintergrund, herrschte in jener Nacht ein Albtraum, und ich sah eine große blaue Fledermaus, die an den Wänden der zugewiesenen Behausung zerschellte.«
Ein Bildnis vehement vereinter Gegensätze, Kraft gewordener Schwäche, konturierter Spannungen, konzentrierter Fliehkräfte.

Ja, lebendiger jedesmal
– noch tiefer und noch höher –,
zäher verkrallt die Wurzeln
und gelöster die Flügel!

Freiheit des fest Verwurzelten!
Sicherheit des unendlichen Fluges!

So heißt es programmatisch in dem großen Verszyklus »Stein und Himmel« aus dem Jahr 1919, wo auch die tragische Konsequenz dieser triumphal klingenden Selbstforderung formuliert ist:

Was für ein riesiger Riß
ist mein Leben im Ganzen,
um in jedem Ding,
mit dem ganzen Ich, zu sein,
um immer zu bleiben, mit dem
ganzen Ich, in jedem Ding!

Die knappste Formel aber für diese zwiefach getönte Erfahrung der eigenen Bestimmung, ihr Generalnenner, ist die Bezeichnung, die der Dichter herausfordernd für sich selber wählte: »Der universale Andalusier«. Eine Herausforderung, weniger an andere als an sich selbst gerichtet.

Was der Anspruch auf das Epitheton »universal« bedeutet, lassen zwei Sätze vielleicht erahnen, die Jiménez später einmal im Gespräch mit Gullón geäußert hat: »Die Poesie ist ein Versuch, sich dem Absoluten zu nähern, mit Hilfe von Symbolen. Das Universale ist das Eigene: das Eigene eines jeden, zum Absoluten erhoben.«

Was aber ist »das Eigene«? Zunächst einmal, so scheint eine Notiz aus dem Nachlaß zu erklären: »Das, was ein einzelner Ort und eine einzelne Kindheit geben.« Und die Fortsetzung dieses Satzfragments, die Konkretisierung jener zitierten kolloquialen Definition meint man zu lesen, wenn man im Stichwort-Protokoll der Vorlesungen über den »Modernismo«, die der Emigrant Jiménez an der Universität von Puerto Rico hielt, auf die Worte stößt: »Francis Jammes, Dichter der Pyrenäen, besingt seinen Ort: Orthez. Platero besingt den Ort Moguer, erhoben zum Universalen.«

Francis Jammes? War das nicht der franziskanische, fromm erotische Dichter der von Ernst Stadler übersetz-

ten »Gebete der Demut«? Unvergeßlich: sein »Gebet, mit den Eseln ins Himmelreich einzugehn«.
Esel? Sollte Platero hervorgegangen sein aus »dieser tausend Ohren Zug«? Orthez, kein Zweifel, war für den jungen Andalusier zum Exempel geworden, zum Beispiel entschlossener Lokalisierung von Dichtung, zum Vorbild zäh verkrallter Wurzeln. Drängt sich da nicht der Gedanke auf, die Spur eines Huftiers könnte direkt von hier nach dort führen? Nachweisbar ist jedenfalls eine kürzere Fährte: die vom Sanatorium in Le Bouscat bei Bordeaux bis zum Städtchen des baskischen Franzosen. Graciela Palau de Nemes berichtet in ihrem umfangreichen Buch über »Vida y obra de Juan Ramón Jiménez«, dieser habe auf der Rückreise von Lourdes (wo er den lungenkranken Sohn eines Arztes aus Moguer besuchte) einen Abstecher nach Orthez gemacht, »dem Ort von Francis Jammes«. Daß er den Dichter zu Gesicht bekommen, ihn gar gesprochen habe, wie manche behaupten, ist unwahrscheinlich und würde vermutlich auch nicht mehr erweisen als das, was des Pilgers Extratour zur Genüge bezeugt: Interesse, Verehrung.
Nicht ganz so unerheblich wie der Beleg eines Tête-à-tête der beiden Poeten wäre freilich der Versuch, sich die geistige Physiognomie des Pyrenäendichters für einen Moment zu vergegenwärtigen. Vorzügliche Hilfe kann uns dabei einer von dessen engsten Freunden leisten: André Gide. Im Band II der deutschen Ausgabe seines Tagebuchs sind als Anhang zu den Aufzeichnungen aus dem Jahr 1921 einige »Blätter« ohne Tagesdatum geboten, auf denen sich auch »Notizen zu einer Studie über Francis Jammes« finden, Sätze staunender, bewundernder Kritik. Einige wenige davon mögen uns genügen. »Man kann sich keine köstlich luftigere Dichtung vorstellen«,

heißt es da. »Er hat die Unbändigkeit, den melodischen Schwung, den plötzlichen Aufschrei, den reizenden Unverstand eines Vogels.« ... »Ich halte es für sehr wichtig, daß er, der auf eine Schule folgte, die ihre Anbetung der Kunst bis zur Verachtung der Poesie trieb (womit ich Heredia ebenso meine wie Mallarmé) – daß Jammes, um dieser Übertreibung Herr zu werden, der Kunst gegenüber quasi vollständig blind bleiben mußte ... Francis Jammes war Dichter und nur das ... er, dessen Sinne so wild und fein sind, steht vor einem Bild, einer Symphonie, einer Idee wie sein Hund vor einer Blume, das ist für ihn kein Wild ... Francis Jammes betont ... mit jener Art bewußter Naivität, die er sorgfältig kultiviert, das vollständig Subjektive seiner dichterischen Überzeugungen und seiner Gefühlslandschaft. Es ist also begreiflich, daß er sich ›in der Fremde‹ fühlt, sobald er seine Enklave verläßt. Und ich mache Jammes darum keinen Vorwurf; liegt doch seine Stärke in der Einsicht, daß Bildung, Sichumtun (mit Fuß oder Kopf) bei seiner Natur doch nichts Rechtes ergäbe. Kümmern sich doch die Hasen auch nicht darum! Wenig schert es sie, ob ihre Häsin aus einer Höhle der Pyrenäen, von einem normannischen Feld oder von einem Acker in Thüringen stammt. Und gar die Wassertropfen im Bach! – von denen jeder, Gott sei Dank, in der Art des Terenz sagen könnte: ›Aqua sum‹ ..., und ›nichts Wässeriges ist mir fremd‹. Und das menschliche Herz gar! – und alle ›natürlichen Dinge‹ ... Er hat starkes Lokalkolorit, das ist wahr, aber in China hätte er eben das chinesische Kolorit angenommen; er spricht zwar einzig gut von seiner heimatlichen Gegend, es ist aber nichts ausgeprägt Pyrenäisches an ihm. Sein Geist ist der von Jammes und nicht der von Orthez; nichts ist bei ihm weniger motiviert als er selbst ... Jammes gehört einer Epoche an, die in Kunstdingen aus der Nachlässigkeit eine Tugend machen möchte ... Ich bin vielleicht in der ganzen Literatur keinem schreibenden Individuum begegnet und könnte mir auch kaum eines vorstellen, bei dem der kritische Sinn großartiger gefehlt hätte ... Obwohl manche Stücke Jammes' in ihrer Vollkommenheit die gelungensten Leistungen vollendeter Kunst aufwiegen, ist und bleibt es abwegig, angesichts der Dichtung Jammes' von Kunst zu sprechen.«

Der liebende Widersacher Gide fordert am Schluß seines vorläufigen Sammelns von Impressionen und Gedanken (deren Reihenfolge hier nach eigenem Bedarf vertauscht worden ist) sich selbst dazu auf: »Bei Jammes das studieren, was Lasserre das ›Nachgeben der Vernunft unter dem Druck des Ursprünglichen‹ ... nennt.« Was Gide reizt – im doppelten Sinn des Wortes – ist das, was er an Jammes als »reizenden Unverstand eines Vogels« empfindet.

Als kuriose Koinzidenz und zugleich als Kontrast muß da der irritierende Eindruck des Vogelhaften wirken, den Jiménez auf Luis Cernuda, einen der großen Lyriker der nachfolgenden »Generation von 27«, machte. Der Jüngere schildert seine erste Begegnung mit der Person des »universalen Andalusiers« im Jahre 1925: »Der Dichter war ganz in Schwarz gekleidet, wodurch das krankhafte Weiß seines Adlergesichts unterstrichen wurde, aus dem das Schwarz des Bartes und der Augen heftig hervorsprang, das Schwarz von Augen, in denen ein harter, starrer Blick war, den ich bis dahin nur bei manchem Vogel, aber nie bei einem menschlichen Wesen gesehen hatte. Die Stimme beruhigte mich ein wenig, wie sie zu strömen begann, in einer Wechselfolge von dunklen Kon-

trabaßtönen und süß-zarten Flötenklängen, die nie miteinander verschmolzen.«
Der harte Blick, der hier als dominierender Eindruck registriert wird, erweckt nicht die Vorstellung von »reizendem Unverstand«. Er erinnert an »meine Augen – so fern von meinen Ohren« (und Cernuda bekennt denn auch gleich im Anschluß an diese Schilderung eine »gewisse Schwierigkeit« bei der persönlichen Begegnung mit dem Dichter, »obwohl sein Werk mich immer angezogen hat«; ein Unbehagen, ausgelöst von dem Gefühl, Jiménez achte so sehr auf seine eigenen Worte, daß er gar keine Zeit habe, fremden Worten zuzuhören). Die Gestalt des »Verrückten«, wie sie in der »Andalusischen Elegie« skizziert ist, als imaginierte Spiegelung des Dichter-Ichs in den Augen der anderen, scheint sich hier, in der Erinnerung Cernudas, gleichsam leibhaftig wiederkehrend, historisch zu konkretisieren. Man schlägt das Kapitel VII auf, liest nach, registriert verblüfft die Identität des Stilwillens in der Selbstpräsentation jenes Platero-Ichs und des real erlebten (inzwischen um anderthalb Jahrzehnte gealterten) Autors und stellt fest, daß dort nicht das Aussehen der Ich-Augen dargestellt wird, sondern deren Funktion; nicht der Blick, sondern das Erblickte oder vielmehr dessen Wirkung auf das Ich jener Augen, die »rückhaltlos« sich dem »flammenden Indigo« öffnen: sie »nehmen in ihrer Ruhe diese namenlose Gelassenheit auf, diese harmonische, göttliche Heiterkeit, die in der unendlichen Weite des Horizontes lebt ...«
Abkehr – als Bedingung einer Zuwendung? Verschlossenheit – zum Zweck erweiterter Wahrnehmung? Selbsteinbunkerung – um der gesicherten Freiheit willen, die der Sehschlitz im Beton gewährt? Oder Eingesponnen-

heit in starrer Puppenruhe als das Stadium traumstiller Verwirklichung der Fähigkeit zum Flug?
Blitzhaft leuchtet ein, was Rubén Darío, der große Nikaraguaner, dessen faszinierende Fama den Knaben Jiménez nach Madrid gelockt hatte, wenige Monate später dem plötzlich vaterlosen, verstört in Moguer sich verschanzenden »Verrückten« in einem langen Brief-Gedicht schrieb:

Im Netz deiner Träume
Harrt gefangen, Jiménez,
Eine hellweiße Möwe.
Sie verlangt nach den grenzenlosen Weiten
Der blauen Augenblicke,
Welche die Träume suchen und nicht finden ...

Wieder, in überraschender Verwandlung, das frappierend konstante Bild eines Vogels – himmelweit entfernt von der »reizenden Unvernunft« eines im Hocken heimelig-himmlisch trillernden Nestbesitzers. Ein Bild des Stockens, des Stillstands, in dem der ekstatische Wille zur Maßlosigkeit eines rasend-ruhenden Schweifens steckt. Als Trost gedacht, als Stachel der Ermunterung: ein Bild der verhinderten Bestimmung, der tragischen Unnatur; ein Emblem der Zerrissenheit, der tödlichen Spannung zwischen statischem Zustand und begehrter Dynamik; Symbol eines existentiellen Konflikts, als dessen mögliche Aufhebung ein späterer Vers des Angesprochenen erscheint, ein Gedicht aus »Stein und Himmel«, das als Motto der »Andalusischen Elegie« vorangestellt sein könnte:

Buch, Begierde,
allüberall zu sein,
in Einsamkeit.

Das Motiv einer heroischen Möwendichtung von himmelstürmender, meerüberwindender, weltenverbindender Rasanz? Nein: Urmotivation einer vermeintlichen Eselsgeschichte, die sich in sehr moderatem Zockelschritt voranbewegt, ja eigentlich mehr steht als geht: »... unser Streifzug tritt auf der Stelle, kommt kaum voran. Kurz ist er, wie ein harmloser, wehrloser Tag inmitten des vielfältigen Lebens. Keine himmlische Apotheose, keine Ausfahrt auf dem Fluß zu Entdeckungen in Übersee, nicht einmal eine Tragödie wie der Waldbrand dort! ...«
Weshalb eine solche Gangart, und dies bei der »Begierde, allüberall zu sein«? Ein Gedicht aus dem Band »Eternidades« (Ewigkeiten), der in den Jahren 1916 und 1917 entstanden ist – also unmittelbar nach »Platero y yo« –, gibt die Antwort:

Nicht so schnell doch, geh langsam,
denn du mußt nirgends hin als zu dir selbst!
Geh langsam, nicht so schnell,
denn das Kind deines Ichs, das ewiglich
Neugeborene,
kommt dir sonst nicht mehr nach!

Schon ein paar Seiten zuvor wird zum Ritardando aufgefordert:

Du, das Große, ruh dich aus,
raste zu Ehren des Kleinen;

denn seine Welt lebt in seiner
Stunde, während deine Stunde
die Welt aller Welten ist.

Die Beklemmung, die in den Versen Daríos als Bild der Verstrickung in räumlicher Beengung erschienen war, erweist sich als Dilemma eines zwiespältigen, schmerzhaft gespaltenen Zeitgefühls, als tragische Differenz zwischen der zeitlichen Existenz des Menschen und einer als Absolutum gedachten Zeit, an die der Notschrei eines weiteren Gedichts der »Ewigkeiten« gerichtet ist:

O Zeit, schenk mir doch dein Geheimnis,
das dich um so neuer nur macht,
je mehr du alterst!

Tag um Tag ist deine Vergangenheit
kleiner und deine Zukunft größer
– und deine Gegenwart
immerfort gleich dem Augenblick
des in Blüte stehenden Mandelbaums! –

Zeit ohne Spuren, schenk mir doch
das Geheimnis, mit dem tagtäglich
dein Geist flutend einschießt in deinen Körper!

Die Diskrepanz der doppelten Zeiterfahrung scheint auch eine Gespaltenheit des Selbstbewußtseins bewirkt zu haben, eine mysteriöse Verdoppelung des Ichs:

Ich bin nicht ich.
Bin der da, welcher neben

mir hergeht, ohne daß ich ihn gewahre,
den ich manchmal entdecke
und manchmal ganz vergesse.
Der, welcher schweigt, gelassen, wenn ich rede,
welcher verzeiht, voll Sanftmut, wenn ich hasse,
welcher dort sich ergeht, wo ich nicht weile,
welcher stehenbleibt, aufrecht, wenn ich sterbe.

»Yo y yo« lautet der Titel eines späteren Gedichts in »Stein und Himmel«. »Platero y yo« – die Variation eines Themas, das »Ich und ich« heißt?
In »Espacio« (Raum), der letzten großen Prosadichtung von Jiménez, läßt eine Passage des um 1950 in Florida entstandenen »Dritten Fragments« die Genese eines zweiten Ichs erkennen, am Beispiel der Begegnung mit einem Krebs, der sich der Annäherung des Menschen »heroisch« widersetzt:
»Ich zermalmte ihn mit dem unfairen beschuhten Fuß, nur um zu sehen, was er war. Er war bloße Schale, ein Name, nichts weiter, Strandkrabbe; und kein Quentchen, nicht ein Quentchen Inneres; ein Hohlraum, genau wie irgend sonst ein Hohlraum; ein Hohlraum in einem anderen Hohlraum. Ein Hohlkörper war der Held auf dem Boden und unter dem Himmel; ein Hohlraum, ein Hohlraum – durch mich zertreten –, den die Luft nicht füllte, meinetwegen, meinetwegen; nur ein Hohlraum, eine Leere, heroisches Geheimnis eines kalten hohlen Krebses, einer hohlen Krabbe, eines armen hohlen Davids. Und eine größere Stille als jene Stille erfüllte die Welt auf einmal mit Gift, einem Gift der Hohlheit; ein Anfang, nicht ein Ende. Es schien, als ob die Hohlheit, die durch mich aufgedeckt und allen offenbar gemacht worden war, zu Stille geworden wäre, oder die Stille zu

Hohlheit; als ob jene zählbare Stille sich bevölkert hätte mit unzahlhohler Stille. Schmerzhaft empfand ich, daß der Krebs ich war, und ich ein Riese, der nicht nur ich war und der mich getreten und zermalmt hatte. Wie unermeßlich hohl fühlte ich mich, was für ein Ungeheuer an aufrechter Hohlheit, in der verhärtenden Bleiche des Mittags über den entlaufenen Sandflächen. Entlaufenen? Jemand Größeres als ich und das neue Ich kam, und ich gelangte zur Sonne meiner unermeßlichen Höhlnis, zur selben Zeit; und die Sonne ließ mir das Hohle zerschmelzen, und mein unendlicher Schatten drängte mich ins Meer und ließ dort mich scheitern und sinken in einem gewaltigen Kampf, denn das Meer mußte all meine Hohlheit füllen. Umwälzung eines Ganzen, eines Unendlichen, eines augenblicklichen Chaos aus Fleisch und Schalen, aus Sand und Welle und Wolke und Kälte und Sonne, alles umfassend und einzig geworden, alles Kain und Abel, David und Goliath, Krebs und ich. Und in dem Raum jener unermeßlichen und stummen Hohlheit waren Gott und ich zwei.«

So rätselhaft dieser Text auch anmuten mag – unverkennbar ist die poetische Gleichung: »Krebs und ich« = »Ich und ich«. Da jedoch »Platero« nicht gleich »Krebs« ist, kann nach mathematischer Logik hieraus nicht gefolgert werden: »Platero und ich« = »Ich und ich«. Die Möglichkeit einer Analogie des poetischen Verfahrens – oder zumindest der ihm vorausgehenden poetischen Erlebnisweise – bleibt jedoch nicht nur denkbar, sie drängt sich geradezu auf.

Wer oder was ist Platero? – Die Antwort auf diese Frage darf wohl zuerst und zuletzt vom Dichter selbst erwartet werden. Im Kapitel CXXVII (Die Fabel) sagt das »Ich« zu dem Partner seiner Einsamkeit: »Zwischen uns ist klar, Platero, daß du kein Esel im vulgären Sinn des Wortes bist; auch keiner gemäß der Definition im Wörterbuch der Spanischen Akademie. Du bist einer, ja, aber einer von der Art, die meiner Erfahrung und meinem Verständnis entspricht.« Im Kapitel XLIII (Freundschaft) heißt es: »Ich behandle Platero so, als wäre er ein Kind ... Er ist mir so ähnlich, so anders als die übrigen Leute, daß ich allmählich zu dem Glauben gelangt bin, er träume meine eigenen Träume.«

Ein Tier als kindhafter Teilhaber menschlicher Gefühle? – Der Zweifel, der hier erwacht, erinnert uns an eine rüde Attacke, an jenen Brief, den 1928 zwei junge Surrealisten an Jiménez richteten: »Sehr geehrter Freund, wir halten es für unsere Pflicht, Ihnen – ohne irgendwelches eigene Interesse – zu sagen, daß uns Ihr Werk wegen seiner Unmoral, seiner Hysterie, seiner Willkür zutiefst zuwider ist. – Insbesondere: MERDE! für Ihren ›Platero‹, für Ihren billigen, heimtückischen Platero, den uneselhaftesten Esel, der uns je über den Weg gelaufen ist. Aufrichtig – Luis Buñuel, Salvador Dalí.«

Weder die Überlegung, daß die enttäuschte Erwartung eines wahrhaft eselhaften Esels zwar einem doktrinären Realisten oder Naturalisten als kritisches Argument gut zu Gesicht stehen mag, aus dem Mund zweier praktizierender Bekenner des Surrealismus vernommen, aber doch wohl komisch wirkt, noch die Tatsache, daß Buñuel in seinen Memoiren jenen Affront von einst aufs nachdrücklichste korrigiert, indem er von dem »großen Juan Ramón Jiménez« spricht, sollte uns der Lust an der Wachheit eigenen kritischen Fragens entheben.

Ein uneselhafter Esel? – Daß Platero nicht das historisch getreue Konterfei einer realen animalischen Individualität sein sollte, hat der Autor bereits bekundet, als er darlegte, daß das mit dem »allgemeinen Namen für eine gewisse Sorte von Eseln« bezeichnete Geschöpf »nicht ein einzelner Esel« sei, »sondern mehrere (in einem), eine Synthese silbergrauer Esel«. Synthese – das klingt nun allerdings (bei Sankt Gala!) fatal nach artifizieller Erzeugung. Es riecht nach Naturersatz (ohne allen Urhöllenweihrauch der schöpferischen Paranoia!). Es verrät (scheuen wir nicht das harte Wort!) ein Kunstprodukt.

Wie anders, wie mannhaft vertrauenerweckend klingen da doch die Worte, mit denen Thomas Mann 1919 sein »Idyll« von »Herr und Hund« der Leserschaft darbot! Die Authentizität wird sogleich aufs unzweideutigste bezeugt: »Im Folgenden ist ausschließlich von meinem Hunde Bauschan die Rede ...« Und zum Schluß verbürgt sich der Verfasser (als erhübe er die Schwurhand) noch einmal für die eigene Chronistentreue: »Was diesen Namen betrifft, so ist es sein wirklicher und ehrlicher, den er im Leben führt ... Wir entwerfen ein Bildnis und setzen gradhin und einfach den Namen seines Urbildes darunter, nämlich ›Bauschan‹.« Zwischendurch aber wird, »damit niemand später getäuschte Erwartungen einklagen könne«, in jovialem Tonfall die Bescheidenheit des eigenen Vorhabens offenbart, mit der Erklärung, daß sich da »zwei namhafte Meister« (der Schriftsteller und der illustrierende Künstler) »zu dem alleinigen Zweck verbünden, einem wenig erleuchteten Stückchen Leben von flüchtigem Herzschlage, welches nicht einmal dem Menschengeschlechte angehört und, wie übrigens das Leben meistens oder überhaupt, weit entfernt ist, zu schätzen oder auch nur zu ahnen, was ihm da Neidenswertes geschieht, ein kostbar dauerndes Denkmal zu

errichten ...« Und dem denkbaren Verdacht, es »solle dringlich-wichtigeren Fragen damit ein Schnippchen geschlagen werden«, wird vorsorglich mit der Versicherung beider »namhaften Meister« begegnet, »daß sie ihr Übereinkommen ohne jeden Hintersinn durchaus um seiner selbst und seines erquicklichen Gegenstandes willen getroffen haben, der, wie schon gesagt, auf den Namen Bauschan hört und gesprungen kommt«.
Angesichts solch hochmögend herablassender Treuherzigkeit »ohne jeden Hintersinn« kann das Ego-Esel-Spiel des Andalusiers nur doppelt dubios erscheinen. Und hat er denn nicht selbst gestanden, daß er das zur Synthetisierung verwandte Grautier realiter – in den Gassen Moguers – als »pretexto« benutzte? Was läge näher als die Vermutung, daß auch der Kunstesel als »Vorwand« diente, als Mittel eines hintersinnigen, hinterhältigen, »heimtückischen« Treibens – oder auch bloß als Requisit bei einer grotesken Camouflage, wie sie sich nachmals, im Madrid der zwanziger Jahre, noch der längst hochberühmte Dichter in persona zuweilen leistete, wenn der Furor seines poetischen Schaffensdranges mit den Zwängen gesellschaftlicher Etikette zu kollidieren drohte? Rafael Alberti berichtet: »In den Stunden tiefer schöpferischer Erregung störten ihn sogar die Besuche, die seine Frau empfing. Diese erzählte mir, bei mehr als einer Gelegenheit hätten die verdutzten Augen ihrer Freundinnen in der Tür am hinteren Ende des Salons einen wandelnden Wandschirm auftauchen sehen, eine seltsam moderne Versuchung des Hieronymus Bosch, einen Wandschirm, der von allein vorüberzog, wie durch Teufelskunst bewegt. Dahinter ging, als heimlicher Träger, eingemummt in seinen Bart, der Dichter, der, aus welchem Grund auch immer, dringlich einen anderen Ort

im Hause aufsuchen mußte und dabei nicht gesehen sein wollte.«

Was da als Marotte wirkte, hatte Methode. Tarnung und Mimikry waren für den universalen Andalusier (der mit einer Maxime seiner »ästhetischen Ethik« den Dichter kategorisch als »verborgenen Schöpfer eines bejubelten Gestirns« definierte) weit mehr als private Schutzverfahren eines menschenscheuen Neurotikers, der stets um die Konditionen ungestörten Fürsichseins bangt; weit mehr als bloße Fluchtvehikel; nämlich zugleich deren Gegenteil: Möglichkeiten verdeckter Annäherung, symbolisch tastender Fühlungnahme mit der »realidad real«, auf die es ihm ankam; mit der »wirklichen Wirklichkeit«, die er meinte, als er erklärte: »Die Poesie ist ein Versuch, sich dem Absoluten zu nähern, mit Hilfe von Symbolen.«

Ein alltägliches, ebenso schlichtes wie vielsagendes Beispiel einer durch Symbolik ermöglichten Annäherung bietet das Kapitel LXXIV, in dem Jiménez die Begegnung mit dem jungen Neger erzählt, die Reaktion jenes Fremdlings in der ländlichen Welt Moguers, als dieser, nach der Erfahrung diskriminierenden Mißtrauens und offener Feindseligkeit, auf einmal eine Zuwendung ohne Vorurteil erlebt, die elementarste, scheinbar natürlichste Form mitmenschlicher Anerkennung: »Ich lächelte ihn an und sprach mit ihm in freundlichem Ton. Da er es nicht wagte, mir unmittelbar eine Zärtlichkeit zu erweisen, streichelte er Platero, der gerade damit beschäftigt war, Trauben zu mampfen; und dabei schaute Sarito unentwegt mich an, mit Augen voller Adel ...«

Daß die Geste Saritos Ausdruck einer fundamentalen Erfahrung ist, die als thematische Konstante das Denken und Schaffen des Autors bestimmt, wird offenkundig, wenn man in »Espacio«, dem vier Jahrzehnte nach »Platero« entstandenen Spätwerk, auf deren generelle Benennung stößt: »Ich kann einen Hund streicheln, wie immer ich mag, jedes beliebige Tier, und niemand sagt etwas; aber meinesgleichen nicht; es wird nicht gern gesehen, wenn man mit ihnen macht, was man mag, wenn sie es mögen wie ein Hund. Tierisches Leben – schönes Leben? ...«

Es scheint, als wäre die notwendige Vermittlerrolle, die das Tier bei der symbolischen »Ersatzhandlung« Saritos spielt, die Chiffre der Urfunktion Plateros für das Ich dieser Dichtung, deren Titel ihn verkoppelt mit diesem Ich präsentiert, verbunden, doch ohne geklärten Bezug (wie etwa im Verhältnis »Herr und Hund«), als rätselhafte Zwiefigur und zwittriges Doppelwesen.

Das intensivste Verhältnis, das ein denkendes Subjekt mit einem Tier verbindet, ist wohl der neidvoll-sehnsüchtige Menschenblick auf das animalische »Glück«, den Nietzsche im Zweiten Stück seiner »Unzeitgemäßen Betrachtungen« interpretiert – als die Schwermut dessen, der nicht vergessen kann, im Unterschied zum Tier, das nicht weiß, »was Gestern, was heute ist«. – »Der Mensch fragt wohl einmal das Tier: warum redest du mir nicht von deinem Glücke und siehst mich nur an? Das Tier will auch antworten und sagen: das kommt daher, daß ich immer gleich vergesse, was ich sagen wollte – da vergaß es aber auch schon diese Antwort und schwieg: so daß der Mensch sich darob verwunderte. – Er wunderte sich aber auch über sich selbst, das Vergessen nicht lernen zu können und immerfort am Vergangenen zu hängen: mag er noch so weit, noch so schnell laufen, die Kette läuft mit. Es ist ein Wunder: der Augenblick, im Husch da, im Husch vorüber, vorher ein Nichts, nachher ein Nichts, kommt doch noch als Gespenst wieder und stört

die Ruhe eines späteren Augenblicks ... Dann sagt der Mensch ›ich erinnere mich‹ und beneidet das Tier, welches sofort vergißt ... So lebt das Tier *unhistorisch*: denn es geht auf in der Gegenwart, wie eine Zahl, ohne daß ein wunderlicher Bruch übrigbleibt, es weiß sich nicht zu verstellen, verbirgt nichts und erscheint in jedem Momente ganz und gar als das, was es ist, kann also gar nicht anders sein als ehrlich. Der Mensch hingegen stemmt sich gegen die große und immer größere Last des Vergangenen: diese drückt ihn nieder oder beugt ihn seitwärts, diese beschwert seinen Gang als eine unsichtbare und dunkle Bürde, welche er zum Scheine einmal verleugnen kann ... Deshalb ergreift es ihn, als ob er eines verlorenen Paradieses gedächte, die weidende Herde oder, in vertrauterer Nähe, das Kind zu sehen, das noch nichts Vergangenes zu verleugnen hat und zwischen den Zäunen der Vergangenheit und der Zukunft in überseliger Blindheit spielt.«
Ob der Nietzsche-Leser Jiménez diese Sätze gekannt hat oder nicht, ist eine Frage, die uns nicht zu beschäftigen braucht. Ich zitiere diese Worte nicht als philologischen Beleg, sondern als bündig-dissonantischen Ausdruck des »wunderlichen Bruchs«, der als neue persönliche Erfahrung das Empfinden wie das Bewußtsein des jungen Andalusiers bestimmte, welcher 1905 zum Ort seiner Kindheit zurückkehrte und erkennen mußte, daß es einen Heimweg in das gewesene Leben des eigenen Kindseins nicht gab und die Flucht ins ehemals Vertraute zwangsläufig die Konfrontation mit der schmerzlichsten Fremdheit bedeutete, mit der Irritation durch eine heillose Verdoppelung jeglicher Wahrnehmung, einen beständigen Zwiespalt – dessen Folge nicht der stets erwartete Selbstmord war, sondern die Geburt »Plateros«:

»Die Erinnerung an ein anderes Moguer, verbunden mit der Gegenwart des neuen ... bestimmte das Buch.«
Die Sachlichkeit dieser lapidaren Auskunft aus der Distanz des Rückblicks verliert nichts an Gültigkeit, wenn man sich zur Ergänzung eine Variation dieses Satzes erlaubt, der dem Gesagten die komplementäre Dimension erlebter Subjektivität verleiht: Die Erinnerung an ein anderes Ich, verbunden mit der Gegenwart des neuen ... bestimmte den imaginären Bezug aller Empfindungen des doppelten, mit sich selbst uneins gewordenen Ichs auf eine Tiergestalt – auf das leibhaftig anwesende Gleichnis der verlorenen Wesenseinheit, der kreatürlich-kindlichen Übereinstimmung des einzelnen Lebens mit sich selbst in der Lebensfülle des als unumschränkte Gegenwart erlebten Augenblicks.
Sehnsucht nach dem Verlorenen bestimmte den konstanten Bezugspunkt. Dem Sog des Gesuchten das Bewußtsein dieser Sehnsucht – das Bewußtsein der Differenz als der Ursache dieser Sehnsucht – nicht preisgegeben zu haben, ist der primäre Unterschied zwischen Jiménez und den unzähligen Autoren, die sich widerstandslos einem solchen Verlangen überlassen, indem sie die Realisation des Unmöglichen mimen: die schlichte Identifikation mit dem Ur-Ich glückhafter Unbewußtheit. Der seiner selbst und der Welt Entfremdete verzichtete von vornherein auf den (selbstbe-)trügerischen Versuch, sich in infantiler Verkleidung oder mit angenähtem Tierschwänzchen über die »Schattenlinie« zurückzuschmuggeln, heim auf die Paradieseswiese. Statt die eigene Gespaltenheit durch solche Kaschierung zu einem Bild harmonischer Einfalt zu stilisieren, präsentierte der im Privatleben doch so Tarnungsbeflissene in der Dichtung sein Doppelgängertum geradezu demonstrativ als Un-

zertrennlichkeit des Unvereinbaren, als groteske Bruderschaft von Esel und Poet, als herzliche Nähe zweier tragisch Geschiedenen: Trauerkleidung und Silberfell, Nazarenerbart und Iahschrei – befremdliche Gemeinsamkeit zweifacher Einsamkeit, unterwegs ohne Zweck, scheinbar ohne Ziel, auf einer Wanderung, die einem Verweilen gilt, einer Verwandlung durch den stetigen, herzergreifend absurden Versuch eines Dialogs zwischen Taubheit und Stummheit, durch den Mitteilungsdrang einer Einsamkeitssucht, die in der Flucht die Begegnung sucht, in der Verborgenheit die Entdeckung, in der Zurückgezogenheit die Freiheit zur Weite, zur Wahrnehmung des Wirklichen im Augenblick.

»Wer sich nicht auf der Schwelle des Augenblicks, alle Vergangenheit vergessend, niederlassen kann ..., der wird nie wissen, was Glück ist, und noch schlimmer: er wird nie etwas tun, was andre glücklich macht.«

Dieser Einsicht Nietzsches hätte Jiménez zweifellos zugestimmt; auch der Paradoxie ihres Ausdrucks, der den »Husch« zusammenzwingt mit der statischen Vorstellung eines architektonischen Details: »Schwelle des Augenblicks«. Nicht ohne Widerspruch hätte er jedoch die Behauptung hingenommen, die diesem Satz vorausgeht: »Das kleinste Glück, wenn es nur ununterbrochen da ist und glücklich macht, ist ohne Vergleich mehr Glück als das größte, das nur als Episode, gleichsam als Laune, als toller Einfall, zwischen lauter Unlust, Begierde und Entbehrung kommt.«

In »Stein und Himmel« schrieb der Andalusier:

> *Nicht ein Friede für immer, der kein Friede ist; nein,*
> *Friedensmomente!*

Gold, das auf einmal aufquillt,
lind, in lauteren Ringen,
über rotschwarzem Schutt und Schund;
in Ringen unaussprechlicher Musik,
mit dem Duft unzähliger Blumen!

Ein Tropfen Honig, den die närrische
Seele als Labsal schmeckt, in lächelnd jäher Ruhe,
die hinablangt zu den Wurzeln des Lebens
– Trunkenheit nötiger Erquickung!

Ein Tropfen Honig, Wohlgeruch, voll Melodie,
voll Gold,
Ein Tropfen Licht, ein Tropfen Liebe,
ein Tropfen Friede!

Aus der Abwehr, aus der Zurückweisung einer Illusion erwächst in diesen Worten das Bekenntnis zur bewußten Hingabe an die einzig reale Möglichkeit von Glückserfahrung, an den Unbestand momentaner Beseligung, die als Freudenhelle jeweils nur da erlebt wird, wo sie als aufzückender Kontrast erscheint, gewahrt »in lächelnd jäher Ruhe« – einem Seelenzustand, wie er in Mörikes Wintermorgenversen sich mitteilt: »... Bei hellen Augen glaub ich doch zu schwanken ...« Denn: »Es ist ein Augenblick, und alles wird verwehn!«
Ist die selbstverordnete, weil als Notwendigkeit erkannte Zufriedenheit mit dem »Tropfen Honig, den die närrische Seele als Labsal schmeckt«, nicht mehr als nur eine lyrisch formulierte Maxime desillusionierter Lebensweisheit? Liest man zuviel in dieses Gedicht hinein, wenn man in seinen Worten die Konfession einer Poetik zu erkennen glaubt, das dynamisch-dialektische Prinzip

einer Ästhetik, für die das Schöne nur als Sekundenprodukt eines tödlichen Antagonismus denkbar ist?
Warum »Platero und ich« eine Sammlung isoliert dargestellter Momente ist, bedarf keiner Erklärung mehr. Daß es keine Kollektion purer Honigtropfen ist, kann dem Leser der Gesamtausgabe kaum entgehen. Wie sich die Vorstellung verbreiten konnte, daß dieses Buch sich bequem in der Schublade unterbringen lasse, die nach dem tradierten Ordnungsschema des literarhistorischen Sortierverfahrens mit dem Etikett »bukolische Idyllik« versehen ist, bliebe rätselhaft, wenn man nicht die Besonderheit seiner Rezeptionsgeschichte wüßte. Gewiß, zwei Kapitel dieses Bandes sind durch ihren Titel explizit als Idyllen deklariert – eine Hervorhebung, die freilich sinnlos wäre, wenn sie etwas betonen würde, was in gleicher Weise auch die übrigen 136 Stücke charakterisiert. Schiller unterschied kategorisch: »Entweder ist die Natur und das Ideal ein Gegenstand der Trauer, wenn jene als verloren, dieses als unerreicht dargestellt wird. Oder beide sind ein Gegenstand der Freude, indem sie als wirklich vorgestellt werden. Das erste gibt die *Elegie* in engerer, das andere die *Idylle* in weitester Bedeutung.« Jiménez war so frei, dem gesamten Werk, das unzweifelhaft Idyllen enthält, den Untertitel »Elegía andaluza« zu geben – eine Klassifizierung, die er auch nicht unterschlug, als man mit dem Ansinnen an ihn herantrat, »ein Bündel der idyllischsten Blätter daraus vorab herauszurücken«, und er seine Einwilligung zu dem Vorhaben gab, diese Auswahl als »Buch für Kinder« zu veröffentlichen.
Nicht minder entschieden ist die konträre Gattungsbezeichnung, die Thomas Mann für »Herr und Hund« wählte: »Ein Idyll«. So gegensätzlich die Genrezuweisungen sind, so verschieden sind die Darstellungsmetho-

den und künstlerischen Intentionen beider Autoren bei der Verarbeitung einer Thematik, die, wenn nicht identisch, so doch eng verwandt ist, wie die verblüffende Parallelität beider Haupttitel erweist. Soviel Divergenz bei soviel Gemeinsamkeit in der Wahl des Sujets reizt zum Vergleich. Er wirkt erhellend nach beiden Seiten.

Das Ich beider Werke präsentiert sich jeweils nur im Müßiggang, der Pflichtwelt entronnen, auf dem Spaziergang oder beim Spazierritt, als Nichtstuer in einem Freiraum, zu dessen Erlebnis die beständige Nähe eines tierischen Begleiters zu gehören scheint. Das konstante Auftreten als menschlich-animalisches Paar wird in beiden Fällen als konstituierendes Moment bereits vom Titel angekündigt, der jeweils aus nichts anderem besteht als den Nomina zweier Subjekte, zusammengespannt durch das schlichteste, neutralste Bindewort. Drei Wörter hier, drei Wörter da – wobei jedoch eine unterschiedliche Reihenfolge ins Auge springt: der »Herr« geht dem »Hund« voran, das »Yo« läuft »Platero« hinterdrein. Ein Unterschied nicht nur der Reihen-, sondern auch der Rangfolge? Das Ich des Lübeckers taucht als unverhüllter Begriff einer Machtfunktion auf, das Ich des Moguereños als nackte Subjektivität.

Die (durchaus gängige, sozusagen gutbürgerliche) Ansprüchlichkeit der ersten Selbstbenennung bei Thomas Mann gibt sich – wie kaum anders zu erwarten – als bewußte Wahl eines klaren Stilwillens gleich dort zu erkennen, wo das Wort »Herr« im Text der Erzählung erstmals wieder in Erscheinung tritt, unmittelbar nach dem flott skizzierten Eingangsporträt, mit dem der Autor seinen vierbeinigen Compagnon den Lesern vorgestellt hat, um alsbald – »die Arme auf dem Rücken« – auszugehen: »Es ist gut, so am Morgen zu gehen, die Sinne verjüngt, die Seele gereinigt von dem Heilbade und langen Lethetrunke der Nacht. Mit kräftigem Vertrauen blickst du dem bevorstehenden Tage entgegen, aber du zögerst wohlig, ihn zu beginnen, Herr einer außerordentlichen, unbeanspruchten und unbeschwerten Zeitspanne zwischen Traum und Tag, die dir zum Lohn ward für eine sittliche Führung. Die Illusion eines stetigen, einfachen, unzerstreuten und beschaulich in sich gekehrten Lebens, die Illusion, ganz dir selbst zu gehören, beglückt dich; denn der Mensch ist geneigt, seinen augenblicklichen Zustand, sei dieser nun heiter oder verworren, friedlich oder leidenschaftlich, für den wahren, eigentümlichen und dauernden seines Lebens zu halten und namentlich jedes glückliche ex tempore sogleich in seiner Phantasie zur schönen Regel und unverbrüchlichen Gepflogenheit zu erheben, während er doch eigentlich verurteilt ist, aus dem Stegreif und moralisch von der Hand in den Mund zu leben. So glaubst du auch jetzt, die Morgenluft einziehend, an deine Freiheit und Tugend, während du wissen solltest und im Grunde auch weißt, daß die Welt ihre Netze bereit hält, dich darein zu verstricken, und daß du wahrscheinlich morgen schon wieder bis neun Uhr im Bette liegen wirst, weil du um zwei erhitzt, umnebelt und leidenschaftlich unterhalten hineingefunden ... Sei es denn so. Heute bist du der Mann der Nüchternheit und der Frühe, der rechte Herr des Jägerburschen da, der eben wieder über das Gitter setzt, vor Freude, daß du heute mit ihm und nicht mit der Welt dort hinten leben zu wollen scheinst.«

Als Schein im Moment des Genusses schon durchschaut, wird die beschauliche Eskapade ins »glückliche ex tempore« sogleich sanft ironisiert und durch solch behutsam vorbeugende Distanzierung von dem, was man sich

gönnt, zugleich dem Verdacht entrückt, hier wolle einer ernstlich sich dem entziehen, was die praktische Weltklugheit gebietet, hier sei wirklich einer unterwegs, der sittenwidrig Ernst macht mit der Muße.
Welch ein Kontrast zur moralischen Unbekümmertheit, mit welcher der Südländer (der seinen langohrigen Begleiter im realen Provinzleben doch als »Vorwand« zum Zwecke der Vortäuschung einer »vernünftigen« Aufgabe benutzte) in der Dichtung nicht seinen Müßiggang als das Uneigentliche lächelnd durchschauen läßt, sondern – ganz im Gegenteil – den selbstinszenierten Anschein von Arbeit persifliert, indem er seinen tierischen Stellvertreter angesichts des geschäftigen Kelterbetriebs für ein Momentchen mit einer dekorativen Tarnlast versieht: »Und jetzt, Platero, heißt es sich rühren; du kannst nicht alleweil den Tagedieb spielen. – Die anderen Esel, schwer beladen, haben ihn angegafft; ihn, der sich frei und müßig herumtreibt; und damit sie keinen Groll gegen ihn empfinden oder eine schlechte Meinung von ihm bekommen, begebe ich mich mit ihm zur nächsten Tenne, belade ihn mit Trauben und führe ihn, hübsch langsam, zwischen den anderen hindurch, zur Kelter ... Dann machen wir uns heimlich aus dem Staube ...« Legitimiert vor den Eseln, ohne Scham vor den Lesern. Zeichen eines Vertrauens zu den letzteren, wie es der Erzeuger des Hochstaplers Felix Krull denn doch nicht so ganz aufbringen mochte, wenn das erzählende Ich eingestandenermaßen identisch ist mit der bürgerlichen Herrengestalt des genannten Urhebers, weshalb er rechtzeitig, vor Darstellung des zweiten täglichen Ausgangs gegen Mittag, vor der genüßlichen Ausmalung neuerlichen Müßiggangs, einen Blick auf den wahren Hintergrund, auf die ehrbare Bedingtheit solch schein-

bar sündhafter Saumseligkeit gewährt und damit deren tieferen Sinn, ja ihren hochachtbaren Zweck insinuiert: »... in jedem Falle ist mein Zustand dabei ein ganz andrer als bei unsrem ersten lässigen Ausgang am Morgen. Die Unberührtheit und Frische jener Stunde ist längst dahin, ich habe gesorgt und gekämpft unterdessen, habe Schwierigkeiten überwunden, daß es nur so knirschte, mich mit dem einzelnen herumgeschlagen, während gleichzeitig ein weitläufiger und vielfacher Zusammenhang fest im Sinne zu halten, in seinen letzten Verzweigungen mit Geistesgegenwart zu durchdringen war, und mein Kopf ist müde. Da ist es die Jagd mit Bauschan, die mich zerstreut und erheitert, die mir die Lebensgeister weckt und mich für den Rest des Tages, an dem noch manches zu leisten ist, wieder instandsetzt. Aus Dankbarkeit beschreibe ich sie.«
Ja, in der Tat: Thomas Mann »beschreibt«. Kein anderes Verbum könnte präziser die Haltung des Verfassers von »Herr und Hund« charakterisieren, und keines könnte krasser den Unterschied markieren, der zwischen der Erzählweise des Norddeutschen und dem poetischen Verfahren des Südspaniers besteht. Während dieser mit archaisch-naiv anmutendem, um nicht zu sagen: altmodisch sich artikulierendem Poeten-Selbstbewußtsein rückblickend notiert, »Platero besingt Moguer«, umreißt jener – nicht ohne Selbstgefälligkeit, doch auch nicht ohne kluge Selbstbescheidung – sein Tun, indem er, zwischendurch, das bereits Geleistete rekapituliert und sich der eigenen Umsicht und Sorgsamkeit vergewissert, als ginge es um die Ausfertigung eines großräumig konzipierten strategischen Plans: »Nachdem ich nun auch auf die Zone des Flusses näher eingegangen, habe ich die ganze Gegend beschrieben und, soviel ich sehe, alles

getan, um sie anschaulich zu machen. Sie gefällt mir gut in der Beschreibung, aber als Natur gefällt sie mir doch noch besser. Sie ist immerhin genauer und vielfältiger in dieser Sphäre, wie ja auch Bauschan selbst in Wirklichkeit wärmer, lebendiger und lustiger ist als sein magisches Spiegelbild. Ich bin der Landschaft anhänglich und dankbar, darum habe ich sie beschrieben. Sie ist mein Park und meine Einsamkeit; meine Gedanken und Träume sind mit ihren Bildern vermischt und verwachsen, wie das Laub ihrer Schlingpflanzen mit dem ihrer Bäume ...«

Das gleich dreifach auftretende Possessivpronomen, mit dem hier die umgebende Natur als Ganzes bedacht wird, entspricht mit gewählter Schicklichkeit jenem scheinbar selbstverständlichen Herrenhabitus, der von Anfang an das Verhältnis zwischen Ich und Tier als souverän geregelte, funktional definierte Beziehung vor Augen führen soll. Die Insistenz, mit der solche Selbstdarstellung von dem Schriftsteller kultiviert wird, dem es erklärtermaßen doch darum geht, seinen vierbeinigen Begleiter, »die Gestalt jenes redlichen, behenden und bei aller Demut mit soviel schöner Eigenwürde ausgestatteten Warmblütlers und Freundes in der Ruhe wie in der Bewegung der Anschauung recht unwiderstehlich aufzunötigen«, wirkt fast wie eine fixe Idee, wie eine zwanghafte Bemühung, sich selbst im gänzlich unbezweifelbaren Vollbesitz jenes Vermögens zu zeigen, dessen Mangel derselbe Autor nur wenige Jahre zuvor als die tiefste Ursache der grausigen Pervertierung eines Seelenbundes zwischen Mensch und Tier benannt hatte, in einer Kurzgeschichte, einer »Geschichte, die erzählt werden soll, weil sie rätselhaft und über alle Begriffe schändlich ist«, der Geschichte des »Tobias Mindernickel«, von dem gesagt worden war: »Es scheint, möge es fremdartig klingen, ihm die natürliche, sinnlich wahrnehmende Überlegenheit zu fehlen, mit der das Einzelwesen auf die Welt der Erscheinungen blickt ...«

Nein, niemand wird angesichts von Bauschans »Herr« zu dem Befund gelangen können: »... er scheint sich einer jeden Erscheinung unterlegen zu fühlen ...«, als wäre er »einfach dem Dasein selbst nicht gewachsen«, »als hätte die Natur ihm das Maß von Gleichgewicht, Kraft und Rückgrat versagt, das hinlänglich wäre, mit erhobenem Kopfe zu existieren«. Wie aufrecht, wie gänzlich unverkrümmt sich das Herren-Ich weiß, das da seine Anhänglichkeit mit soviel Unabhängigkeit bekundet, wird vollends augenfällig in der fast allzu deutlich zum Sinnbild stilisierten, ja zur Apotheose gesteigerten Szene, welche die Weidmannsherrlichkeit des nur als Sympathisant, nur mit den Augen und der Stimme am Pirscheifer seines Hundes teilnehmenden Spaziergängers verblüffend krönt: »Es war am Fluß, auf der schmalen und lehmigen Promenade oberhalb seiner. Bauschan hetzte; und ich kam vom Gehölze her in die Uferzone, schlug mich durch die Distelstauden des Kiesdammes und sprang die grasige Böschung hinab auf den Weg in dem Augenblicke, als der Hase, Bauschan in einem Abstande von fünfzehn Schritten hinter sich, in langen und hüpfenden Sätzen aus der Richtung des Fährhauses, wohin ich mein Gesicht wandte, daherkam, mitten auf dem Wege und genau auf mich zu. Mein erster, jägerisch-feindlicher Antrieb war, die Gelegenheit wahrzunehmen und dem Hasen den Weg zu verstellen, ihn womöglich zurück in den Rachen des schmerzlich jauchzenden Verfolgers zu treiben. So stand ich, wie angewurzelt, reglos am Fleck und wog, von Leidenschaft umfangen, nur insgeheim meinen Stock in der Hand, indes der Hase näher und näher herankam ... Ich glaube, er bemerkte mich überhaupt erst im alleräußersten Augenblick, und was er tat, war so unerwartet, daß es all mein Sinnen und Trachten im Nu über den Haufen warf und einen erschütternd plötzlichen Wechsel meines Gemütszustandes hervorrief. War er von Sinnen vor Todesangst? Genug, er sprang an mir hoch, genau wie ein Hündchen, lief mit den Vorderpfoten an meinem Überzieher empor und strebte aufrecht mit dem Kopfe in meinen Schoß, in des Jagdherrn schrecklichen Schoß hinein! Mit erhobenen Armen, den Oberkörper zurückgebeugt, stand ich und sah auf den Hasen nieder, der seinerseits zu mir aufblickte ... Ich sah ihn so merkwürdig genau, sah seine langen Löffel, von denen der eine aufrecht stand, der andere nach unten hing, seine großen und blanken, kurzsichtig vortretenden Augen, seine schartige Lippe und langen Schnurrbarthaare, die Weiße seiner Brust und kleinen Pfoten, ich fühlte oder glaubte zu fühlen das Zukken seines gehetzten Herzchens – und es war seltsam, ihn so deutlich zu sehen und nahe an mir zu haben, den kleinen Dämon des Ortes, das innere schlagende Herz der Landschaft, dies ewig flüchtige Wesen ..., das sich in seiner höchsten Not und Auskunftslosigkeit nun an mich drängte und gleichsam meine Knie umfaßte, die Knie des Menschen – nicht dessen, so schien mir, der Bauschans Herr war, sondern die Knie dessen, der Herr ist auch von den Hasen und sein Herr so gut wie Bauschans.« Eine Doppel- und Universalherrschaft, die der treue Promenadenkumpan nicht ahnt und um so bitterer zu spüren bekommt: »Denn ein gezielter und vorbedachter Stockschlag vom Herrn des Hasen ließ ihn quiekend und mit einem vorübergehend gelähmten hinteren Oberschenkel den Abhang zur Rechten ein Stück Weges hinunterstolpern, den er dann hinkend erst wieder erklettern mußte, bevor er mit starker Verspätung die Fährte des nicht mehr sichtbaren Hasen wieder aufnehmen konnte.«

Erstaunlich, daß Thomas Mann dieser Schilderung nur einen Gedankenstrich folgen läßt – keinen Gedanken, in dem der für Sekunden aufgebrochene Konflikt einer unerwarteten Doppelrolle zwischen Jäger und Gejagtem reflektiert würde. Gänzlich unangefochten, so scheint es, oder jede Überlegung strikt von sich weisend, die das Bild vermeintlicher Souveränität als Offenbarung eines Zwiespalts erscheinen ließe, den er selbst doch bereits als »erschütternd plötzlichen Wechsel meines Gemütszustandes« andeutend benannt hat, fährt er unverzüglich in seiner Darbietung mit- und nachempfundener Hatzpassion fort: »Endlich ist da noch die Jagd auf Wasservögel, der ich ebenfalls einige Zeilen widmen will ...« Zeilen, die Bauschans »Haß« auf die Enten vermitteln, auf die »bürgerliche Gemütsruhe«, mit der diese sich von den Ufersteinen auf das Wasser hinablassen, wo sie in schnöder Sicherheit sich weigern, ihm als Jagdwild zu dienen. »Bauschan bellt, indem er die Vorderfüße gegen die Steine stemmt, und ich belle innerlich mit ...«

Nanu, fällt hier der »Herr« nicht doch aus seiner Rolle? Keine Sorge! Der da innerlich bellt, weiß sich auch bei solch verhohlen hündischem Sekundantendienst noch als Souverän, dem eben seine Überlegenheit es erlaubt, sich zu solch rüder Lustbarkeit legitimiert zu fühlen – legitimiert durch das Bewußtsein, daß ihn dergleichen Allotria »zerstreut und erheitert« und so »für den Rest des Tages, an dem noch manches zu leisten ist, wieder instandsetzt«. Was ihn insgeheim hinreißt, ist eine dienstbare Heilkraft, ein Hilfsmittel der selbstverordneten Psychohygiene, also das schlechthinnige Gegenteil krankhafter Obsession. Kurz gesagt: das Ich von »Herr und Hund« ist das virtuos gemalte Porträt männlicher Geistesgesundheit, die darauf Wert legt, nicht verwechselt zu werden mit der männischen Rohheit eines echten Jägers (der »ein Mann in Manchester und kein Herr« ist); es ist das Inbild einer humanen Selbstgewißheit, die nicht die Nähe der leidenden Kreatur braucht, um – wie Tobias Mindernickel – im Mitleid mit einem niederen Wesen, in der Linderung seines (notfalls ihm eigens zugefügten) Schmerzes die sonst versagten Wonnen der Superiorität zu genießen, sondern es vermag, sich am Anblick tierischer Vollkommenheit zu erquicken und selbst den Aufschrei des in die Dornen geratenen herrlichen Hundes noch als »erheiternden Mut zur schönen Einfalt« zu empfinden – eine Verwechslung zwar, eine wohlgelaunte Mißdeutung, die aber mit ihrer – wohl unbedachten, doch nicht zufälligen – Vertauschung von zweierlei Erlebnisweisen noch einmal beruhigend klarstellt, wer in dieser ungleichen Freundschaft eines Denkmalstifters und des durch ihn Geehrten wirklich von Bedeutung ist, und somit ohne weiteres verständlich macht, wie es geschehen kann, daß die Erfahrung, die Anschauung von Natur in diesem »Idyll« auf den Begriff des »Naturgenusses« reduziert wird, auf eine Größe für den Privatgebrauch.

Landschaft, schöngeistig requiriert als »mein Park«, nachdem man ihr großmütig »unverächtliche Reize« zuerkannt hat, bildet so den Tummelplatz eines sittlich wohlabgesicherten und eingedenk der Ansprüche von »höheren Interessen« allzeit verantwortungsbewußt dosierten Bedürfnisses, die Daseinsform diverser animalischer Geschöpfe »anzuschauen und dabei gleichsam aus der eigenen herauszutreten, um versuchsweise an der ihrigen teilzuhaben« – »weil es sehr unterhält und zerstreut«.

Der mit solcher Lizenz innerlich bellende Hundeherr hätte sich gewiß weislich davor gehütet, auch nur »versuchsweise« etwas gemein haben zu wollen mit der Wesensart, die unter dem Namen »Gotteshund« in einem Gedichtband von Jiménez Laut gibt:

Hier ist's! Kommt alle her!
Scharrt doch, scharrt doch!

Meine Pfoten, sie bluten,
und sie können nicht mehr!

Hier ist's!

In der feuchtbraunen Erde,
wie es da riecht nach Ewigkeit!

Hier ist's!

Hört mein langes Gejaule
gegen die Sonne, die unsterbliche!

Hier ist's! Kommt alle her!
Scharrt doch! Scharrt doch! Scharrt doch!

So wenig Verwandtschaft diese Stöbergier mit dem Eifer des nach Mäusen grabenden Bauschan hat (den sein Herr, mit dem Spazierstock bohrend, nach Kräften unterstützt), so sehr unterscheidet sich die Bedeutung dieses »Hier« von der Funktion des weitläufigen Szenariums, das Thomas Mann – sozusagen unter Aufbietung des gesamten Maschinenparks, der einem Großepiker zur Verfügung steht – für die Schaustellung der »Kurzweil« seiner Erlebnisse als Naturflaneur aufgebaut hat (»daß es nur so knirschte«, etwa derart: »Die Uferregion ist folgendermaßen gegliedert und abgestuft ...«). Dem Andalusier genügt ein Minimum sinnlich wahrgenommener Wirklichkeit, die Nennung feuchtbrauner Erde, um ein rasendes Ungenügen poetisch zu suggerieren – eine Maßlosigkeit des Verlangens, wie sie bei ihm auch für die Erinnerung gilt, für die begehrte Vergegenwärtigung der Liebe, der wahren: »Denn wir wollen von ihr / so viel, so viel, so viel erinnern! / Und das Herz drängt drüber hinaus / – wie die hitzige Sonne über die Abendlinie –, / und kaum ist es mal bei ihr, stürmt es schon weiter, / in der Erinnerung ...« Schiller konstatiert: »In dieser Reduktion des Beschränkten auf ein Unendliches besteht eigentlich die poetische Behandlung ... Der elegische Dichter sucht die Natur, aber als eine Idee und in einer Vollkommenheit, in der sie nie existiert hat, wenn er sie gleich als etwas Dagewesenes und nun Verlorenes beweint.«

Der Marbacher, der bekanntlich den vom fauligen Apfel in der Schublade seines Schreibtischs ausgehenden Nasenreiz als unentbehrliches Stimulans für die eigene dichterische Produktion wertete, hätte sich wahrscheinlich nicht im geringsten verwundert gezeigt, wenn ihm die von Jiménez im Gedicht bezeugte Erfahrung der Erwekkung einer transzendentalen Idee durch Erdgeruch zur Kenntnis gekommen wäre. Befremdet oder doch zumindest überrascht hätte ihn jedoch vermutlich die Ausdrucksweise des Jüngeren: der Aufschrei einer Ewigkeitsbegierde, artikuliert als hündischer Hilferuf, mit Men-

schenworten, die zu tierischem Tun auffordern, aus einer Verzweiflung, die nicht mit ringenden Beterhänden sich darstellt, sondern mit blutenden Pfoten (in einer Metaphorik also, die rabiat eine Verwandlung vollzieht, welche der »Herr« und »namhafte Meister« versuchsweise mimt, mit innerlichem Gebell, mit imaginierten Lauten einer ins rein Animalische entlassenen Jagdlust, die sich freilich selbst als Lust am »rohen Humor der Natur« deklariert). Möglicherweise hätte der »Gotteshund« den bibelkundigen Schiller jedoch an eine Episode aus dem Vierten Buch Moses erinnert, an das metaphysische Witterungsvermögen, das dort einem anderen Tier zugeschrieben wird: der Eselin Bileams, die den Engel gewahrt, während der Hellseher, Wahrsager und Magier sehenden Auges in Blindheit verharrt. Sicher scheint mir jedenfalls, daß Jiménez, als er »Platero y yo« schrieb, diese Geschichte und ihren kuriosen Höhepunkt im Gedächtnis hatte. Bei Mose liest man: »Und da die Eselin den Engel des Herrn sah, fiel sie auf ihre Knie unter Bileam.« Im Kapitel XLVII der »Andalusischen Elegie« endet die Schilderung der »Wallfahrt zum Tau« mit dem Erscheinen des Prozessionskarrens, auf dem, »kopfschüttelnd im Rhythmus der ungleichmäßig ruckenden Zuckelbemühungen des Gespanns, ›Der ohne Sünde‹« kommt – wonach ein Satz folgt, der sich wie eine scherzhafte Paraphrase jener Bibelworte oder wie eine sanft ironische Huldigung an die ahnungsvolle Eselin ausnimmt: »Da beugte Platero seine Vorderbeine und ließ sich, wie eine Frau, auf die geschlossenen Knie nieder – eine besondere Kunstfertigkeit von ihm! –, voll Sanftmut, Demut und Ergebenheit.«
Der Vorfall, auf den hier scheinbar so arglos neckisch angespielt wird, ist innerhalb des Alten Testaments eine

wohl einzigartige Lektion, Exemplifikation eines Skandalons, das ein groteskes Umkippen, ja den Kopfstand der vermeintlich gottgewollten Schöpfungshierarchie bedeutet, indem es drastisch zu erkennen gibt, wie der Erste jählings zum Letzten wird und »ein wenig erleuchtetes Stückchen Leben« überraschend eine Superiorität über seinen menschlichen Gebieter erweist. Der von Königen umworbene Magus (von dem jedermann weiß: »... welchen du segnest, der ist gesegnet, und welchen du verfluchst, der ist verflucht«) wird aufs peinlichste beschämt von der Hellsicht seines langohrigen Grautiers – eine Erfahrung, deren schmerzliche Komik der biblische Erzähler nicht unterschlagen, sondern höchst anschaulich hervorgehoben hat: »Und die Eselin sah den Engel des Herrn im Wege stehen und ein bloßes Schwert in seiner Hand. Und die Eselin wich aus dem Wege und ging auf dem Felde; Bileam aber schlug sie, daß sie in den Weg sollte gehen. Da trat der Engel des Herrn in den Pfad bei den Weinbergen, da auf beiden Seiten Wände waren. Und da die Eselin den Engel des Herrn sah, drängte sie sich an die Wand und klemmte Bileam den Fuß an der Wand; und er schlug sie noch mehr. Da ging der Engel des Herrn weiter und trat an einen engen Ort, da kein Weg war zu weichen, weder zur Rechten noch zur Linken. Und da die Eselin den Engel des Herrn sah, fiel sie auf ihre Knie unter Bileam. Da ergrimmte der Zorn Bileams, und er schlug die Eselin mit dem Stabe. Da tat der Herr der Eselin den Mund auf, und sie sprach zu Bileam: Was habe ich dir getan, daß du mich geschlagen hast nun dreimal? Bileam sprach zur Eselin: Daß du mich höhnest! ach, daß ich jetzt ein Schwert in der Hand hätte, ich wollte dich erwürgen! Die Eselin sprach zu Bileam: Bin ich nicht deine Eselin, darauf du geritten bist zu deiner

Zeit bis auf diesen Tag? Habe ich auch je gepflegt, dir also zu tun? Er sprach: Nein. Da öffnete der Herr dem Bileam die Augen, daß er den Engel des Herrn sah im Wege stehen und ein bloßes Schwert in seiner Hand, und er neigte und bückte sich mit seinem Angesicht. Und der Engel des Herrn sprach zu ihm: Warum hast du deine Eselin geschlagen nun dreimal? Siehe, ich bin ausgegangen, daß ich dir widerstehe; denn dein Weg ist vor mir verkehrt. Und die Eselin hat mich gesehen und ist mir dreimal gewichen; sonst, wo sie nicht vor mir gewichen wäre, so wollte ich dich auch jetzt erwürgt und die Eselin lebendig erhalten haben.«

Wie ein später Kommentar zu dieser märchenhaften, vor mehr als zweieinhalb Jahrtausenden niedergeschriebenen Geschichte wirken zwei Sätze aus der Dichtung eines deutschen Generationsgefährten von Jiménez, ein Stoßseufzer aus Rilkes Erster Duineser Elegie: »Ach, wen vermögen / wir denn zu brauchen? Engel nicht, Menschen nicht, und die findigen Tiere merken es schon, / daß wir nicht sehr verläßlich zu Haus sind / in der gedeuteten Welt.« In der Achten Elegie des Pragers aber stößt man auf Verse, die mit unerhörter Radikalität die Beschränktheit menschlicher Sicht vom »großen Tierblick« unterscheiden und so nicht nur der Beschämung Bileams eine bestürzend moderne Deutung geben, sondern zugleich das benennen, was den Moguereño dazu bewogen haben mag, gleichsam in staunendem Aufblick seinen kleinen Esel als ein Wesen zu sehen, das ihm und allen anderen Menschen »überlegen« ist: »¡Qué superior eres a mí y a todos, Platero!«

Mit allen Augen sieht die Kreatur
das Offene. Nur unsre Augen sind

wie umgekehrt und ganz um sie gestellt
als Fallen, rings um ihren freien Ausgang.
Was draußen i s t, *wir wissens aus des Tiers*
Antlitz allein; denn schon das frühe Kind
wenden wir um und zwingens, daß es rückwärts
Gestaltung sehe, nicht das Offne, das
im Tiergesicht so tief ist. Frei von Tod.
I h n sehen wir allein; das freie Tier
hat seinen Untergang stets hinter sich
und vor sich Gott, und wenn es geht, so gehts
in Ewigkeit, so wie die Brunnen gehen.
Wir haben nie, nicht einen einzigen Tag,
den reinen Raum vor uns, in den die Blumen
unendlich aufgehn. Immer ist es Welt
und niemals Nirgends ohne Nicht:
das Reine, Unüberwachte, das man atmet und
unendlich w e i ß *und nicht begehrt. Als Kind*
verliert sich eins im Stilln an dies und wird
gerüttelt ...

Was hier als »das Offene«, als »reiner Raum« benannt wird, ist kein Freizeit-Reservat und kaum zu verwechseln mit jenem grünen Separee, in das sich Thomas Mann samt Hund zum Zwecke privater Rekreation verzieht, als »Herr einer außerordentlichen, unbeanspruchten und unbeschwerten Zeitspanne«. Doch Rilkes Begriffe sind Synonyme für das, was bei Jiménez als die gesuchte »realidad real« erscheint (oder auch als »La realidad invisible«, »Die unsichtbare Wirklichkeit« – so der Titel eines bereits 1917, im Erscheinungsjahr der ersten Platero-Gesamtausgabe, projektierten, erst 1983 aus dem Nachlaß publizierten Gedichtbandes). »Was draußen *ist*«, was nur im Blick des Tiers sich zu erkennen gibt – »Frei von

Tod« –, bestimmt die geheime Grundrichtung all der wechselnden Wanderwege des mit dem kindhaften Esel sich verbündenden Ichs und bildet das Hauptmotiv des täglich neuen Aufbruchs der Unzertrennlich-Ungleichen und ihrer ständigen gemeinsamen Bewegung auf das hin, was das Inbild poetischer Hoffnung auf ein Wiederfinden kreatürlich-menschlicher Ungeschiedenheit im Erlebnis eines Augenblicks entgrenzter Wirklichkeit ist: das Kind, Urmodell natürlicher Menschlichkeit, in dem – wie noch der alte Jiménez in »Espacio« schreibt – der Gott von heute, der »sehr weit weg« ist, vielleicht gelegentlich zu sich selber kommt: »Falls überhaupt je, dann in seinen Gartenstunden, wenn er das freie Kind gastlich empfängt, das einzig Große, das er erschaffen, befindet er sich voll im Einklang mit seinem vollen Selbst.«

Tier und Kind erweisen sich bei genauerem Hinsehen nicht als Gegenstand der dichterischen Intention, sondern als deren Mittel, als Medien oder Vehikel, als notwendige Organe für die Wiedergewinnung einer abhanden gekommenen Erfahrung. Franz Marc hat sich im gleichen Sinne – und zur selben Zeit, als Jiménez an »Platero y yo« arbeitete – mit Entschiedenheit gegen ein Mißverständnis der von ihm erstrebten »Animalisierung« der Kunst verwahrt, indem er erklärte: »Meine Ziele liegen nicht in der Linie besonderer Tiermalerei.« In einem Feldpostbrief an seine Frau vom 8. 4. 1915 schrieb er: »Ich habe auch gar nie das Verlangen z. B. die Tiere zu malen, ›wie *ich* sie ansehe‹, sondern wie sie *sind* (wie sie selbst die Welt ansehen und ihr Sein fühlen).« Was er damit meinte, verdeutlichte er am 12. 4. 1915: »Der Instinkt hat mich im großen und ganzen ... bisher nicht schlecht geleitet, wenn die Werke auch unrein waren; vor allem der Instinkt, der mich von dem Lebensgefühl für den Menschen zu dem Gefühl für das Animalische, [zu] den ›reinen Tieren‹ wegleitete. Der unfromme Mensch, der mich umgab, (vor allem der männliche) errëgte meine wahren Gefühle nicht, während das unberührte Lebensgefühl des Tieres alles Gute in mir erklingen ließ.« (Wie ein Widerhall klingt dieses Motiv beim späten Jiménez auf: »Das Kind begreift mich noch, die Frau möchte mich gern begreifen, der Mann ... nein, ich will nichts gemein haben mit dem Mann, er ist dumm, treulos, mißtrauisch und, sehr schmeichelhaft ausgedrückt, wissenschaftlich. Wie macht die Natur sich lustig über den Mann, der sie nicht begreift, wie sie ist.«) Die weitere Gedankenfolge von Marc aber liest sich wie eine Voraussage der späteren Entwicklung des »universalen Andalusiers«: »Und vom Tier weg leitete mich ein Instinkt zum Abstrakten, das mich noch mehr erregte; zum zweiten Gesicht, das ganz indisch-unzeitlich ist und in dem das Lebensgefühl ganz rein klingt. Ich empfand schon sehr früh den Menschen als ›häßlich‹; das Tier schien mir schöner, reiner; aber auch an ihm entdeckte ich soviel Gefühlswidriges und Häßliches, daß meine Darstellungen instinktiv, aus einem inneren Zwang, immer schematischer, abstrakter wurden. Bäume, Blumen, Erde, alles zeigte mir mit jedem Jahr mehr häßliche, gefühlswidrige Seiten, bis mir erst jetzt plötzlich die Häßlichkeit der Natur, ihre *Unreinheit* voll zum Bewußtsein kam. Vielleicht hat unser europäisches Auge die Welt vergiftet und entstellt ...«

Nur ein scheinbarer Widerspruch ist es, wenn der deutsche Kubist dann fortfährt: »Mein Gewissen sagt mir, daß ich vor der Natur (im weitesten Sinn) vollkommen richtig und zwingend fühle; und wenn ich nur von meinem Lebensgefühl ausgehe, sie mich nicht mehr angeht und berührt als die Kulissen eines Theaters, mit denen man eine Dichtung drapiert. Die *Dichtung* selbst stammt aus ganz anderen Dichter- und Urgründen; und will ich sie ausdrücken, so wie ich sie fühle, darf ich nicht mit Kulissen arbeiten, sondern [muß] einen weltbildfernen reinen Ausdruck suchen. Ob es einen solchen gibt? . . .«

Die hier artikulierte Spannung zwischen zwei konträren Arten des Naturerlebens scheint sich aufzuheben in ein paar Sätzen vom 13. 4. 1915, die ganz in die Nähe Plateros führen: »Ich bin noch mehr als je in die Blumen und Blätter verliebt. Ich seh sie jetzt so anders an, irgend ein Gefühl von Mitleid ist immer dabei, eine Art Mitwissertum; man sieht sich einander an, stumm und mit der Geste: ›wir verstehen uns schon; die Wahrheit ist ganz woanders; wir beide stammen alle von ihr und kehren einst zu ihr zurück.‹ Mit Menschen kann man fast nie so verkehren; da stoßen immer die Ichs aufeinander . . .«

Man lese daraufhin noch einmal das Kapitel L dieses Buches, »Die Blume am Wegrand«, um sich klarzumachen, wie sehr beiden Künstlern der Horror vor dem Gedränge mehr oder minder individualisierten Lebens gemeinsam ist, wie stark beide sich hingezogen fühlen zur lautlosen Erscheinung vegetabilischen Wesens: »Herdenweise, haufenweise zieht im Trubel alles an ihr vorbei – die Stiere, die Ziegen, die Fohlen, die Menschen –, und sie, allein auf ihrer Böschung, so zart, so schwach, bleibt in schlanker Geradheit stehen, malvenrosa, fein und allein, ohne daß irgend etwas Unreines sich auf sie überträgt . . .« Solcher Kontrast zwischen dem »wahren« Leben und dem Ich-Gedränge verschärft sich bei Franz Marc zur gespenstisch-beseligenden Schreckensoffenbarung, wenn er (am 21. 12. 1915) einen Eindruck wieder-

gibt, den er, »plötzlich in eine Großstadt versetzt«, in Straßburg hatte: »Ein Kaffeehaus mit seinen Kartenspielern, Geschäftstypen, armen Kellnerinnen wirkt ganz infernoartig; das Straßenleben wirkt auch merkwürdig unterirdisch, unwahrscheinlich, als wäre es längst vergangen, nur mehr im Bilde da. All die sonderbaren Leidenschaften auf den Gesichtern. Ich sah plötzlich ein Vögelchen auf einem Gesims sitzen und hatte das Gefühl, als wäre dies Vögelchen das einzig Lebendige, unbefangen Wirkliche in einer toten Stadt, in der nur mehr Leichen gehen.«
Eine Impression, die von ferne an das Gedicht »Melancholische Terzinen« erinnert, das Jiménez im Jahr 1910 oder 1911 schrieb (und mitsamt seiner ganzen Jugendlyrik später als »wildwüchsiges Rohkonzept« verwarf). Es bietet gewissermaßen ein ungeläutertes, biographisch authentisches Dokument der Wahrnehmungsweise jenes »Verrückten«, der Zuflucht suchend, mit ebensoviel schauderndem Widerstreben wie scheuer Sehnsucht, als Eselreiter tagtäglich sich zurückbegab in die Menschenwelt seines fremdgewordenen kleinen Heimatorts.

O wie traurig sind diese Heimwege, von den Feldern
zurück zur Stadt! Die Körper gerädert von Müdigkeit,
... und all die Geräusche schallen im letzten Licht.

Näher spürt man das Elend; stärker ist jetzt der Schmerz ...
und es ist kalt ..., und alle schaun wir einander an
– hilflos, wortlos – mit großen, aufgerissenen Augen.

Das Schwarz, das Gelb, das Rot ... Und Rauch und Dunst und Brodem ...,
es erscheinen die tristen Gesichter, die wir ohrfeigten ...
... wir würden gerne küssen, was wir verachtet haben ...

Für den, der Francis Jammes, das Vorbild (eines der Vorbilder) des jungen Jiménez, kennt, wirken die beiden letzten Zeilen als spanisch konturierte, verknappte Variation, als eine aus härterem, dunklerem Material geformte Replik von ein paar Sätzen, die der französische Baske im »Paradies der Tiere« seinem Orthez gewidmet hat: »Ich segne dich, kleine Stadt, in der kein Mensch mich versteht, wo ich meinen Stolz, mein Weh und meine Freude in mir verberge und ich keine andere Zerstreuung habe, als meine alte Hündin kläffen zu hören oder arme Gesichter anzuschauen. Aber dann steige ich die Hügel empor, wo der dornige Stechginster wächst – und dort erlebe ich in der Betrachtung meiner Kümmernisse das sanfte Glück, das Verzichten heißt. Jetzt quält mich nicht mehr das rohe und verächtliche Lachen der Leute noch auch das Zweifeln an allem. Das Lachen derer, die mich verachten, ist verstummt – und ich werde gleichgültig gegen alles, was ich bin. Aber ich bin indessen ernst geworden gegen mich selber und die andern. Mit furchtsamer Freude sehe ich nun die Sorglosigkeit des Glücklichen. Ich habe verstehen gelernt, wieviel Leiden aus der Liebe wachsen kann und wie tiefe Blindheit aus einem Blick. Und um dieser meiner Leiden willen möchte ich eine traurig zarte Liebkosung denen schenken, die noch nichts anderes wissen als das Glück.«
Unverkennbar ist, daß das Thema bei der Transposition in die Tonart des Andalusiers gleichsam in einen anderen Aggregatzustand geraten ist. Vom »sanften Glück, das

Verzichten heißt«, ist nicht mehr die Rede. Die Süße der Sentimentalität hat sich verloren. Keine Spur mehr von pastoraler Larmoyanz. Nicht der geringste Anflug von huldvoller Überhebung in der Mitleidsbekundung gegenüber denen, die arm im Geiste sind. Statt dessen die fast dramatische Dringlichkeit eines Verlangens nach Annäherung, etwas wie Reuedrang zur Überwindung einer Einsamkeit, die sich hilflos unter Hilflosen fühlt, im Wissen des eigenen Ungenügens angesichts einer Erkenntnis, die der Dichter der Duineser Elegien (der seinerseits einmal geäußert hatte, Jammes sei der Dichter, der er hätte sein wollen) als Einsicht in eine Unausweichlichkeit formulierte: »Dieses heißt Schicksal: gegenüber sein / und nichts als das und immer gegenüber.« Fazit aus der Erfahrung: »Der Schöpfung immer zugewendet, sehn / wir nur auf ihr die Spiegelung des Frein, / von uns verdunkelt. Oder daß ein Tier, / ein stummes, aufschaut, ruhig durch und durch ...«

»Welt*durch*schauung« statt Weltanschauung war die Forderung, die Franz Marc an sich selbst richtete, jener Maler, der sich fragte: »Gibt es für Künstler eine geheimnisvollere Idee als die, wie sich wohl die Natur in dem Auge eines Tieres spiegelt?« Und Transparenz – als Ergebnis solchen Durchschauens – ist das Ziel und die Essenz der gesamten Dichtung von Juan Ramón Jiménez, der seinem Ich »als Hilfe und Vorwand« ein sanftes, vermeintlich watteweiches Tier zur Seite gab, von dem er schrieb: »Nur die Gagatspiegel seiner Augen sind hart wie zwei Skarabäen aus schwarzem Kristall.« Womit der Dichter Plateros – gleich im zweiten Satz dieses Buches – seinem animalischen Geschöpf »aus Stahl und Mondsilber« eben jenes physiognomische Merkmal zuschrieb, das uns als dominierender Eindruck in Cernudas Erinnerung an die Person des »universalen Andalusiers« begegnet ist: »das Schwarz von Augen, in denen ein starrer, harter Blick war, den ich bis dahin nur bei manchem Vogel, aber nie bei einem menschlichen Wesen gesehen hatte.«

Diesen Vogelblick hier wiederzuerkennen, als Attribut eines Wesens von vierhufig erdverhafteter Gangart, ist nicht wenig befremdlich. Paradox wirkt vor allem die augenscheinliche Harmonisierung des Widersprüchlichen in einer Tiergestalt von durchaus konkreter, zoologisch korrekter, eindeutig bestimmter Kontur. Als Produkt einer bewußten Beschwörung leibhaftig vereinigter Gegensätze bekundet sich diese animalische Figur aufs klarste durch die Metapher, welche die knappe Darstellung eben jener Fremdlingsaugen beschließt und gleichsam besiegelt, mit einer zweiten, der ersten applizierten (Doppel-) Figur einer ganz anderen Tierart, in deren Erscheinung sich für die alten Ägypter das Paradoxon tief erdverhafteter Flugfähigkeit symbolmächtig verkörperte: »hart wie zwei Skarabäen aus schwarzem Kristall«.

Aus Stein geschnitten (aus einem Stein, der bei Jiménez als Material bereits den Widerspruch von Dunkelheit und Durchsichtigkeit in sich vereint), wurde die Form des Käfers, der als »Pillendreher« im Schlamm lebt, als Flügelwesen aus einer Kotkugel wieder und wieder ans Licht kommt, dem Verstorbenen auf die Brust gelegt – ein Talismann von zwiefacher Bedeutung: Vor dem Gericht im Jenseits hatte der Herz-Skarabäus das Herz des Toten zu ermahnen, daß es sich nicht wider seinen einstigen Eigner kehre, sondern diesen gegen falsche Anschuldigungen verteidige; als Sonnen-Skarabäus hatte er das mythische Gleichnis des allmorgendlich neu aus

der Verwesung erstehenden Lichtgottes, des schändlich hingemordeten Osiris, zu bezeugen: ein Glaubenszeichen, das auch von den Lebenden als schmückendes und schutzverheißendes Inbild täglicher Erneuerung auf dem Körper getragen wurde.
Wer sich an die verzweifelte Inständigkeit erinnert, mit welcher der junge, von Todesängsten gehetzte Andalusier die gelebte Versöhnung tragisch divergierender Sehnsüchte erstrebte – »Freiheit des fest Verwurzelten! / Sicherheit des unendlichen Fluges!« – wird das unerwartete Auftauchen dieses altägyptischen Symbols in den Eselaugen nicht als Zufall nehmen und die Aufmerksamkeit, die wir darauf richten, nicht als Symptom eines wildgewordenen, wühlsüchtigen Exegetenwahns werten. Vielleicht wird der Leser etwas mehr gewahren als die bloße Schilderung eines vertrauten optischen Phänomens, wenn er im Kapitel LV (Asinographie) noch einmal liest, was das »Ich« von den Skarabäen-Augen seines tierischen Begleiters sagt: »Platero, der meine Worte zweifellos versteht, schaut mich unbewegt an, mit seinen leuchtenden Riesenaugen, die glänzen von sanfter Härte und in denen die Sonne glitzert, klitzeklein und funkensprühend, an einem winzigen, schwarzgrün gewölbten Firmament.«
Im Niedrigen sich des Hohen zu vergewissern, im Kleinen das Große zu erkennen, ist das perspektivische Prinzip dieses Dichters, der es sich entschieden versagte, sein Poeten-Ich zum »Fürsten der Wolken« zu stilisieren und das Gefühl eigener Berufung zum Höhenflug im tragischgrotesken Symbol des gefangenen, auf den Schiffsplanken kläglich watschelnden Albatros zu beweinen. Statt der Baudelaireschen Identifikation mit dem »rois de l'azur«, von dem es heißt, »Ses ailes de géant l'empêchent

de marcher« (Seine riesigen Flügel hindern ihn, im Schritt zu gehen), wählte er – »Exilé sur le sol au milieu des huées« (Auf den Erdboden verbannt, umringt von Hohngelächter) – einen zur horizontalen Fortbewegung verdammten bescheidenen Vierbeiner zum Gefährten seiner einsamen Gänge, einen kindhaften Esel, als Tarnung, Korrektiv und Totem.

Der Wille zur Weltdurchschauung verwehrte ihm den Traumstart in die Vertikale, verpflichtete ihn auf ein stetiges »Gegenübersein«, auch im Verhältnis zu seinem animalischen Wunschbegleiter. Niemals überließ er sich jenen poetischen Himmelfahrtsgelüsten, denen Jammes so oft mit Hingabe frönt, wenn er das Herz einer bemitleideten Kreatur gleichsam als blinder Passagier okkupiert und unversehens ins Himmelblaue entschwebt, wie im berühmten »Hasenroman«, wo man mit süßem Erschauern liest: »Auf einmal nun, von einem Maulwurfshügel, wohin er sich gelagert hatte, tat Langohr einen Sprung ins Blaue und fiel nicht zurück; und dann noch einmal, so leicht, als ginge es über eine Wiese von blauem Klee, sprang er in das Leere hinein, in das Engelreich . . .«

Derlei luftig-legendenhafte Jenseits-Eskapaden lagen dem Eselreiter fern; so fern wie die unverbindlichen Pseudo-Jagdergötzungen im grünen Abseits, die sich der an der Isar seßhaft gewordene namhafte Meister aus Lübeck während der puritanisch eingeplanten Schnaufpausen seines knirschend betriebenen Schreibtischtitanenwerks zwecks Erneuerung der Produktionskraft in homöopathischen Dosen verordnete. Das Tier diente dem Andalusier weder als Mittel der Zerstreuung noch als Vehikel beliebiger Elevationen in metaphysische Gefilde – direkt vor die Füße des heiligen Franziskus. Der Widerwille gegen die Fabel, den Jiménez im Kapitel

CXXV mit krasser Deutlichkeit ausdrückt – als instinktiv empfundenes »Grauen vor der lehrhaften Tierparabel, wie vor der Kirche, der Guardia Civil, den Toreros und der Ziehharmonika« –, ist eine Folge seiner Achtung vor dem Anderssein des namenlosen Lebens; Konsequenz des radikalen Ernstes, mit dem er die Natur in allen Kreaturen als Medium der Annäherung an die andere, die wesentliche Wirklichkeit begriff, als Weg zur Augenblickswahrnehmung des für ihn wahrhaft realen »más allá en inmanencia«, eines ganz und gar irdisch-innerweltlichen Jenseits. Deshalb die rabiate Abwehr jeglicher Verfälschung der Tiernatur durch Transplantation von Moral oder »Humor«. Deshalb das Bestehen auf der anderen Stimme der Kreatur – selbst im Fall des mittels poetischer Synthese selbsterzeugten Kunstesels, des vierbeinig-kindhaften alter ego, das als sinnlich-mobiles Gleichnis solcher Medialität fungiert, als symbolische Verkörperung von Weg und Ziel zugleich: »Du hast deine Sprache und nicht die meine, so wenig wie ich die der Rose spreche oder diese die Sprache der Nachtigall spricht. Du brauchst also nicht zu befürchten, daß ich ... dich jemals zum geschwätzigen Gaukelhelden eines Fabelhistörchens machen und deine volltönende Ausdrucksweise mit den Redensarten des Fuchses oder des Distelfinks zusammenzwirnen würde, um dann, in Kursivschrift, die schale und frostige Formel der aus solchem Schnickschnack gezogenen moralischen Schlußfolgerung zu präsentieren. Nein, Platero ...«

Das durchgehaltene Doppelgängertum von Platero und Ich, die nie verwischte, niemals aufgehobene Spannung der Verschiedenheit dieser durch Sympathie verbundenen, komplementär aufeinander verwiesenen Wesen, welche doch stets durch die Spiegelfläche geschieden scheinen, in der eines im anderen sich erblickt, konstituiert das bereits mit dem Titel angeschlagene Leitmotiv des ganzen Buches: die Gemeinsamkeit des schicksalhaft Geschiedenen; die Dissonanz der zum Einklang bestimmten Töne.

»... es erscheinen die tristen Gesichter, die wir ohrfeigten ... Wir würden gerne küssen, was wir verachtet haben« – diese frühen Verse benennen das Urmotiv, formulieren den Grundkonflikt, der nicht nur das Bündnis der so ungleichen Verwandten bedingt, sondern auch die treibende Kraft ist, die den dialogsuchenden Monolog in Gang hält, aus dem diese ganze Geschichte besteht, diese Geschichte aus lauter Einzelmomenten, aus lauter in sich geschlossenen und zugleich weit geöffneten Augenblikken, deren mögliches Glück aus eben dem Ungenügen aufsteigt, das als erlittene Unruhe erst die Ruhe genießen läßt und nach immer neuen Momenten möglichen Verweilens in der Harmonie des »ewigen Augenblicks« fahnden läßt, also einen Fortgang erzwingt, den isolierten Punkt zur bewegten Linie auszieht, zur Linie eines konstanten Weges, eines Wiedergängerweges, zwischen Tod und Leben, Gegenwart und Vergangenheit, ersehnter Einsamkeit und ersehnter Gemeinschaft, der ein stetig unstetes Hin und Her ist.

Die klassische Formel für die Spannung dieses fälschlich als »romantisch« etikettierten Ur-Widerstreits im Herzen wie im Handeln der zerrissenen Unteilbarkeit, die man Individuum nennt, kennt der deutsche Leser aus dem großen Gedicht, das Hölderlin an »Die Eichbäume« gerichtet hat:

Eine Welt ist jeder von euch, wie die Sterne des Himmels
Lebt ihr, jeder ein Gott, in freiem Bunde zusammen.

Könnt ich die Knechtschaft nur erdulden, ich neidete nimmer
Diesen Wald und schmiegte mich gern ans gesellige Leben.
Fesselte nur nicht mehr ans gesellige Leben das Herz mich,
Das von Liebe nicht läßt, wie gern würd ich unter euch wohnen.

Verblüffend stimmt mit diesen Versen überein, was Jiménez im Kapitel XL über die »Kronpinie« sagt: »Sie ist das einzige, das niemals, während ich heranwuchs, aufhörte, groß zu sein; das einzige, das von Mal zu Mal größer gewesen ist.« Julián Marías hat diesen Satz als »ein schreckliches Geständnis« qualifiziert. Weshalb der spanische Philosoph dennoch »Platero y yo« als das Buch bezeichnet, »das mit gutem Grund das Land und das Jahrhundert rechtfertigen könnte, in dem es geschrieben worden ist«, ließe sich – meine ich – nicht zuletzt aus dem Faktum ableiten, daß dieses »Geständnis«, isoliert betrachtet, nur die »halbe Wahrheit« des Dichters ist, daß es in eklatantem Widerspruch zu der schon zitierten Zeile aus »Espacio« steht, die das »freie Kind« als »das einzig Große« nennt, das Gott erschaffen habe.
Wie »schrecklich« aber in der Tat jenes »Geständnis« ist, kommt kraß im Kapitel LVIII dieses Buches zum Ausdruck, in der Darstellung des widrig-zwiespältigen Empfindens, mit dem das »Ich« als (unfreies) Kind einst an einem Hahnenkampf teilnahm, hingezogen und abgestoßen zugleich, gefesselt im Bannkreis menschlicher Verderbtheit und zerrissen von Sehnsucht nach Befreiung aus solch rätselhaft mächtiger, scheußlicher Bindung: »Wozu ging ich dorthin, oder derjenige, der mich mitnahm? Der Wintermittag kam mir heiß vor, hitzig wie ein Hornsolo beim Platzkonzert von Modestos Kapelle ... Es roch nach neuem Wein; nach dem Rülpsen von Leuten, die Paprikawurst gegessen hatten; nach Tabak ...

Der Abgeordnete war da, mit dem Bürgermeister und el Litri, dem feisten und ruhmbeglänzten, als ›Protz‹ titulierten Torero aus Huelva ... Der Kampfplatz war klein und grün, und ihn begrenzten, über die hölzerne Ringschranke hervorquellend, hochrote Gesichter, in denen sich das Blut staute wie in den Eingeweiden einer Kuh auf dem Schinderkarren oder eines eben geschlachteten Schweins; Gesichter, deren Augen hervorgetrieben wurden von der Hitze, vom Wein und dem rohen Drang des grobfleischigen Herzens. Die Schreie kamen aus den Augen ... Es war heiß, und alles – so klein: eine Hahnenwelt – war zusammengepfercht. // Und in dem breiten Strahl der von hoch oben einfallenden Sonne, durch den sich unablässig zahllose blaue Rauchschwaden träge schlängelten, wie Schlieren, die ein Glas verschmutzen, waren die armen englischen Hähne, zwei monströse, schrill karminrote Blüten, im Begriff, sich zu zerstückeln, indem sie einander in die Augen hackten, die Haßgelüste der Menschen sich gegenseitig, mit regelmäßigen Sprüngen, in den Leib rammten, sich völlig zerfetzten mit den Sporen, die man mit Zitronensaft bestrichen hatte ... oder mit Gift. Sie taten es geräuschlos; taten es, ohne zu sehen, ohne überhaupt anwesend zu sein ... Aber ich, war ich anwesend, und mit solchen Mißgefühlen? Ab und zu schaute ich mit grenzenloser Sehnsucht – durch eine zerrissene Plane hindurch, die, im Winde zitternd, mir als Segel eines am Ufer liegenden Bootes erschien – nach einem Orangenbaum, der draußen im lauteren Sonnenlicht die Luft mit dem Duft seiner weißen Blütenbürde erfüllte ... Wie schön – hauchte der Wohlgeruch in meiner Seele –, ein blühender Orangenbaum zu sein, ein reiner Wind, die hohe Sonne! // ... Und dennoch lief ich nicht weg ...«

Entrückung ins Schwerelose einer besonnten Vergangenheit kann nicht das Ziel des Autors gewesen sein, dem alle Splitter der Kindheitserinnerung auf diese zentrale Szene zuschießen – auf eine Mitte, die zwanghaft anzieht und abstößt. Die subtile Grausamkeit, mit der in dieser Miniaturhölle durch Ausblick auf suggestive Naturzeichen der Reinheit und Freiheit das Mißgefühl ohnmächtigen Haftens am Widerwärtigen zur schneidenden Unerträglichkeit verschärft wird, bedeutet nicht Ausflucht, sondern Entschlossenheit zur Konfrontation. Nicht der Rückzug ins Traumrefugium des Gewesenen wird angestrebt. Die Vergegenwärtigung der eigenen Kindheit ist vielmehr ein Durchbruchsversuch, ein Anlauf zur Weltdurchschauung. Die Wiedereroberung der verlorenen Heimat – in deren Mitte ein Albtraum haust – zielt nicht auf Niederlassung in der Vergangenheit, sondern auf die Gewinnung des Weges, der allein in die wahre Gegenwart führt. Nicht um Verklärung geht es, sondern um Klarheit. Um die Klarheit des neu zu erwerbenden Kinderblicks, den nur der gewinnen kann, der den »Mut zur Angst« aufbringt (von dem Heidegger sprach), aus der Kraft jener Überzeugung, die für Novalis bare Erfahrung war: »Durch den Tod wird das Leben verstärkt.«
Für die Arbeit des Dichters bedeutete das nichts Geringeres als die Forderung nach Erfüllung des von Schiller für den sentimentalischen Dichter aufgestellten Gebots, »auch *unter den Bedingungen der Reflexion* die naive Empfindung, dem Inhalt nach, wiederherzustellen«. Die Begründung dieser Aufgabe lautet bei dem Schwaben: »Dem naiven Dichter hat die Natur die Gunst erzeigt, immer als eine ungeteilte Einheit zu wirken, in jedem Moment ein selbständiges und vollendetes Ganzes zu sein und die Menschheit, ihrem vollen Gehalt nach, in

der Wirklichkeit darzustellen. Dem sentimentalischen hat sie die Macht verliehen oder vielmehr einen lebendigen Trieb eingeprägt, jene Einheit, die durch Abstraktion in ihm aufgehoben worden, aus sich selbst wiederherzustellen, die Menschheit in sich vollständig zu machen und aus einem beschränkten Zustande in einen unendlichen überzugehen. Der menschlichen Natur ihren völligen Ausdruck zu geben, ist aber die gemeinschaftliche Aufgabe beider, und ohne das würden sie gar nicht Dichter heißen können; aber der naive Dichter hat vor dem sentimentalischen immer die sinnliche Realität voraus, indem er dasjenige als eine wirkliche Tatsache ausführt, was der andere nur zu erreichen strebt. Und das ist es auch, was jeder bei sich erfährt, wenn er sich beim Genusse naiver Dichtungen beobachtet. Er fühlt alle Kräfte seiner Menschheit in einem solchen Augenblick tätig, er bedarf nichts, er ist ein Ganzes in sich selbst; ohne etwas in seinem Gefühl zu unterscheiden, freut er sich zugleich seiner geistigen Tätigkeit und seines sinnlichen Lebens. Eine ganz andere Stimmung ist es, in die ihn der sentimentalische Dichter versetzt. Hier fühlt er bloß einen lebendigen *Trieb*, die Harmonie in sich zu erzeugen, welche er dort wirklich empfand, ein Ganzes aus sich zu machen, die Menschheit in sich zu einem vollendeten Ausdruck zu bringen. Daher ist hier das Gemüt in Bewegung, es ist angespannt, es schwankt zwischen streitenden Gefühlen ...«

Adäquater Ausdruck eines solchen inneren Konflikts aber ist der Quasidialog des Selbstgesprächs. Seine Expressivität kann sich steigern bis zu der Ausdrucksform, die fast alle Texte von »Platero y yo« bestimmt. Der Disput zwischen zwei Ichs verwandelt sich zur Rede an einen Partner, der keiner Erwiderung mit Worten fähig ist – ein Vorgang, den Hölderlins Gedicht beispielhaft dartut und den wiederum Schiller mit den prägnantesten Worten expliziert: »Die Unzufriedenheit über unsere eigene schlecht gebrauchte moralische Freiheit und über die in unserem Handeln vermißte sittliche Harmonie führt leicht eine solche Stimmung herbei, in der wir das Vernunftlose wie eine Person anreden und demselben, als wenn es wirklich mit einer Versuchung zum Gegenteil zu kämpfen gehabt hätte, seine ewige Gleichförmigkeit zum Verdienst machen, seine ruhige Haltung beneiden ...«

Man meint der Entstehung des »uneselhaftesten Esels« beizuwohnen, wenn man dann liest, was der deutsche Dichter dem vorausschickt: »So legen wir öfters einem Tiere, einer Landschaft, einem Gebäude, ja der Natur überhaupt, im Gegensatz gegen die Willkür und die phantastischen Begriffe des Menschen, einen naiven Charakter bei. Dies erfordert aber immer, daß wir dem Willenlosen in unseren Gedanken einen Willen leihen ...«

Das kleine Grautier des Mannes aus Moguer – eine Spätgeburt aus dem Geist deutsch-idealistischer Ästhetik? Wer hier, verständlicherweise, stutzt, wird mit geschärften Augen den Aphorismus lesen, in dem Jiménez – so scheint mir – das Grundproblem seiner Existenz und seiner Poetik formulierte: »Ich möchte, zu gleicher Zeit und mit demselben Auge – wie schwierig, welche Qual! – unbegrenzt und ohne Hindernis den Gedanken sehen, den ich betrachte, und begrenzt in seiner undurchsichtigen Dichte den Gegenstand, den ich anschaue.«

Ist dieser Satz etwas anderes als das seufzende Bekenntnis der Einsicht in die Richtigkeit des Diktums von Schiller: »Wenn man an den Schöpfungen des naiven Genies zuweilen den *Geist* vermißt, so wird man bei den Geburten des sentimentalischen oft vergebens nach dem *Gegenstande* fragen. Beide werden also, wiewohl auf ganz entgegengesetzte Weise, in den Fehler der Leerheit verfallen; denn ein Gegenstand ohne Geist und ein Geistesspiel ohne Gegenstand sind beide ein Nichts in dem ästhetischen Urteil.«

Aus der Region kunstkritischen Räsonierens zurückgeführt aufs Terrain persönlicher Existenz, radikalisiert sich das Bewußtsein dieses Zwiespalts bei Jiménez zu der verzweifelten Frage: »Wie das vereinigen: frei zu leben und sich selbst frei leben zu sehen?«

Wer ein Kenner von Schillers Erwägungen »Über naive und sentimentalische Dichtung« ist und überdies weiß, daß schon der junge Jiménez unter dem Einfluß von Francisco Giner de los Ríos sich eingehend mit diesem deutschen Dichter beschäftigt hat (den er im Alter noch über Goethe stellte), wird kritisch registrieren, daß der Andalusier sich im eben zitierten Satz ganz offenkundig vom terminologischen Reglement des Deutschen dispensiert, indem er den Begriff der Freiheit, scheinbar bedenkenlos, mit dem von keiner Reflexion behelligten Dasein identifiziert und nicht wie der dichtende Verehrer Kants mit dessen Gegenteil: der menschlichen Fähigkeit zur Wahl. Apodiktisch hatte Schiller die Naturwesen von den zum Denken erwachten Menschen unterschieden, mit der konträr lautenden Erklärung: »Wir sind frei, und sie sind notwendig; wir wechseln, sie bleiben eins.«

Es ist jedoch nicht bloß ein Kalauer, wenn man behauptet, daß Schillers eigener Freiheitsbegriff ins Schillern gerät (um nicht zu sagen: sich ins Gegenteil verkehrt), wenn er bei späterer Gelegenheit, rückblickend auf seine eigenen Versuche auf dem Felde ästhetischer Theorie und stöhnend vor einer neuen selbstgestellten Aufgabe praktischen Dichtens, an Goethe schreibt: »ich *sehe* mich jetzt erschaffen und bilden, ich beobachte das Spiel der Begeisterung, und meine Einbildungskraft beträgt sich mit minder Freiheit, seitdem ich sie nicht mehr ohne Zeugen weiß.«

Wie Thomas Mann – diesen Satz Schillers und alsbald Goethes Skepsis gegenüber dessen Spekulationen zitierend – in seiner berühmten Jubiläumsrede von 1955 zu der Meinung gelangen konnte, Schiller habe sich »wahrhaftig mit der Intention geplagt«, »die sentimentale (sic) Dichtung von der naiven ganz frei zu machen«, zeugt von einem Unverstand auch namhafter Meister, dessen Ausmaß nicht minder erstaunlich ist als die hemmungslos auftrumpfende Torheit, mit der die provokationslüsternen Jünglinge Dalí und Buñuel die Rolle Plateros verkannten – oder verkennen wollten.

In beiden Fällen hätte ein einziges Sätzchen von Schiller die verehrungsvollen wie die beleidigungswilligen Kontrahenten eines Besseren belehren können; ein fundamentales, ein ungeheures Sätzchen, das von den »naiven« Naturwesen sagt: »Sie *sind*, was wir *waren*; sie sind, was wir wieder *werden sollen*.«

Eine tief zwiespältige Behauptung (die nichts, aber auch gar nichts mit der herrenhaft-humanen Selbstsicherheit des Hundsdenkmalerrichters gemein hat). Sie weist rückwärts und vorwärts zugleich, indem sie die Erinnerung an das unwiederbringlich Verlorene kurzerhand zur Vision einer künftig zu leistenden Aufgabe erhebt und die »Glückseligkeit« und »Vollkommenheit« der einstigen, naturgegebenen Naivität zum Vorbild des zu entwickelnden Bewußtseins proklamiert, zur moralisch wie ästhetisch verpflichtenden Utopie. Daß die anziehende

Illusion, von der es Abschied zu nehmen gilt, zugleich als Orientierung für das geforderte Vorwärtsstreben in Richtung auf ein im Unendlichen liegendes Ziel benannt wird, ist ein tragisch-tröstliches Paradox, dessen vehemente Spannung Schiller noch verschärft durch eine schroffe Ermahnung, die wie eine vorweg erteilte kritische Antwort auf Nietzsches melancholische »Betrachtungen« wirkt: »Jene Natur, die du dem Vernunftlosen beneidest, ist keiner Achtung, keiner Sehnsucht wert. Sie liegt hinter dir, sie muß ewig hinter dir liegen. Verlassen von der Leiter, die dich trug, bleibt dir jetzt keine andere Wahl mehr, als mit freiem Bewußtsein und Willen das Gesetz zu ergreifen oder rettungslos in eine bodenlose Tiefe zu stürzen« –, worauf er, mit einer jähen Kehrtwendung, überraschend fortfährt, als wollte er, über Generationen hinweg, den jungen, von Ängsten besessenen, mit seiner Umwelt zerfallenen Moguereño ermuntern: »Aber wenn du über das verlorene *Glück* der Natur getröstet bist, so laß ihre *Vollkommenheit* deinem Herzen zum Muster dienen. Trittst du heraus zu ihr aus deinem künstlichen Kreis, steht sie vor dir in ihrer großen Ruhe, in ihrer naiven Schönheit, in ihrer kindlichen Unschuld und Einfalt; dann verweile bei diesem Bilde, pflege dieses Gefühl, es ist deiner herrlichsten Menschheit würdig. Laß dir nicht mehr einfallen, mit ihr *tauschen* zu wollen, aber nimm sie in dich auf und strebe, ihren unendlichen Vorzug mit deinem eigenen unendlichen Prärogativ zu vermählen und aus beidem das Göttliche zu erzeugen. Sie umgebe dich wie eine liebliche *Idylle,* in der du dich selbst immer wiederfindest aus den Verirrungen der Kunst, bei der du Mut und neues Vertrauen sammelst zum Laufe ...«

Juan Ramón Jiménez hätte – dessen bin ich sicher – in

der Doppelforderung des Deutschen die bestimmende Doppelintention seiner »Andalusischen Elegie« wiedererkannt. Und er hätte demzufolge, meine ich, auch der Deutung zugestimmt, daß die Doppelfigur, die den Titel des Werkes bildet und dem Ganzen die Form eines von Moment zu Moment stets aufs neue einsetzenden quasidialogischen Monologes gibt, die notwendige schöpferische Konsequenz aus der (selbstgewonnenen oder klug übernommenen) Einsicht war, daß jeder Versuch, das reflektierende »Ich« schlichtweg mit der Natur (oder einer ihrer »naiven« Erscheinungsformen) zu identifizieren – also »mit ihr tauschen zu wollen« – nichts als ein unsinniger Illusionistentrick gewesen wäre.

Die Entzweiung des Subjekts, seine Spaltung zur Zwiegestalt, war die Folge der Zerdehnung, der Zerreißung des Ichs durch dessen eigenes, konträr sich ausstreckendes Verlangen nach universaler Einheit seiner selbst in allem: »Welch ein riesiger Riß / ist mein Leben im Ganzen ...«

Das kindlich-animalische alter ego, das so aus Redlichkeit vom Ich abgespalten wird (gemäß dem von Schiller konstatierten Grundbedürfnis des sentimentalischen Gemüts, »was es in sich hat, durch Reflexion sich gegenüber und aus sich herauszustellen«), avanciert jedoch – wir sagten es schon – nicht zum Rang des eigentlichen poetischen Gegenstands. Als »Vorwand und Hilfe«, wie einst der jeweils reale, konkrete Esel, hat der phantasiegezeugte, durch poetische Synthese erschaffene Platero dem Dichter zu dienen: als ungleicher Partner und treuer Begleiter, als Fluchthelfer und Sekundant in einem; als Medium der Distanzierung wie der Annäherung, als leibhaftiges Gleichnis verlorenen Glücks und Inbild der Hoffnung; als Traumtier »aus Stahl und Mondsilber«, das seinem Reiter nie die Sicht verdeckt, sondern geduldig ihn dem entgegenträgt, worauf das menschlich-animalische Doppel-Augenpaar »voll sanfter Härte« gerichtet ist.

Ein Tragtier, dienstbar auf dem unendlichen Weg aus der Erinnerung zum Augenblick, zur »realidad real« des ersehnten Moments, der erfahren läßt, »was – zugleich der Vergangenheit und der Gegenwart zugehörig – viel wesentlicher als beide ist« ... »etwas, das meinem Wesen für die Dauer eines Blitzes erlaubt, etwas zu erlangen, zu sondern und festzuhalten, was es niemals erahnt hatte: ein kleines Quantum reiner Zeit«.

Der sich mit diesen Worten als Erfahrungsbruder von Franz Marc wie von Juan Ramón Jiménez erweist, war Marcel Proust, ein Mann mit dem »Blick eines Nachtmenschen, dessen Starrheit ... einschüchterte«, laut François Mauriac. Proust bekennt: »Das Wesen, das in mir wiedergeboren war, ... nährt sich einzig von der Essenz der Dinge und findet in ihr allein seinen Bestand und seine Beseligung. Es kümmert traurig dahin bei der Beobachtung der Gegenwart, in der die Sinne ihm jene Essenz nicht zur Verfügung zu stellen vermögen, bei der Betrachtung einer Vergangenheit, die der Verstand ihm ausgedörrt verabfolgt, bei der Erwartung einer Zukunft, die der Wille aus Bruchstücken der Gegenwart und der Vergangenheit zusammensetzt, denen er noch dazu ihren Wirklichkeitsgehalt entzieht, da er von ihnen nur beibehält, was dem utilitaristischen, eng auf Menschliches beschränkten Zweck entspricht, den er ihnen zuerkennt. Sobald aber ein bereits gehörtes Geräusch, ein schon vormals eingeatmeter Duft von neuem wahrgenommen wird, und zwar als ein gleichzeitig Gegenwärtiges und Vergangenes, ein Wirkliches, das gleichwohl nicht dem Augenblick angehört, ein Ideelles, das deswegen dennoch nichts Abstraktes bleibt, wird auf der Stelle die ständig vorhandene, aber gewöhnlich verborgene Wesenssubstanz aller Dinge frei, und unser wahres Ich, das manchmal seit langem tot schien, aber es dennoch nicht völlig war, erwacht und gewinnt neues Leben aus der göttlichen Speise, die ihm zugeführt wird. Eine aus der Ordnung der Zeit herausgehobene Minute hat in uns, damit er sie erlebe, den von der Ordnung der Zeit freigewordenen Menschen wieder neu erschaffen.«

Eine Wiedergeburt, bewirkt durch ein »Wunder der Analogie«, das Proust als plötzliche Freiheit zur Imagination erlebte, als »Freude, die einer Gewißheit gleichkam und ohne sonstige Beweise genügte, mir den Tod gleichgültig erscheinen zu lassen«.

Ist dies etwas anderes als die Auferstehung des »freien Kindes« im erweckten Bewußtsein des Ichs, das im Tun des Kleinen am Brunnen, in seinem Spiel mit dem Element, das wahre Leben des eigenen Wesens erblickt?

»... Die Sonne prallt auf den Kopf des Kindes; doch es merkt nichts davon, völlig hingerissen vom Wasser. Bäuchlings auf dem Boden liegend, hält es die Handmuschel unter den lebendigen Strahl, und das Wasser legt ihm ein zittriges Zauberschloß aus Kühle und Anmut hinein, das seine schwarzen Augen verzückt betrachten. Es redet vor sich hin, zieht schnuffelnd den Nasenschleim hoch, kratzt sich da und dort unter seinen Lumpen, mit der anderen Hand. Das Schloß, immer gleich und jeden Augenblick von Grund auf neu, schwankt zuweilen. Und da zieht das Kind sich zusammen, krümmt sich ein, versinkt in sich, damit nur ja nicht der eine Pulsschlag, der mit dem Verrücken eines einzigen Kristalls das hochempfindliche Bild im Kaleidoskop verändert, dem Wasser seine anfängliche, staunend entdeckte Gestalt raube. – Platero, ich weiß nicht, ob du verstehst, was ich dir sage; aber dieses Kind hält meine Seele in seiner Hand.«

Nur Geistesblinde können das als entzückendes Genrebild belächeln. Es ist das innerste und zugleich das weiteste, die ganze Dichtung in einem winzigen Spiegel versammelnde Symbol dieses Werkes (von dessen Schöpfer Octavio Paz sagte: »Er war kein symbolistischer Dichter: er ist der Symbolismus in spanischer Sprache.«) Als Inbild tätiger Harmonie, in der Bewegung und Ruhe als Einheit in Freiheit erscheinen, ist es nicht nur die idyllische Mitte der Elegie, es ist – als heller Konterpart zum Grauen der Hahnenkampfszene, zu jenem Inbild quälenden Gebanntseins in der Zerrissenheit des unfreien Kindes zwischen dem Fratzengetümmel verzerrter Menschengesichter und der als Reinheit lockenden Entrücktheit blühender Orangenzweige – zugleich der Moment, in dem die Spannung des dynamischen Hin und Her zwischen den Polen konträren Begehrens sich löst, sichtbar aufgehoben: ein wahrer »Augenblick«, glückhafte Evidenz des Sinns, den das Novalis-Wort meint, welches Jiménez im Vorwort der »Kinderbuch-Ausgabe« zitierte: »Wo Kinder sind, da ist ein goldnes Zeitalter.« Eine Erfahrung, deren poetologische Bedeutung als Maxime in der Ästhetik des Andalusiers aufleuchtet: »Das beste Symbol der Ewigkeit ist die ›Gegenwart‹ des Kindes.«

Grundlage beider Sätze ist die philosophische Analyse des in ihnen artikulierten Gefühls, die Schiller mit unvergleichlicher Prägnanz geboten hatte: »Man irrt, wenn man glaubt, daß es bloß die Vorstellung der Hülflosigkeit sei, welche macht, daß wir in gewissen Augenblicken mit soviel Rührung bei Kindern verweilen. Das mag bei denjenigen vielleicht der Fall sein, welche der Schwäche gegenüber nie etwas anderes als ihre eigene Überlegenheit zu empfinden pflegen. Aber das Gefühl, von dem ich rede (es findet nur in ganz eigenen moralischen Stimmungen statt und ist nicht mit demjenigen zu verwechseln, welches die fröhliche Tätigkeit der Kinder in uns erregt), ist eher demütigend als begünstigend für die Eigenliebe; und wenn ja ein Vorzug dabei in Betracht kommt, so ist dieser wenigstens nicht auf unserer Seite. Nicht weil wir von der Höhe unserer Kraft und Vollkommenheit auf das Kind herabsehen, sondern weil wir aus der *Beschränktheit* unsers Zustands, welche von der *Bestimmung*, die wir einmal erlangt haben, unzertrennlich ist, zu der grenzenlosen *Bestimmbarkeit* in dem Kinde und zu seiner reinen Unschuld *hinaufsehen*, geraten wir in Rührung, und unser Gefühl in einem solchen Augenblick ist zu sichtbar mit einer gewissen Wehmut gemischt, als daß sich diese Quelle desselben verkennen ließe. In dem Kinde ist die *Anlage und Bestimmung*, in uns ist die *Erfüllung* dargestellt, welche immer unendlich weit hinter jener zurückbleibt. Das Kind ist uns daher eine Vergegenwärtigung des Ideals, nicht zwar des erfüllten, aber des aufgegebenen, und es ist also keineswegs die Vorstellung seiner Bedürftigkeit und Schranken, es ist ganz im Gegenteil die Vorstellung seiner reinen und freien Kraft, seiner Integrität, seiner Unendlichkeit, was uns rührt. Dem Menschen von Sittlichkeit und Empfindung wird ein Kind deswegen ein *heiliger* Gegenstand sein, ein Gegenstand nämlich, der durch die Größe einer Idee jede Größe der Erfahrung vernichtet ... wir fühlen uns genötigt, den Gegenstand zu achten, über den wir vorher gelächelt haben, und, indem wir zugleich einen Blick in uns selbst werfen, uns zu beklagen, daß wir demselben nicht ähnlich sind. So entsteht die ganz eigene Mischung eines Gefühls, in welchem fröhlicher Spott, Ehrfurcht und Wehmut zusammenfließen ...«

Schon an der edición menor von »Platero y yo« schätzte Enrique Granados eine besondere Mischung der Tonarten. Jiménez spielt in einer seiner »lyrischen Karikaturen« aus der großen Prosa-Porträtsammlung »Españoles de tres mundos« (Spanier dreier Welten, 1946) auf eine Bemerkung an, die der spanische Pianist und Komponist machte, als er (kurz bevor er mit dem von einem deutschen Unterseeboot torpedierten englischen Dampfer »Sussex« unterging) dem Dichter in New York begegnete (der, wie das einzigartige »Tagebuch eines jungverheirateten Dichters« bezeugt, zu seiner Verehelichung mit der Halbamerikanerin Zenobia Camprubí erstmals nach Übersee gefahren war – zwei Jahrzehnte bevor der Ausbruch des Bürgerkriegs ihn noch einmal nach Amerika trieb, von wo er nie mehr in die von Franco beherrschte Heimat zurückkehrte). »Ein Weilchen vergaß er (Granados) alles, was um uns her war, und sprach mit mir in einem Winkel über meinen *Platerillo*, der ihm gefalle, sagte er, weil er so sensitiv und ironisch sei.«

Da in diesem Zusammenhang der Gebrauch eines musikalischen Terminus wohl angemessen ist, fügen wir hinzu: Es war die *con sordino* ausgeführte, höchst eigentümliche Variation über ein pathetisches Thema von klassisch-romantischer Provenienz, was den Beifall des weltreisenden Tastenvirtuosen und Urhebers der »Goyescas« fand. In der Schillerschen Theorie-Partitur trägt es die Überschrift »Zeugen und Rächer der Natur« – wozu man sich als Fußnote denken muß: »Die Dichter sind überall, schon ihrem Begriffe nach, die *Bewahrer* der Natur. Wo sie dieses nicht ganz mehr sein können und schon in sich selbst den zerstörenden Einfluß willkürlicher und künstlicher Formen erfahren oder doch mit denselben zu kämpfen gehabt haben, da werden sie als die *Zeugen* und als die *Rächer* der Natur auftreten.« Und, unter die Adnote gekritzelt, noch die Nachbemerkung: »Der sentimentalische Dichter hat es ... immer mit zwei streitenden Vorstellungen zu tun, mit der Wirklichkeit als Grenze und mit seiner Idee als dem Unendlichen, und das gemischte Gefühl, das er erregt, wird immer von dieser doppelten Quelle zeugen ...«

War es vielleicht eben die unpathetische, seltsam gedämpfte, gleichsam verschleierte Mixtur einander widerstreitender Gefühle, was die noch grünen Skandalprotze Dalí und Buñuel dazu veranlaßte, dem poetischen Grautier jenen schimpflichen Ruf der Hinterhältigkeit anzuhängen? Verübelten die jungen Aufrührer wider alle Orthodoxie dem ebenso verehrten wie gefürchteten Meister einer ganzen Nachwuchsgeneration von werdenden Meistern (Salinas, Guillén, Lorca, Alberti, Cernuda, Aleixandre, Alonso etc.) einen Verstoß gegen die tradierte Regel wohlanständiger Entscheidung zwischen zwei kanonisierten, klar konträren Modalitäten dichterischer Weltbetrachtung, die der (ihnen vermutlich kaum bekannte) Dichterfürst aus Schwaben längst als Alternativen vorgezeichnet hatte, indem er schrieb: »... nun entsteht die Frage, ob er mehr bei der Wirklichkeit, ob er mehr bei dem Ideale verweilen – ob er jene als einen Gegenstand der Abneigung, ob er dieses als einen Gegenstand der Zuneigung ausführen will. Seine Darstellung wird also entweder *satirisch*, oder sie wird ... *elegisch* sein; an eine von diesen beiden Empfindungsarten wird jeder sentimentalische Dichter sich halten.«

Jiménez, der ja die Unverfrorenheit besaß, die Hüter

unserer meistbewährten literarhistorischen Sortierverfahren aufs gröblichste zu düpieren, als er – lässig auf einem arkadisch-andalusischen Hügel liegend, mitten im Jahrzehnt des Expressionismus und des Trommelfeuers – sich als »romantisch und klassisch zugleich« deklarierte, ließ es zweifellos auch an Achtung vor den konventionsgeheiligten Gattungsgrenzen fehlen und ignorierte vorsätzlich jedes Entweder-Oder.

In einem »Selbstporträt (zu Nutz und Frommen von Reptilien der verschiedensten Art)« aus dem Jahr 1923 war er so frei, nach Ernennung seines Ichs zu EL ANDALUZ UNIVERSAL (so der Obertitel) dem schon zitierten Satz – »Die blinden Leidenschaften werden in mir ausbalanciert durch die einer guten Sehkraft« – eine Fortsetzung zu geben, welche die Vorstellung einer geistigen Balance mit einer Zwiegesichtigkeit begründet, die das behauptete, durch Sehkraft erlangte Gleichgewicht eher fraglich als glaubhaft zu machen scheint: »Ein Auge formt mir die Welt, und ein anderes deformiert sie oder reformiert sie mir. Aus dieser Sicht mache ich das Gute und fühle Reue; dann mache ich das Schlechte und fühle gleichfalls Reue. Mein Leben und mein Werk sind ein unaufhörliches Feuerrad von Reuegefühlen; aber meine Ästhetik und meine Ethik, meine Verrücktheit und meine Besonnenheit, meine Seelenruhe und mein Krieg haben immer ein lohnendes Ziel: die nackte Frau. – Die Schönheit ist mir vertraut ...«

Die nackte Frau – das zeigt sein gesamtes Œuvre – ist für ihn ein Synonym der (entgegen spanischer Rechtschreibnorm) großgeschriebenen »Belleza«, der Schönheit; und Nacktheit gilt ihm zugleich als identisch mit Reinheit, die er nicht als aseptische Sittlichkeit sieht, nicht als Erlesenheit, sondern als eine Totalität. Daher die Frage an sich und die anderen: »Die große Poesie – ist sie nicht, wird sie nicht immer die sein, die das Populäre mit dem ›Aristokratischen‹ verschmilzt zu einer Summa aus Natur und Bewußtsein?«

»Ich und das namenlose Leben« – so lapidar fordert, darüber hinaus, eine Maxime seiner »estêtica«. Verlangte der tief Gespaltene damit nicht eben die Negierung oder die Aufhebung der Gründe, die ihn dazu bestimmten, in der auffälligen Parallelformulierung des Titels seiner »Andalusischen Elegie« als Zwiegestalt aufzutreten? Oder war diese Verdoppelung des Subjekts für ihn eben das Mittel, das Material, das Instrumentarium zur Schaffung einer »Poesie, die im Inneren so voller Dynamik ist, daß die dauerhafteste Statik sie weder entkräften noch zerstören kann«? War dieses Verlangen nach Vereinung des Unvereinbaren nicht die Erwartung jenes Wunders, das Gómez de la Serna als Wirklichkeit sich ereignen sah – in der Dichtung des universalen Andalusiers; das Wunder, »daß beim Schußwechsel mit dem Gegner die beiden Kugeln unterwegs sich vereinen und eine Blüte aus Blei zu Boden fällt«?

Dieses poetische Miniaturparadoxon erinnert mich an eine andere Wunderblumenmetapher, an jenes Gleichnis, das Proust benutzte, als er versuchte, ein ähnliches Mirakel – nicht der Dichtung, sondern der persönlichen Elementarerfahrung – in Worte zu fassen; einen jener seltenen Momente blitzhaft aufleuchtender Totalität des Geschiedenen, gleichsam mit allen Sinnen wahrnehmbarer, allumfassender Gegenwart des Vergangenen in der Sekunde überraschenden Erinnerns.

»Sobald ich den Geschmack jener Madeleine wiedererkannt hatte, die meine Tante mir, in Lindenblütentee eingetaucht, zu reichen pflegte, ... trat das graue Haus mit seiner Straßenfront, an der ihr Zimmer sich befand, wie ein Stück Theaterdekoration zu dem kleinen Pavillon an der Gartenseite hinzu, der für meine Eltern nach hintenheraus angebaut worden war (also zu jenem verstümmelten Teilbild, das ich bislang allein vor mir gesehen hatte) und mit dem Hause die Stadt, der Platz, auf den man mich vor dem Mittagessen schickte, die Straßen, die ich von morgens bis abends und bei jeder Witterung durchmaß, die Wege, die wir gingen, wenn schönes Wetter war. Und wie in den Spielen, bei denen die Japaner in eine mit Wasser gefüllte Porzellanschale kleine, zunächst ganz unscheinbare Papierstückchen werfen, die, sobald sie sich vollgesogen haben, auseinandergehen, sich winden, Farbe annehmen und deutliche Einzelheiten aufweisen, zu Blumen, Häusern, zusammenhängenden und erkennbaren Figuren werden, ebenso stiegen jetzt alle Blumen unseres Gartens und die aus dem Park von Monsieur Swann, die Seerosen auf der Vivonne, die Leutchen aus dem Dorfe und ihre kleinen Häuser und die Kirche und ganz Combray und seine Umgebung, alles deutlich und greifbar, die Stadt und die Gärten auf aus meiner Tasse.« Dieses Erlebnis ist das Urmotiv von Prousts erzählerischem Monumentalwerk »Auf der Suche nach der verlorenen Zeit« (dessen erster Band 1914 erschien, also im selben Jahr wie die edición menor von »Platero y yo«). – »... obwohl ihrem Wesen nach ewigkeitlich«, blieb diese Vision »etwas Flüchtiges«, schreibt Proust. »Dennoch verspürte ich, daß das Vergnügen, das sie mir in seltenen, weit voneinander getrennten Momenten meines Lebens gegeben hatte, das einzig fruchtbare und allein echte war ... Daher war ich jetzt entschlossen, mich an diese Betrachtung der Essenz der Dinge zu klammern, sie festzuhalten – aber wie, mit welchen Mitteln denn?«

Hatte die Entstehung, die poetische Auferstehung Moguers in der »Andalusischen Elegie« eine ähnliche Ursache wie die literarische Wiedergeburt Combrays? Gemeinsam ist beiden Autoren zweifellos die Fixierung auf Augenblicke rätselhaften Glücks, auf jene »beseligenden Eindrücke, die« – so erklärt Proust, als spräche er für Jiménez – »das gemeinsam hatten, daß ich sie zugleich im gegenwärtigen Augenblick und in einem entfernten erlebte, bis schließlich die Vergangenheit auf die Gegenwart übergriff und ich selbst sofort nicht mehr unsicher war, in welcher von beiden ich mich befand; in der Tat war es so, daß das Wesen, das damals in mir jenen Eindruck verspürt hatte, ihn jetzt in dem wiederfand, was es an Gemeinsamem zwischen einem Tage von ehemals und dem heutigen gab, was daran außerhalb der Zeit gelegen war; es war ein Wesen, das nur dann in Erscheinung trat, wenn es auf Grund einer solchen Identität zwischen Gegenwart und Vergangenheit sich in dem einzigen Lebenselement befand, in dem es existieren und die Essenz der Dinge genießen konnte, das heißt außerhalb der Zeit. Dadurch erklärte sich, daß meine Sorgen um meinen Tod in dem Augenblick ein Ende gefunden hatten, in dem ich unbewußt den Geschmack der kleinen Madeleine wiedererkannte, weil in diesem Augenblick das Wesen, das ich zuvor gewesen war, außerzeitlich wurde und daher den Wechselfällen der Zukunft unbesorgt gegenüberstand ...«

Hatte die riechbare, fühlbare, hörbare Leiblichkeit des kleinen Esels für den als Fremdling heimkehrenden Jiménez vielleicht die gleiche Funktion wie jenes Sandtörtchen (›Madeleine‹ genannt), dem Proust das »Wunder der Analogie« verdankte?

Lassen wir's dahingestellt. Sicher scheint mir nur eines:

Schaudernd hätte Jiménez sich dagegen verwahrt, seinen Platero als Reittier des wiederkehrenden Heilands zu interpretieren, wie dies Michael P. Predmore tut, ein gelehrter Experte, der das Kapitel »La fábula« genauestens kennt und sich dennoch nicht scheut, die »Andalusische Elegie« zur »komplexen Allegorie des Lebens Christi« zu deklarieren und – nach der grotesken Suggestivbefragung: »Sind nicht die Wunden Plateros eine Heraufbeschwörung der Wunden des gekreuzigten Christus?« – vollmundig den »Wert« des Werkes »als eines literarischen Textes seiner Zeit« in den Worten zu resümieren: »Die ästhetische Funktion Plateros (seine pädagogische Mission) ist die Befreiung des fundamentalen Sinns der Lehre Christi (aus den Händen derer, die sie durch Konfessionen, Dogmen, Sekten etc. pervertiert haben) ...«

Der Andalusier, reizbar wie er war, hätte auf eine solche Bekundung professoralen Verlangens nach dem Höheren – nach etwas, das »mehr als eine andalusische Elegie« ist – vielleicht schroff erwidert, Platero verkörpere genau das, was der Exeget aufs peinlichste vermissen lasse: Instinkt. Und nach der Unmutswallung hätte er – denke ich mir – dem Betroffenen die Schlußworte seines kleinen Beitrags zu Paulita Brooks Buch »Briefe an Platero« freundlich unter die Nase gehalten, nämlich jene Sätze, die dem Ausruf folgen: »Wie überlegen du bist, verglichen mit mir und allen anderen, Platero!« ... »Darum passen wir auch als Freunde so vortrefflich zusammen. Ich mag keine Freunde, die schlechter sind als ich. – Gemeinsam hören wir den Vögeln zu, riechen die Rosen, trinken an der Quelle, schweigen, essen Orangen, lächeln, schauen zu den Wolken auf, wälzen uns im Gras, treiben all das, wovon man hierzuland in den Hinterzim-

mern behauptet, daß es sich nicht gehöre für einen Mann. Der Mann, Platero, ist im andalusischen, im spanischen Moguer für den Mann (ausgenommen Don Julián der Vikar, Eustaquio, Juanito, Ramón und Pepe) und sogar für viele Frauen (nicht für diejenigen, die mir besonders nahestehen) noch immer jener Typus, den Quevedo beschrieben hat – du weißt schon, welchen ich meine, denn ich habe es dir vorgelesen, an einem traurigen und häßlichen Abend, beim Schöpfrad von Verdejo. Und das Erstaunliche ist, daß sie nie auf den Gedanken kommen, daß dir, Esel, allen Eseln, Pferden, Hunden und den Stieren, die soviel Kraft haben und die für sie, die vorgeblichen Stiere, doch wohl den Gipfel männischer Herrlichkeit repräsentieren – daß auch euch allen das Feine, das so Zarte gefällt, an dem ich Gefallen habe, und ihr euch seiner nicht schämt. Das Zarte, Platero, welch ein Problemchen, Platero, welch ein Problemchen in Spanien! – Ja, ich habe sogar das Gefühl, Platero, daß der geistige Esel in dir, dein Dichter-Esel, aus dir hervorkommt, und daß, während dein Körper meinen Körper schubst, deine Phantasie die meine anschubst (im selben Moment, in dem mir die Weise einfällt, die auch dir gewiß einfällt, das Volkslied der Esel und der Menschen, das du noch nicht erklingen lassen kannst wie der Vogel, das Wasser, wie Lolilla, wie der Wind in den Pinien, wie ich), um mir zu helfen, daß ich in ihm das ganze andalusische Weltgefühl erfasse, dein Gefühl und meines.«
Die Selbstbenennung als »Der universale Andalusier« erscheint, von hier aus betrachtet, nicht mehr als Akt des Hochmuts. Poesie als Versuch der Annäherung an das Absolute »mit Hilfe von Symbolen« ist, so gesehen, eher das Produkt demütig kreatürlicher Verbundenheit als das elitärer Selbstüberhebung. Und jene Expertenbemü-

hung, den scheinbar vermessenen Anspruch des Dichters, das Universale sei das Eigene, das eines jeden, zum Absoluten erhoben, durch postum dem Eselchen aufgeschminkte Stigmata, durch Verklärung der Elegie zur verkappten Heilsgeschichte, durch Aufkleben einer Rauschgoldgloriole aus dem Leihhaus zu legitimieren, offenbart sich in ihrer nackten Albernheit. Denn das Wesentliche ist anderen Ursprungs, als der Schablonenanbeter vermutet. »Nur der Eindruck, wie hauchdünn auch seine Substanz zu sein scheint, wie ungreifbar seine Spuren, ist ein Kriterium der Wahrheit und verdient daher als einziges geistig akzeptiert zu werden, denn nur er ist imstande, wenn unser Geist jene Wahrheit daraus zu destillieren weiß, diesen zu größerer Vollendung zu führen und ihm wahrhaft reine Freude zu schenken ... War aber nicht diese Entdeckung, zu der die Kunst uns verhelfen konnte, im Grunde die Entdeckung dessen, was uns das Kostbarste sein müßte, gewöhnlich uns aber für immer unbekannt bleibt: unser wahres Leben, die Wirklichkeit, wie wir sie verspürt haben, wie sie aber doch von dem, was wir glauben, so erheblich abweicht, daß wir ein derart starkes Glück empfinden, wenn uns ein Zufall die wirkliche Erinnerung daran zuträgt. Ich versicherte mich dieser Tatsache gerade durch den trügerischen Charakter der sogenannten realistischen Kunst, die nicht so verlogen wäre, wenn wir nicht im Leben die Gewohnheit angenommen hätten, dem, was wir fühlen, einen Ausdruck zu geben, der sich gewaltig davon entfernt, den wir aber nach kurzer Zeit für die Wirklichkeit halten.«
Nichts anderes als diese neuentdeckte Dimension sinnlicher Wahrnehmung, von der Proust hier spricht, meinte Rosa Chacel, als sie das epochal Neue an der »Andalusischen Elegie« (die sie als »unseren zweiten Ersten

Roman« bezeichnet, also neben den Don Quijote stellt) mit den Worten definierte: »YO, mit Platero, beginnt zu sehen, beginnt die Welt zu schauen, als die Welt noch nicht zu schauen wußte. Eine Übertreibung? ... Es ist immer gut, das Exemplarische durch eine gewisse Übertreibung zu unterstreichen, und ob die Welt nun schaute oder nicht, klar ist jedenfalls, daß unsere Literatur der Jahrhundertwende nicht schaute: sie beobachtete – was nicht dasselbe ist! ... Juan Ramón setzte sein YO in die Welt mit der Mission zu schauen, besonders die flüchtigen Dinge ...«
Die ingeniöse, hierzuland noch gänzlich unbekannte spanische Erzählerin warf, als sie diese Sätze formulierte, gewiß keinen Seitenblick auf den »namhaften Meister« aus Deutschland. Aber uns verdeutlicht sie mit ihrer Unterscheidung zwischen zwei Arten des Augengebrauchs en passant die Differenz, die unüberbrückbar dessen gänzlich unnaives Herr-und-Hund-»Idyll« von der Dichtung des Andalusiers trennt. Und sie macht uns dabei etwas Überraschendes bewußt: Der bürgerliche Souverän, der seine Scharfäugigkeit mit soviel Besitzerstolz wie kokettierender Verstandeslust in die Grandezza einer nur selten von Atembeschwerden gehemmten Beschreibungsvirtuosität zu überführen versteht, entläßt seine Leser zwischen Attrappen eines Naturkulissenarrangements, an einem dekorativen Un-Ort, dessen total gewordene Menschenleere so bar jedes Geheimnisses ist, daß die trivialen Schlußworte – »... die Suppe steht auf dem Tisch« – wie der Anfang einer Geschichte von fliegenden Gespensterhänden in einem Totenhause klingt. Der »Verrückte« aus Moguer dagegen, der Entfremdete, der nicht zur »Erholung« oder »Zerstreuung« die Verborgenheit suchte, der das Fest der anderen nur als Spie-

gelung auf dem Gartenteich seiner Einsamkeit zu erleben wünschte, hat aus der Distanz des Geängsteten, der zur Nacht, zum Nichts eines endlosen Selbstgesprächs verurteilt schien, hat aus den Splittern isolierter Augenblicksbilder die Totale einer von vielfältigem Leben erfüllten Menschenlandschaft geschaffen, eines Gemeinwesens der Einzelnen, so konkret wie transparent: ein Miniaturpanorama rührend-grotesker, verderbter und morgenfrischer Kreatürlichkeit, die in der Vielgestalt des Individuellen sich immer als wechselnde Erscheinung eines allen gemeinsamen, allumfassend-alltäglichen Mysteriums offenbart, als Licht und Dunkel scheinbar stehender Formen einer unaufhörlichen Flucht ins Unfaßliche.

»War es nicht aber gerade, um mich mit ihnen zu beschäftigen, daß ich fern von denen leben wollte, die sich darüber beklagen würden, mich nicht zu sehen, um mich mit ihnen gründlicher zu beschäftigen, als ich es in ihrer Gesellschaft hätte tun können, um den Versuch zu machen, ihnen ihr eigenes Inneres zu offenbaren und sie zu einer höheren Wirklichkeit zu erheben ...«

Nicht Jiménez gibt diese Erklärung für die sonderbar solitäre Solidarität seines Tuns, sondern Proust, der freilich nicht verschweigt, daß die Abkehr von der Geselligkeit schon ein Urbedürfnis seiner Kindheit war, das so weit ging, daß er sich – wie YO an Platero – mit Worten an einen Baum wandte: »›Mein guter, lieber Weißdorn‹, murmelte ich schluchzend vor mich hin, ›du kannst ja nichts dafür, daß ich jetzt fortgehen muß, du hast mir keinen Kummer machen wollen! Dich habe ich doch für immer lieb!‹ Und meine Tränen trocknend, gelobte ich ihm, wenn ich erst groß wäre, es nicht so zu machen wie die andern törichten Leute, und selbst in Paris an Frühlingstagen, anstatt Besuche zu machen und eitles Geschwätz anzuhören, auf das Land zu fahren und die erste Weißdornblüte zu genießen.« Den Grund aber jener früh empfundenen Faszination, die außermenschliche Dinge auf ihn ausübten, gestand er anderswo: »... völlig außerhalb von jeder literarischen Absicht und ohne einen Gedanken daran, fühlte ich meine Aufmerksamkeit gefangen von einem Dach, einem Sonnenreflex auf einem Stein, dem Geruch eines Weges, und zwar gewährten sie mir ein spezielles Vergnügen, das wohl daher kam, daß sie aussahen, als hielten sie hinter dem, was ich sah, noch anderes verborgen, das sie mich zu suchen aufforderten und das ich trotz aller Bemühungen nicht zu entdecken vermochte. Da ich genau fühlte, daß es in ihnen war, blieb ich regungslos stehen, um sie anzuschauen, einzuatmen, um den Versuch zu machen, mit meinem Denken über das Bild oder über den Duft noch hinauszugelangen ...«

Als Seufzer des erwachsenen Mannes, der sich an ein solch magisches Naturgefühl der Kindheit erinnert, als Sehnsucht des bewußten Dichters, der im Augenschein des einzelnen die verspürte Anwesenheit einer tieferen, transzendierenden Wirklichkeit des leibhaftig Geschauten zu fassen sucht, begegnet uns das hier artikulierte Gebanntsein von der konkreten Nähe einer Unergründlichkeit aufs neue in Worten von Jiménez, in einem Gedicht, das aus einem einzigen Satz besteht:

Ach, Natur, wer doch
aufheben könnte deinen großen nackten Leib,
wie die Steine, die wir als Kinder aufhoben,
und darunter fände
dein Geheimnis, klein und unendlich!

Dieses Ungenügen des leidenschaftlichen Augenmenschen am Sichtbaren bedingt die Ironie, mit welcher der Andalusier die übliche Kritik der »Realisten« an der Poesie abblitzen ließ: »Immer sagt man: ›Die Wirklichkeit ist eine andere Sache.‹ Aber eben das, was nicht diese andere Sache ist, ist ›die andere‹ Wirklichkeit – und wie zauberhaft zuweilen!« Das Interesse an eben dieser »otra realidad« aber erhellt den Sinn, die Intention eines anderen Satzes aus seiner Ästhetik, den man gemeinhin vielleicht »nur« als Bekenntnis zum »Impressionismus« versteht, zu der hinter diesem Epochenetikett landläufig vermuteten Vorliebe für die Reize des Vagen oder Diffusen: »Für mich ist ganz zweifellos die ›Aura‹ wichtiger als das Sujet, denn was in meiner Erinnerung fortlebt, ist meistens nicht die ›Person‹, es sind vielmehr ›ihre‹ Begleiterscheinungen, es ist ihre vom Ort, von Licht, Stunde und Farbe bestimmte ›Atmosphäre‹.« Wichtig sind dem Andalusier gewisse sinnliche Impressionen, wie sie der noch ganz junge Proust bereits als verpflichtende Aufgabe empfand: »eine Arbeit, die diese Eindrücke von Formen, Düften oder Farben mir auferlegten – nämlich zu erfassen, was sich hinter ihnen verbarg ...« Und schon das Kind Marcel fragte sich, eingedenk seiner erfolglosen Anstrengung, unmittelbar das Unbekannte zu gewahren, das sich in einer Form oder einem Duft verbarg, ob »die Wirklichkeit sich nur aus der Erinnerung formt« – eine Mutmaßung, die ihm jählings zur Gewißheit wurde, als er »beim Anblick der beiden Kirchtürme von Martinville, auf denen der Widerschein der sinkenden Sonne lag und die infolge der Wagenbewegung und der Windung der Straße den Platz zu wechseln schienen«, ein besonderes Lustgefühl empfand und doch »beim Feststellen und Einprägen der Form ihrer Spitze, der Verschiebung ihrer

Linien, der Oberflächen, auf denen die Sonne lag«, das Gefühl hatte, »daß etwas sich noch hinter dieser Bewegung, dieser Helligkeit befand, etwas, das sie zu enthalten und zugleich zu verbergen schienen«, das sich ihm jedoch, wenig später, als die Türme seiner Sicht entzogen waren, plötzlich erschloß, als er versuchte, sie sich nochmals vorzustellen: »Bald darauf war es, als ob ihre Umrißlinien und besonnten Flächen wie eine Schale sich öffneten und etwas, das mir in ihnen verborgen geblieben war, nunmehr erkennen ließen; es kam mir ein Gedanke, der einen Augenblick zuvor noch nicht in meinem Bewußtsein war und der sich in meinem Hirn zu Worten gestaltete, und die Lust, die mir soeben der Anblick der Türme bereitet hatte, war so gesteigert dadurch, daß ich, von einer Art Rausch erfaßt, an nichts anderes dachte ...« Seine Folgerung (spontan gezogen, aber erst mehr als dreitausend Seiten später ausgesprochen): »Das wahre Leben, das endlich entdeckte und aufgehellte, das einzige infolgedessen von uns wahrhaft gelebte Leben, ist die Literatur: jenes Leben, das in gewissem Sinne bei allen Menschen so gut wie bei dem Künstler in jedem Augenblick wohnt. Sie sehen es nicht, weil sie es nicht dem Licht auszusetzen versuchen, infolgedessen aber ist ihre Vergangenheit von unzähligen Photonegativen angefüllt, die gänzlich ungenutzt bleiben, da ihr Verstand sie nicht ›entwickelt‹ hat ... Dieses Bemühen des Künstlers, unter der Materie, unter der Erfahrung, unter den Worten etwas noch wieder davon Verschiedenes zu suchen, ist genau das umgekehrte Bemühen wie das in jeder Minute – solange wir uns selbst entfremdet leben – von der Eigenliebe, der Leidenschaft, dem Verstand und auch der Gewohnheit in uns Vollzogene, wenn diese, um sie uns ganz und gar zu verbergen, über unsere wahren

Eindrücke die konventionellen Bezeichnungen, die praktischen Zwecke breiten, die wir fälschlich als das Leben bezeichnen. Kurz, diese so komplizierte Kunst ist gerade die einzige wirklich lebendige. Sie allein drückt unser eigenes Leben, das man nicht ›beobachten‹ kann, dessen ›beobachteter‹ äußerer Schein erst übersetzt und oft von hinten nach vorn gelesen, ja mühevoll dechiffriert werden muß, für die anderen aus und rückt es uns selbst vor Augen. Die mühevolle Arbeit, die unsere Eigenliebe, unsere Leidenschaft, unser Nachahmungstrieb, unser abstrakter Verstand, unsere Gewohnheiten geleistet hatten, ist genau das, was die Kunst erst wieder beseitigen muß; denn gerade den umgekehrten Weg, den Weg, der zu den Tiefen zurückführt, in denen das, was wirklich existiert hat, von uns ungekannt ruht, heißt sie uns ja gehen . . .«

Der sentimentale Wunsch nach einer Rückkehr in die Kindheitswelt, den wir – keineswegs grundlos – hinter dem Werk von Proust wie dem von Jiménez mutmaßen und den wir so gerne als rührende Schwäche gelten zu lassen bereit sind, nimmt hier – täuschen wir uns nicht! – die unheimlichen Züge des »Sentimentalischen« an. In sanft klingenden Worten offenbart sich die Physiognomie des »starren Blicks«, der alles in Frage stellt, worin unsere Ratio sich heimisch eingerichtet wähnt. Eine Radikalität gibt sich zu erkennen, für die es keine Versöhnung mit dem »Realisten« geben kann, dessen Porträt Schiller nicht ohne Sarkasmus skizzierte: »Sein System bewährt sich an allem, wovon er Kundschaft hat und wonach er ein Bedürfnis empfindet – was bekümmern ihn Güter, von denen er keine Ahnung und an die er keinen Glauben hat? Genug für ihn, er ist im Besitze, die Erde ist sein, und es ist Licht in seinem Verstande, und Zufriedenheit wohnt in seiner Brust.« Als absoluten Widersacher dieser Denkungsart identifiziert der deutsche Dichter den »Idealisten« (»bei welchem Namen«, wie er wohlweislich anmerkt, »man sich aber weder an den guten noch an den schlechten Sinn, den man in der Metaphysik damit verbindet, erinnern darf«). Und er definiert diesen als einen, »der auf das Unbedingte in allen Erkenntnissen dringt«. Und Schiller fährt fort: »Diese Strenge, die er gegen sich selber beweist, verleugnet er auch nicht in seinem Betragen gegen andere. Er ist zwar großmütig, weil er sich anderen gegenüber seines Individuums weniger erinnert, aber er ist öfters unbillig, weil er das Individuum ebenso leicht in anderen übersieht ...«

Das erinnert an jenen »schrecklichen« Satz von Jiménez – und zugleich an ein nicht weniger erschreckendes Geständnis von Proust: »... oft habe ich einen Menschen wiedersehen wollen, ohne mir darüber klar zu sein, daß es nur deswegen war, weil er mich an eine Weißdornhecke erinnerte ...«

Beide erkannten die Distanz von der konventionsverderbten Menschenwelt nicht nur als persönliches Verhängnis oder Versäumnis, sondern auch als Pflicht, als Erfordernis der Aufgabe, die sie gestellt sahen. Der Versuch, den beide unternahmen, das »wahre Leben« (»la otra realidad«) wiederzuentdecken, durch die Anstrengung, das eigene Erleben »von hinten nach vorne zu lesen«, bedingte zwangsweise den »umgekehrten Weg«, Abkehr von der Gemeinschaft durch ein Ankämpfen »gegen die Gewohnheit ..., die darin besteht, daß man sich an die Stelle des anderen versetzt« – eine Gewohnheit, die, wie Proust erklärt, durch einen »höheren Grad von Höflichkeit« einen dazu treibe, den anderen nicht nur das eigene Vergnügen, sondern auch die eigene

Pflicht zu opfern, während (so fügt der Franzose hinzu, als wollte er den »loco« gegen das Mißtrauen der Moguereños verteidigen) »vom Standpunkt der anderen aus diese Pflicht, welche auch immer sie sein mag – und wäre es für jemanden, der an der Front keinen Dienst leisten kann, die Pflicht hinten zu bleiben, weil er dort nützlich ist – als das erscheint, was sie in Wahrheit für uns nicht ist, nämlich ein Vergnügen«.

Der Vermutung, Jiménez habe seiner solipsistischen Privatwonne gefrönt, als er sich anschickte, eine »anekdotische und lyrische Geschichte« der eigenen Kindheit zu schreiben, wäre Proust – hätte er den Andalusier gekannt – mit der Überzeugung entgegengetreten, die ihn noch heute zum Todfeind aller »Engagierten« machen müßte, daß nichts so wichtig sei wie die Bemühung, das im eigenen Inneren »bestehende« Buch zu lesen. (»Wieviel Verpflichtungen nimmt man nicht auf sich, um gerade dieser einen zu entrinnen! Jedes Ereignis, ob Dreyfus-Affäre, ob Krieg, hatte den Schriftstellern andere Entschuldigungen geliefert, um nur jenes Buch nicht entziffern zu müssen; sie wollten dem Recht zum Siege verhelfen, die moralische Einheit der Nation neu erschaffen, sie hatten keine Zeit, an Literatur zu denken ...«) Kunst, erklärt er, sei »das Wirklichste, was es gibt«, und das Buch »mit den in uns eingegrabenen, nicht von uns selbst eingezeichneten Charakteren« sei unser einziges Buch. Nicht nach Belieben werde das Kunstwerk geschaffen. Er sei zu dem Schluß gekommen, daß es in uns bereits präexistiere und wir es daher, weil es notwendig und verborgen zugleich sei, erst entdecken müssen ... »War aber nicht diese Entdeckung ... im Grunde die Entdeckung dessen, was uns das Kostbarste sein müßte ...: unser wahres Leben?«

Was dem Gewohnheitsdenken bloß als Kultfeier im

Dienste nostalgischer Beschwörung einer privaten Vergangenheit erscheint, war in Wirklichkeit »Hilfe und Vorwand« für die Erschaffung wahrer, erfüllter Gegenwart. So paradox es klingen mag: Die Hingabe an die Erinnerung war eins mit dem Verlangen nach der Kraft, vergessen zu können.

Ich wollte, mein Buch wäre,
wie der Himmel bei Nacht, ganz gegenwärtige
Wahrheit, ohne Geschichte.

Und es würde, wie er, in jedem Augenblick
ganz sich geben, mit allen Sternen, ohne
daß Kindheit, Jugend, Alter mindern oder
mehren den Zauber seiner unermeßlichen Schönheit.

Ein Zittern, Schimmern, Klingen,
gegenwärtig und allumfassend!
Ein Zittern, Schimmern, Klingen auf der Stirn
– an dem Herzenshimmel – des reinen Buches.

Dem Kenner, der Zweifel hegt, ob dieses Schlußgedicht von »Piedra y cielo«, einem Gedichtband aus dem Jahr 1919, als Dokument der ästhetischen Zielsetzung von »Platero y yo« betrachtet werden kann, sei nahegelegt, noch einmal »Reine Nacht« (Kapitel CXX) zu lesen. Er wird dort nicht nur eine Übereinstimmung der Wunschvorstellungen entdecken, sondern auch ein überraschendes Bild der Selbstverwandlung des Ichs, eine Metapher, in der sich ein beglücktes Staunen über die als Augenblickswunder empfundene Realisierung des Ersehnten auszudrücken scheint: »Welche Kraft aus dem Inneren richtet mich auf, als wäre ich ein Turm aus rohem Felsgestein mit einer Krone aus frei schwebendem Silber!« Und noch merkwürdiger das unmittelbar folgende Bild, in dem das Entsunkene, aus Verzweiflung in der Tiefe gesuchte, »die verlorene Zeit«, als Vision des ewig Dauernden in der Höhe wiedererscheint: »Schau, wieviel Sterne! So viele sind's, daß einem schwindlig wird. Man könnte meinen, der Himmel sei eine Kinderwelt und sie bete für die Erde einen glühenden Rosenkranz vollkommen strahlender Liebe.« Schließlich die unerwartete, wenn nicht befremdliche, Verschränkung beider Titelfiguren in einem Sehnsuchtsruf, der wie ein brennender Kristall ist, wie eine gefrorene Flamme: »Platero, Platero! Ich gäbe mein ganzes Leben hin – und wünschte, du würdest das deine geben wollen – für die Reinheit dieser hohen Januarnacht, so einsam, hart und kalt!«

Der Weg erscheint für einen Moment traumklarer Augenscheinlichkeit – fast – vereint mit dem Ziel, in dem Hoffnung und Erfüllung zusammenfallen. Nur für einen Moment, als Station eines Weges, der eine Folge immer neuer Momente ist, unablässige Veränderung einer einzigen Bewegung, die auf das Stete in und hinter allem Wechsel zielt, auf das heimlich flackernde Leben des scheinbar Erstarrten, indem sie mit schauderndem Entzücken das Wandelbare als Element des eigenen Wesens, des eigenen Wollens genießt. »Stecken wir uns ein himmelfernes Ziel in einer unendlichen Zukunft und wandern wir Tag für Tag ihm entgegen, ihm entgegen, ohne Rast und ohne Hast, in Fülle genießend, was zu beiden Seiten des Weges ist und was wir hinter uns gelassen ...« – Dieser, in der »Ästhetik« von Jiménez wieder und wieder variierte Leitgedanke birgt das Lebensgeheimnis der »Andalusischen Elegie«: »Zur einen Idee durch die doppelte Sinnlichkeit.«

Was dem Dichter mit diesem Werk gelungen ist, läßt weder die Auskunft über den autobiographischen Urimpuls noch das idealische Emblem der »Reinen Nacht« ohne weiteres vermuten. Luis Cernuda hat es, rückblikkend, 1942 in die Worte gefaßt: »›Platero y yo‹ ist eines jener glückhaften Werke, in denen die stärksten und brillantesten Qualitäten eines Autors rein und ganz dem Geist seiner Epoche entsprechen. Das andalusische Ambiente hat sich wohl selten mit soviel dichterischer Wahrheit offenbart; der Ausdruck hat das Höchste an Suggestivität und Perfektion, das je ein Schriftsteller dieser Generation zu erlangen vermochte; die herzliche, einsam-mitmenschliche Schlichtheit, die in seinen Seiten pulsiert, ist die beste Garantie dafür, daß ein solches Buch nichts von der Anteilnahme verliert, die es seit seinem Erscheinen erregt hat. Sein Thema ist die Natur, dargestellt, wie sie sich in den Augen eines Dichters reflektierte, und die Schönheit des Sujets hat ihresgleichen nur in der kristallinen Klarheit, mit denen die Dichteraugen sie widergespiegelt haben, Augen, deren Sicht sich kaum je beschlägt, mit einem Schleier, sei's nun ein Nebel- oder ein Tränenschleier.«
Und der Jüngere fügt, als wollte er zur Erklärung seiner Bewunderung ansetzen, diesen Feststellungen noch die Sätze hinzu: »Sicherlich ging derjenige nicht weit in die Irre, der behauptete, daß mit Juan Ramón Jiménez die moderne spanische Prosa beginne, wenn wir hier unter ›modern‹ die Prosa unserer eigenen Epoche verstehen. ›Wer schreibt, wie man spricht, wird weiter kommen in der Zukunft als derjenige, der schreibt, wie man schreibt‹ – ist eine der trefflichsten ästhetischen Regeln dieses Dichters. Er ist einer der wenigen seiner Generation gewesen . . ., die, ehe sie etwas sagten, sich klarmachten,

wie die Leute dieselbe Sache sagen, und danach mit eigenen Augen prüften, wie die Sache ist. Daher die einzigartige Frische und Lebendigkeit des Ausdrucks, die – trotz oder vielleicht eben wegen der Schwierigkeit, die manche ihm vorwerfen – in den besten Momenten die Lektüre des von ihm Geschriebenen zum hellen Entzücken machen.«

Nicht unwesentlich scheint mir freilich die Ergänzung des von Cernuda gebotenen Jiménez-Zitats durch zwei weitere Sätze aus dessen »Estética«: »Der wahre Dichter erfindet mit den gewöhnlichen Wörtern eine andere Sprache. Und er ist um so wahrhaftiger, je andersartiger seine Sprache ist, im Vers und in der Prosa.« Überdies muß wohl daran erinnert werden, daß »die Sache«, um die es Jiménez ging, genau »die andere« war, nicht die, von der die Leute reden.

Darin waren sich Proust und Jiménez völlig einig, als sie – ohne Kenntnis voneinander, jeder ganz für sich und auf eigene, höchst verschiedene Weise – ein Werk radikal solitärer Solidarität erstrebten, jenseits der konventionellen und eo ipso wirklichkeitsfernen Ausdruckswelt, aus der jeweiligen Einsamkeit des erinnerten Ichs, an dem nichts so anstößig, so provokant ist wie die Andacht vor der Größe des kleinen, außermenschlichen Lebens, wie die scheinbare Menschenverachtung, als deren gemeinsame Urformel beide wohl das Wort eines Dichters akzeptiert hätten, der doch den Ruf eines hochmoralischen Menschheits- und Menschlichkeitsapostels hat. Ich meine das erste von Schillers Epigrammen: »Suchst du das Höchste, das Größte? Die Pflanze kann es dich lehren: / Was sie willenlos ist, sei du es wollend – das ist's!« Und beide hätten (die zunftwidrige Spekulation sei mir noch einmal verstattet) dem zugestimmt, was der-

selbe Autor in einer seiner Xenien als Haupthindernis der geforderten Orientierung und damit als Hauptaufgabe – benennt: »Was ist das schwerste von allem? Was dir das leichteste dünket: / Mit den Augen zu sehn, was vor den Augen dir liegt.«
Nicht zufällig hat die Frage nach der richtigen Optik sowohl Proust als auch Jiménez wieder und wieder beschäftigt. Und beide kamen dabei, unabhängig voneinander, zu dem Schluß, daß das Wesentliche, das »wahre Leben« – »la realidad real« –, nicht in unmittelbarer Anschauung gewahrt werden kann, sondern nur dort, wo der zur Erinnerung gewordene Eindruck durch ein (äußerst seltenes) »Wunder der Analogie« (einen »Kunstgriff der Natur«, sagt Proust) oder durch die geistige Tätigkeit, die man Kunst nennt, reaktiviert wird zu seiner Auferstehung als zweite Evidenz, also dort, wo auch – laut Schiller – der einzige Quell ist, aus dem der Dichter das »Ideal« schöpfen kann: »Nicht in der Welt, die ihn umgibt, und im Geräusch des handelnden Lebens, in seinem Herzen nur trifft er es an, und nur in der Stille einsamer Betrachtung findet er sein Herz.« Eine Erfahrung, deren getreues, poetisch illuminiertes Abbild das »Nocturno« von Jiménez (Kapitel LXXIII) bietet und die durch Proust lapidar bestätigt wird: »Ich war mir darüber klargeworden, daß einzig eine grobe und irrige Art der Wahrnehmung alles in das Objekt verlegt, während es doch im Geiste ist ...« (Ohne Zögern gesteht er dabei einen Traditionszusammenhang: »Von meinem vergangenen Leben verstand ich noch so viel, daß die geringsten Episoden sich zusammengefügt hatten, um mir jene Lektion des Idealismus zu geben, aus der ich heute Nutzen ziehen sollte.«) Seine Folgerung: »... der Stil ist für den Schriftsteller wie die Farbe für den Maler

nicht eine Frage der Technik, sondern seine Art zu sehen.« Welch immense Bedeutung dies hat, legt er in drei Sätzen dar, die uns das Moguer von »Platero y yo« in dem Licht erscheinen lassen, das ihm zukommt: Der Stil, verstanden als des Schriftstellers eigene Art zu sehen, »bedeutet die durch direkte und bewußte Mittel unmöglich zu erlangende Offenbarung der qualitativen Verschiedenheit der Weise, wie uns die Welt erscheint, einer Verschiedenheit, die, wenn es die Kunst nicht gäbe, das ewige Geheimnis jedes einzelnen bliebe. Durch die Kunst nur vermögen wir aus uns herauszutreten und ebenso uns bewußt zu werden, wie ein anderer das Universum sieht, das für ihn nicht das gleiche ist wie für uns, und dessen Landschaften uns sonst ebenso unbekannt geblieben wären wie die, die es möglicherweise auf dem Monde gibt. Dank der Kunst verfügen wir, anstatt nur eine einzige Welt – die unsere – zu sehen, über eine Vielheit von Welten, das heißt über so viele, wie es originale Künstler gibt, Welten, die, untereinander verschiedener als jene anderen, die im Unendlichen kreisen, uns viele Jahrhunderte noch, nachdem der Fokus erloschen ist, der sein Ausgangspunkt war, ... einen Strahl zusenden, der nur ihnen eigentümlich ist.«

Die Begeisterung, mit der Jiménez die Doppelbestimmung des Dichters aufnahm, wie Unamuno sie definierte, bestätigt mit Entschiedenheit die Worte Prousts. »Schöpfer und Betrachter« sei der Dichter, so hatte der Philosoph aus Salamanca ihm auf das Vorsatzblatt eines Exemplars seiner »Poesías« geschrieben, und der Moguereño fügte, die Widmung zitierend, den Satz hinzu: »Das, glaube ich, ist der Dichter, und ich glaube, das bin ich.«

Irre ich mich, wenn mir die lebenslängliche Lust, mit der

Jiménez sich zum Kaleidoskop als seinem Lieblingsspielzeug bekannte, als lächelndes Geständnis ein und derselben Vorstellung vom Wesen des Poeten erscheint? Stimmt beides nicht vollkommen mit dem überein, was die Miniatur des Kindes am Brunnen erschauen läßt?
»... Und da zieht das Kind sich zusammen, krümmt sich ein, versinkt in sich, damit nur ja nicht der eine Pulsschlag, der mit dem Verrücken eines einzigen Kristalls das hochempfindliche Bild im Kaleidoskop verändert, dem Wasser seine anfängliche, staunend entdeckte Gestalt raube ...«
Betrachtung und Schöpfertum, spielerisch vereint – gemäß der Maxime: »Eine Disziplin – nach Lust und Laune.«
Daß Proust sich nicht zum verliebten Umgang mit einem optischen Spielzeug bekennt, sondern (metaphorisch) die Verwendung eines Geräts der forschenden Wissenschaft betont – eines anderen, als man gemeinhin in seinen Händen vermutete –, kennzeichnet aufs deutlichste den Unterschied der künstlerischen Methoden, welche die beiden Autoren aus verblüffend ähnlichen Erfahrungen und Impulsen entwickelten. Mit frappierender Klarheit zeigt sich die Divergenz der Absichten, die sich aus verwandten Einsichten, bei scheinbar gleichgerichteten Bedürfnissen, ergaben. Der Franzose schrieb: »Selbst diejenigen, die meiner Schau jener Wahrheiten ... sympathisch gegenüberstanden, beglückwünschten mich dazu, daß ich sie ›mit dem Mikroskop‹ entdeckt habe, während ich im Gegenteil ein Teleskop benutzt hatte, um Dinge wahrzunehmen, die in der Tat sehr klein waren, aber nur deshalb, weil sie in weiter Ferne lagen, und deren jedes für sich eine Welt darstellte. Da, wo ich die großen Gesetze suchte, glaubte man in mir jemand zu

sehen, der nach Einzelheiten gräbt.« Proust ging es um die Herstellung eines lückenlosen Kontinuums »belichteter«, vom Bewußtsein »entwickelter« Erfahrungen, um vollständige Aufhebung der Distanz zwischen den Urerlebnissen der Kindheit und der Niederschrift seines Buches mittels einer »Psychologie im Raum«, die nicht »die Vergangenheit in unveränderter Gestalt in die Gegenwart einführt – so nämlich, wie sie sich in dem Augenblick präsentierte, als sie selber noch Gegenwart war« – und damit »gerade jene große Dimension der Zeit zum Verschwinden bringt, in der das Leben sich realisiert«, sondern die schriftliche Konsolidierung eines Universums anstrebt, »das in seiner Gesamtheit nachzuzeichnen war« und in dem der Mensch »nicht nach dem Längenausmaß seines Körpers, sondern seiner Jahre« geschildert werden sollte: »als ein Wesen, das – eine Aufgabe, die immer lastender wird und der es schließlich erliegt – sie mit sich schleppen muß, wenn es im Raum seine Stellung verändert«. Zur Begründung dieses Vorhabens genügen zwei Sätze von ihm (vor denen nicht nur das Mannsche »Idyll« zu Nichts zerfällt): »Die Literatur, die sich damit begnügt, ›die Dinge zu beschreiben‹, ... ist gerade diejenige, die, obwohl sie sich realistisch nennt, sich am weitesten von der Realität entfernt; mehr als alle anderen Formen verarmt und bedrückt sie uns, denn sie schneidet brüsk jede Verbindung unseres gegenwärtigen Ichs zu der Vergangenheit ab, deren Essenz die Dinge in sich aufbewahren, sowie zu der Zukunft, in der sie uns anreizen werden, sie von neuem zu genießen. Diese Essenz aber gerade soll die Kunst ausdrücken, wenn sie diesen Namen verdienen will, und wenn sie darin Schiffbruch leidet, kann man noch immer aus ihrer Ohnmacht eine Lehre ziehen (während man aus den Erfolgen des

Realismus keine zu ziehen vermag), nämlich die, daß diese Essenz zum Teil subjektiv und nicht mitteilbar ist.«

Proust war sich völlig darüber im klaren, welch aberwitzigem Unterfangen er sich verschrieben hatte: dem zutiefst paradoxen Versuch, mit Hilfe eines rationalen Verfahrens sich einen Ersatz für jenen »Kunstgriff der Natur« zu schaffen, den er selbst das »Wunder der Analogie« nannte, und sich so, in einer ungeheuren Kraftanstrengung des Bewußtseins, an das drei- oder viermal erlebte »Geheimnis«, an das gänzlich irrationale Glück jener Kindheitsmomente heranzuarbeiten, die »vielleicht sehr wohl der Zeit entzogene Fragmente des Daseins waren«.

Kein Wunder, daß Martin Walser, ein Bewunderer Prousts und wohl der einflußreichste unter dessen hiesigen Interpreten, angesichts der Maßlosigkeit jenes Vorhabens von einem nicht ganz verheimlichten Schwindelgefühl befallen wird, das ihn veranlaßt, dem verehrten Meister das Teleskop gleichsam aus der Hand zu winden und ihm dafür wieder das aufzudrängen, was dieser doch als ungeeignetes, seinen Absichten durchaus ungemäßes Instrument zurückgewiesen hatte: das Mikroskop. Ohne das »Wunder der Analogie« überhaupt zu erwähnen, rühmt Walser – den Proustschen Ausdruck variierend und zugleich dessen Bedeutung säkularisierend – ein »Wunder der Genauigkeit«, indem er, seinerseits tollkühn geworden, nach der Bekundung, er, Walser, halte »die unscheinbaren Situationen des Alltags, den die Gleichgültigen den banalen Alltag nennen, für ebenso wichtig wie irgendeine Festwoche voller Metaphysik«, schlichtweg behauptet: »das ist ja gerade das Wunder der Genauigkeit, das Proust vollbrachte, daß es den Unterschied wichtig – unwichtig nicht mehr gibt« – obwohl der Franzose doch mit einer wahrhaft radikal zu nennenden Rigorosität und mit unüberbietbarer Deutlichkeit eine solche Unterscheidung getroffen hatte, als er, sich jener »der Zeit entzogenen Fragmente des Daseins« erinnernd, zwar einräumte, daß deren Betrachtung, »obwohl ewigkeitlich«, doch »etwas Flüchtiges« geblieben sei, aber ohne Zögern fortfährt: »Dennoch verspürte ich, daß das Vergnügen, das sie mir in seltenen, weit voneinander getrennten meines Lebens gegeben hatte, das einzige fruchtbare und allein echte war.«

Es hieße der Lust an polemischer Rhetorik die Zügel schießen lassen, wenn man nach Feststellung dieser Diskrepanz es als ein Wunder der Ungenauigkeit bezeichnen würde, daß Walser schreibt: »Ich habe von jenem Strang des Romans, der sich mit der Suche nach der verlorenen Zeit beschäftigt, so gut wie nichts erwähnt ...« Überflüssig zu sagen, daß das, was hier als ein »Strang« neben anderen unbeachtet bleibt, das A und O des Ganzen ist und mit vollem Recht als leitmotivischer Titel, als hybrid-korrekter Generalnenner über dem Viertausend-Seiten-Opus steht. Überflüssig auch, darauf hinzuweisen, daß die von Proust (wie von Marc und Jiménez) intendierte Weltdurchschauung etwas anderes ist als jene Fähigkeit, die Walser schließlich als realen Gewinn seiner Proust-Lektüre anpreist (mit der kessen Wendung, daß er, »wenn Proust ein Industrieartikel wäre, zu dem Slogan raten würde: Proust-Leser sind im Vorteil«), weil diese Lektüre ihn gleichsam in den Besitz eines Zaubergeräts gebracht habe, »eines Mittels zumindest, das mich dem anderen gegenüber überlegen macht und ihn gewissermaßen ausliefert. Ich durchschaue ihn leichter, ich weiß mehr von ihm als er von mir.«

Die Empörung, die Walser als Reaktion auf seinen Versuch, »ein so gewaltiges Werk ... in solch alltägliches Kleingeld umzumünzen«, mit der Gelassenheit des trainierten Durchschauers erwartet, vermag ich ihm nicht zu bieten, da ich gestehen muß, daß mir der Zweifel, der in seiner Proust-Bewunderung nistet, nicht fremd ist – ein Zweifel, der sich schließlich zur klaren Ablehnung verdichtet in Walsers Behauptung, daß die »Suche« mit einem geradezu unproustischen Ergebnis beendet werde: »... in gewissen, auch sehr genau beschriebenen Erinnerungsfeiern findet Proust die verlorene Zeit wieder, und damit etwas gegen den sonst übermächtigen Gedanken an den eigenen Tod. Proust sieht ein, daß diese paar ›der Zeit entzogenen Fragmente des Daseins‹ noch nicht genügen, dem Tod seine ständige Bedrohlichkeit zu nehmen, und da findet dann Proust im Kunstwerk das Mittel, die verlorene Zeit für immer wiederzufinden; die Kunst vermöchte dann für ihn also die Ordnung der Zeit aufzuheben ... aber es ist mir weder ein- noch aufgegangen, wieso eine wiedergefundene Zeit und ihre Auferstehung im Kunstwerk die Zeit aufheben soll ...« An anderem Ort (nicht in den »Lese-Erfahrungen mit Proust« aus dem Jahr 1958, sondern in den »Freiübungen« von 1963) ist Walser vollends deutlich geworden: »Da irrt Proust. Gerettet wird nichts. Auch nicht durch Kunst. Das Muster wird gemacht und dann zerstört. Kunst zeigt nur, daß nichts gerettet wird.« – Nichts als die Form einer Flucht, meinte Jiménez.

Als ein schimmernder Falter
fliegt die Schönheit davon, sobald ich
ihre Rose erreiche.

Geblendet, renne ich hinter ihr her ...
Halb erhasche ich sie, mal hier, mal da ...

Nichts bleibt mir in der Hand
als die Form ihrer Flucht.

Proust, dessen ungeheuerliche Schöpferenergie eben dieser Erfahrung der Flüchtigkeit entstammt, dem Schmerz der erlittenen Unmöglichkeit, die Essenz des Augenblicks, die unfaßliche Glücksgewißheit der seltenen, sekundenhaften Vereinigung von Erinnerung und unmittelbarem Sinneseindruck sich nach Wunsch zu vergegenwärtigen, sie als Dauer zu bewahren, entwickelte aus dem Widerstand gegen diese Erfahrung, aus dem immer neuen Ungenügen am isoliert erlebten, sinnleeren Augenblick, die grandiose Paradoxie seines Plans, aus den Momentsplittern ständig erlebter Diskontinuität, zerfallener Zeit, ein räumliches Arrangement alles umfassender Art zu schaffen, ein sorgfältig komponiertes architektonisches Riesengebilde, das »wie eine Kirche« zu erbauen war, »wie eine Welt, ohne jene Geheimnisse außer acht zu lassen, die ihre Erklärung wahrscheinlich nur in anderen Welten finden, deren erahntes Sein jedoch das ist, was uns im Leben und in der Kunst am tiefsten zu bewegen vermag«.
Walser, der diese mystische Dimension des Proustschen Werks – und das heißt: ihren Ursprung wie ihr unerreichbares Ziel – strikt ignoriert, hat es unterlassen, auf jenen Satz zu deuten, in dem dieses dichterische Wollen sich nackt als Opfer eines Wahns zu erkennen gibt, der weit mehr Zweifel wecken müßte als der Glaube, durch Kunst könne irgend etwas »gerettet« werden: »Das wahre Leben, das endlich entdeckte und aufgehellte, das einzige

infolgedessen von uns wahrhaft gelebte Leben ist die Literatur ...«

Die Ungeheuerlichkeit dieses »ist« hat Walser großzügig verharmlost, als er die Wirkung, welche gewisse Folgerungen Prousts aus diesem Credo auf das Gehirn des Lesers Walser ausübten, als »taube Lese-Erfahrung« qualifizierte. Welch schockierende Konsequenzen sich aus solchem Glauben ergeben, hat der Autor der »Recherche« mit schonungsloser Kraßheit ausgesprochen, so die Überzeugung, daß »der Künstler, der – aus welchen moralischen Gründen auch immer – auf eine Stunde Arbeit zugunsten einer Stunde verzichtet, in der er mit einem Freunde plaudert, sich bewußt sein muß, daß er eine Wirklichkeit für etwas opfert, was nicht existiert (da die Freunde nur dank einem holden Wahn Freunde sind, dem wir im Laufe des Lebens huldigen, dem wir uns überlassen, von dem wir aber in der Tiefe unseres Verstandes wissen, daß er der Irrtum eines Narren ist, der etwa glauben würde, die Möbel könnten leben und mit ihm sprechen)...«

Das Grauen, das einen jeden befallen muß, der diese Worte so ernst nimmt, wie sie gemeint sind, wird nur von dem Horror übertroffen, den der Autor selbst zum Ausdruck bringt, wenn er auf den zwei letzten Seiten seines Werkes bedenkt, was für ihn selbst das Ergebnis seiner Glückssuche war, seiner Bemühung, sich tiefer und tiefer in sich selbst, in die eigene Vergangenheit hinabzubegeben: »Ein Gefühl der Ermüdung und des Grauens befiel mich bei dem Gedanken, daß diese ganze so lange Zeit nicht nur ohne Unterbrechung von mir gelebt, gedacht und wie ein körperliches Sekret abgelagert worden, und daß sie mein Leben, daß sie ich selber war, sondern daß ich sie auch noch jede Minute bei mir festhalten mußte, daß sie mich, der ich auf ihrem schwindelnden Gipfel hockte und mich nicht rühren konnte, ohne sie ins Gleiten zu bringen, gewissermaßen trug.« Als schauerliche Krönung des Riesenbaus seiner »Psychologie im Raum« aber wirkt das letzte Bild, das in seinem Teleskop erscheint: die Impression, als ob die Menschen alle »auf lebendigen, unaufhörlich wachsenden, manchmal mehr als kirchturmhohen Stelzen hockten, die schließlich das Gehen für sie beschwerlich und gefahrvoll machten, bis sie plötzlich von ihnen herunterfielen«. Worauf der Satz folgt: »Ich erschrak, weil die meinen bereits so lang waren unter meinen Schritten; es kam mir nicht so vor, als würde ich stark genug sein, noch lange die Vergangenheit bei mir festzuhalten, die nun schon unter mir so weit hinunterreichte ...«

Wozu dieses krampfhafte Festhalten? »Der stärkste Mensch – ist das nicht der, welcher am meisten vergißt?« So fragte sich der Erinnerungssüchtige, der die »Andalusische Elegie« verfaßte. Aus dem Bewußtsein, daß die Sucht nach »Rettung« des Gewesenen nicht die wahre Alternative zum Leben ist, und schon gar nicht die Verheißung des wahren Lebens schlechthin, notierte er: »Jeden Morgen gehe ich an den Strand des Gestern und lese (allein) das auf, was von der Nacht gereinigt, was von der Morgensonne gerötet worden ist.« Er bekannte: »Die Sinnlichkeit ist die Wiese, auf der meine Trauer weidet.« Und er fügte hinzu: »Mit den Elementen und den Sinnen mache ich das Spiel meines Lebens.« Ein Satz, in dem wir das Kind am Wasser wiedererkennen und der uns augenblicklich das Bild dieses selbstlos hingegebenen Bemühens um Reglosigkeit im Dienst konstanter Bewegtheit als Gegenbild zur Schwindelstarre des Gipfelhockers erkennen läßt, als Bild eines Selbstversunkenen, der von

sich selbst zu sich selbst sagt: »Dieser Kampf, den ich führe, dieser Wille, zu gleicher Zeit beides zu sehen, voll und ganz, unabhängig und innig verbunden, das Innere und das Äußere!« Inbild eines Bewußtseins, das gewillt ist, auch noch dem dunkelsten Geheimnis mit der Gelöstheit eines Spielenden, mit der Entschlossenheit eines Gegenspielers zu antworten: »Dich muß ich blenden, Tod; dich muß ich durchbohren mit dem Licht der Ewigkeit, das ich in meinem Spiegel aufgefangen!«
Da wird kein Mauerwerk zur Abwehr errichtet, kein Monumentalbau zur Restitution des gewesenen Ichs als Welt in sich. Keine Totalbelichtung ist beabsichtigt. »Das Gedicht darf niemals die Gesamtheit wollen, sondern nur den geheimen springenden Punkt, die innerste Sprungfeder des Ganzen.« Der verbissenen Arbeitshaltung des titanisch planenden Großkunst-Architekten gilt ein Lächeln des rastlos Schaffenden: »Die Poesie ist kein Problem, sondern eine Gnade ...« Was nichts anderes besagt als die Selbstermahnung: »Lassen wir uns von uns selbst überraschen!« Eine Ermunterung zur Gelassenheit, die – so scheint es – nicht fern vom Leichtsinn ist, von der Lust an aleatorischer Beliebigkeit oder der selbsterteilten Lizenz zum mutwilligen Umgang mit den Gegebenheiten der Wirklichkeit, wie er gelegentlich offen zugegeben wird: »Der Dichter ist nichts anderes als ein unzufriedener Mensch, der die Welt nach seiner Lust und Laune verwandelt, der für sich selbst und für die anderen das Aussehen der Schöpfung verändert« – frei nach dem Muster kindlicher Weltwahrnehmung, die im Kapitel LXVII dieses Buches verherrlicht wird: »Welch ein Zauber lebte in den Traumbildern der kindlichen Einbildungskraft, Platero! ... Alles geht und kommt in lustvollem Wechsel- und Verwandlungsspiel. Man

schaut alles an und sieht doch nur Augenblicksentwürfe der Phantasie ... Und halb blind geht man umher, indem man gleichzeitig nach innen und nach außen schaut und zuweilen eine Ladung realer Lebensbilder in das Dämmerdunkel der Seele kippt oder, dem Sonnenlicht offen, als echte Blume die Poesie erblühen läßt und sie an ein wahres Ufer verpflanzt, sie, die man dann niemals wiederfindet, die Poesie der lichterfüllten Seele.«

»Ein phantastischer Realist?« So fragt er sich selbst in der »Estética« und antwortet: »Ja, klar, intelligent, spirituell.« Eine wiederholte, variierte Bestätigung jener Kombination von zweierlei Geisteskräften, deren Zusammenwirken – laut Unamuno – erst den Dichter zum Dichter macht, zu der personalen Einheit von »Schöpfer und Betrachter«, zu jenem inkarnierten Widerstreit von Innen und Außen, der jederzeit, wie Schiller sagte, von der »doppelten Quelle« seiner Vorstellungen und Empfindungen zeugt: von »der Wirklichkeit als Grenze« und von »seiner Idee als dem Unendlichen«, sogar in der Intimität des Doppel-Selbstporträts von Jiménez, in dem Gedicht »Ich und ich«:

Du suchst mich, du trittst mir entgegen,
so wie das Bild
des Strahls dem Strahl, im Wasserspiegel.

Wie komme ich auf den ewigen Weg,
welchen der Spiegel weist der Seele meiner Augen,
wenn du doch kommst vom Ende dieses Weges,
mit gleicher Wucht wie dieser wildgewordene Drang,
der, wie du aus dir, weiß nicht von wo, aus mir entspringt?

Alles ringsum ist licht.
Doch ich dringe nicht durch ins Freie, Wunschziel der Seele,
stocke stets an der Stelle – der ihren –, die du aufsuchst,
um mich zu treffen!

Ach, Gewalt meines Bildes – Leben! –,
mächtiger, ach, als ich!

Spricht so Narziß, der in sich selbst Verliebte? Gegen Proust wie gegen Jiménez ist der Vorwurf solipsistischer Selbstbespiegelung, narzißtischer Selbstbesessenheit erhoben worden. Kein Zweifel: in den Versen von »Ich und ich« ist die Erinnerung an das Dritte Buch der Metamorphosen Ovids lebendig. Und doch – welcher Unterschied! Was hier im Spiegel dem Blick entgegenkommt, ist nicht das Ziel der Sehnsucht, sondern ein Hindernis, das sich ihr in den Weg stellt. Etwas Erschreckendes. Nicht grauenerregend wie das letzte Bild des selbstverhafteten, vergangenheitsverklammerten Ichs bei Proust. Im Gegenteil: kraftvoll andrängende, bannende Gegenwart eines Gegen-Ichs, so real wie die Realität des Anderen, auf die Machado, der große Generationsgefährte von Jiménez, mahnend mit einem Merkspruch verweist, der so klingt, als hätte er ihn Proust ins Stammbuch schreiben wollen: »Das Auge, das du siehst, ist nicht / ein Auge, weil du es siehst, / sondern weil es dich sieht.« Die Selbstbetrachtung des Moguereño nimmt eine Erkenntnis vorweg, die sein vermeintlicher Antipode Machado in dem Satz resümierte: »Die Welt ist nicht mehr meine Vorstellung.« Denn nichts anderes gilt für Jiménez im Blick auf die eigene Person: Das reflektierte Ich ist ein anderes als das reflektierende, ist mehr als Anschauung oder Vorstellung, nämlich: »Leben!« Schicksalhaftes »Gegenübersein«, das bedingt: »ich dringe nicht durch ins Freie ...«

»Sin fin« lautet das spanische Wort für das Unbegrenzte, das sich als unerreichbar, als verwehrt erweist. Es wäre nicht falsch gewesen, diesen Terminus, der etwas Endloses, Unumschränktes meint, mit »das Offene« zu übersetzen, mit jenem Begriff also, den Rilke gebrauchte, als er – Jahre später – schrieb:

Mit allen Augen sieht die Kreatur
das Offene. Nur unsre Augen sind
wie umgekehrt und ganz um sie gestellt
als Fallen, rings um ihren freien Ausgang.
Was draußen ist, wir wissens aus des Tiers
Antlitz allein ...
...
Wir haben nie, nicht einen einzigen Tag,
den reinen Raum vor uns, in den die Blumen
unendlich aufgehn. Immer ist es Welt
und niemals Nirgends ohne Nicht:
das Reine, Unüberwachte, das man atmet und
unendlich weiß und nicht begehrt. Als Kind
verliert sich eins im Stilln an dies und wird
gerüttelt ...

»Ich und ich« – das heißt nichts anderes als die antinomische Paarung »Ich und das namenlose Leben« (die so – völlig isoliert, ohne Prädikat, sei's als Feststellung, sei's als Forderung – in der »Estética« steht). Daher die »Marotte« des Dichters von »Platero und ich«, einige Jahre lang anonym zu publizieren oder seine Schriften nur noch mit der Signatur »El cansado de su nombre« zu kennzeichnen und so den Eingeweihten zu bekunden, daß er »seines Namens überdrüssig« war. (Seine Erwartung, daß alle Mitarbeiter der von ihm inspirierten Zeitschriften diesem Beispiel folgen und ihre Werke fortan namenlos der Leserschaft präsentieren würden, war ein Hauptgrund der Disharmonie, die zwischen der nachwachsenden Poetengeneration und ihrem verehrten Meister entstand.)

Martin Walser spekulierte (in seinen »Freiübungen«): »Der Schreiber, der noch beim Schreiben zweifelte, wäre für alle Verabredeten eine Beunruhigung ... Das erste Positive: der Schreiber kümmert sich endlich ganz um sich selbst, und wenn er sich aus dem Sattel gehoben hat, stellt sich heraus, daß er alle mitriß, die im Sattel saßen. Das ist sicher eine Utopie. Aber vielleicht nützt es, an ihrer Realisierung zu scheitern. – Der Held eines neuen *Don Quijote* hieße nicht mehr Don Quijote sondern Cervantes.«

Der Unverabredete namens Jiménez (der sich später, in der großen Versdichtung »Animal de fondo«, als »Tier auf dem Grunde der Luft« bezeichnete) riskierte das Verstörende schon als noch junger und doch bereits hochberühmter Autor, mit einer Radikalität, die Walsers Wunschvorstellung übertrifft. Denn der »Held« von »Platero y yo« ist ein »Schreiber«, der die Nacktheit seiner Person nicht einmal mit dem eigenen Namen drapiert, sondern als bloßes »Ich«, nein, als halbiertes Ich, in ein Treffen führt, bei dem nichts Heroisches mit Getöse aufwölkt, sondern alltägliche Stille nur noch ein wenig stiller, ein wenig tiefer wird. Gewiß, er riß sich nicht selbst aus dem Sattel. So sicher hatte er noch nie gesessen, daß er dieses Spektakel sich selbst und anderen schuldig gewesen wäre; und überdies verabscheute er alles pathetische Gehabe. (»Es ist immer lächerlich, wenn ein Mensch so tut, als hauste er im Krater des Ätna; wenn er sagt, daß er sich unterm Niagara dusche, sich im Styx entspanne ...«) Genauso fern lag es ihm jedoch, den Unerschütterlichen zu mimen. (»Manchmal müssen wir alle Idioten sein, die lachen, oder Tragiker, die weinen. Aber danach sollten wir heiter über den Tragöden lächeln, der immer weint, und melancholisch über den Idioten, der immer lacht.«)

Er stieß sich nicht mit der eigenen Lanze vom hohen Roß. Ohne Aufheben davon zu machen, stieg er um. Als »Verrückter« bestieg der Señorito den Esel, das Reittier der Armen, der Kranken und der Kinder. Statt zu beharren, festgekrallt auf irgendeiner Gipfelposition – und wäre es auch nur die auf den Stelzen des ängstlich von oben herab vermessenen Längenmaßes all der selbstgelebten Jahre –, machte er sich auf den Weg einer Wiederentdekkungsreise im engsten Bereich, durch die Gassen des Kindheitsortes, über die umliegenden Felder, die nächsten Hügel. Nicht aus der fixierten Perspektive dessen, der weiß, wer er ist, sondern aus dem ständig wechselnden Blickwinkel eines Orientierungsuchenden unternahm er – die Augenerlebnisse des ersten, erwachenden Bewußtseins wiederholend – den Versuch, eine ehemals vertraute Welt noch einmal zu sehen, als wäre es zum ersten und zum letzten Mal: eine nahe Fremde, gesehen mit dem doppelten, dem gespaltenen, dem nie verwischten Blick der Erinnerung und der unmittelbaren Wahrnehmung, der Zärtlichkeit und der Distanz, der Kreatürlichkeit und der kritischen Wachheit, der Phantasie und einer Sensibilität, die im genauen Erfassen der Dinge zum Organ einer Ahnung wird, die im Genuß der Erscheinungen das Geheimnis ihres Wirklichseins sucht, aus einer Irritation heraus, die sich nicht im Erlebnis des

Außerordentlichen betäuben will, sondern das Vorhandensein des Gewöhnlichen als unaufhörliches, verstörend-beglückendes, lockendes und schreckendes Abenteuer erfährt. »Gelangweilt? Wovon? Wann? Weshalb? Sind wir nicht (selbst der allergewöhnlichste von uns, im ganz und gar alltäglichen Leben) ständige Geheimnisse des unendlichen Mysteriums?«

Wenn dieses Empfinden, diese Betrachtungsweise, »franziskanisch« genannt werden kann, dann mag das traditionsvergoldete Adjektiv, das man so gern der »Andalusischen Elegie« anheftet, gerechtfertigt sein. Den Heiligenschein, den manche ihrem Dichter aufstekken wollten, hätte er mit kühlem Dank dem Requisiteur zurückgegeben. (»Nichts dergleichen!« antwortete er schroff den beflissenen Kultdienern, die dem von ihm so geliebten, als Vorbild verehrten Francisco Giner de los Ríos – diesem »Feuer mit Wind«, dieser »zischenden Lichtviper«, dieser »fröhlichen, zur Erde verdammten Flamme«, die jene Leute »so gut verkannten« – einen solchen Ruf anhängen wollten. »Nichts dergleichen!« – ». . . eher so etwas wie eine vergeistigte Hölle!«)

Weder mit ausgebreiteten Segenshänden noch mit der Bußgeißel, weder mit Feuer und Schwert noch im weißen Hemd vorgeblicher Heilandsmilde hielt er Einzug in seiner Vaterstadt, seinem Vaterstädtchen. Und das kleine Grautier, auf dem er ritt, stilisierte er nicht zum zweiten Palmesel, zum mobilen Demutsthron eines heimlichen Königs. Nichts lag ihm ferner als eine Pose der Selbsterniedrigung zum Zwecke der Selbsterhöhung. Der Spazierritt war für ihn Spazierritt, und der Esel ein Esel – beides freilich, wie Goethe sagt, »ins Enge gezogen zu künstlerischem Zweck«, also zugleich Symbol: ». . . es ist die Sache, ohne die Sache zu sein, und doch die Sache; ein

im geistigen Spiegel zusammengezogenes Bild, und doch mit dem Gegenstand identisch.«
Das Tier als lebendige Realität war ihm zugleich ein Beispiel – wie es der Bär für Kleist war, jener animalische »erste Fechter der Welt«, dessen instinktive Meisterschaft den Dichter, den Schüler Schillers, zu der Einsicht brachte: »Wir sehen, daß in dem Maße, als, in der organischen Welt, die Reflexion dunkler und schwächer wird, die Grazie darin immer strahlender und herrschender hervortritt ... so findet sich auch, wenn die Erkenntnis gleichsam durch ein Unendliches gegangen ist, die Grazie wieder ein ...« Und der Andalusier, für den die Ästhetik eine moralische Angelegenheit war, hätte vielleicht nichts dagegen gehabt, wenn wir in seinem Platero zuweilen auch einen Verwandten, einen bescheidenen Vetter der Houyhnhnms sehen, ein lebendiges Souvenir sozusagen aus dem Lande der reinen, edlen Pferde, durch deren Bekanntschaft Gulliver einst den Abscheu vor den so fatal menschenähnlichen Yahoos und den gebührenden Respekt vor den Eseln gelernt hatte – »die anmutige Tiere, leicht zu halten, zahmer und folgsamer, ohne jeglichen üblen Geruch und stark genug zur Arbeit seien, obgleich sie den anderen (den Yahoos) an körperlicher Behendigkeit nachstünden. Und ihr Geschrei sei zwar kein angenehmer Laut, aber dem fürchterlichen Geheul der Yahoos bei weitem vorzuziehen.«

Die Verwandlung, die YO sich selbst verordnete mit dem Umsteigen auf den Esel, spiegelt sich wieder in dem scherzhaft klingenden Geständnis (Kapitel XCVIII): »Gelegentlich habe ich mir überlegt, ob Lipiani dich nicht entmenscheln könnte – du weißt ja, was gemeint ist, wenn ein Kind ›enteselt‹ werden soll ...« Dem entspricht der Wunsch des Dichters nach einer Entkünstelung sei-

ner Kunst; das Verlangen, den »kalten Palast der Parnassiens« zu verlassen, den Prunk der Rhetorik mitsamt allem antikischen oder exotischen Dekor abzulegen und auch auf jegliche Modernität um der Modernität willen zu verzichten, aus der Überzeugung: »Die Poesie erlaubt keine Mode, denn sie ›ist‹ nackt.« Und er fordert von sich: »Ein Bekleidetsein wie ein Nacktsein, ohne Zugeständnisse und ohne Protzerei.« Denn: »Soll die Kunst niemals altmodisch werden, muß man nur dafür sorgen, daß sie nackt ist ... Man ist nicht dadurch neu, daß man die Neuheiten, die Erfindungen etc. einer Epoche besingt, die selbstverständlich in der Stimme spürbar sein werden, sondern dadurch, daß man in jeder Epoche, mit eigener Stimme, die Urgefühle besingt.« Noch deutlicher gesagt: »Oberflächlich ist die Poesie, die bloß vom ›Neuen‹ ausgeht. Der bessere Dichter kommt vom Traditionellen her, und von der reichen, tiefen Erzgrube aus erlangt er, wenn er das Zeug zum Auslangen hat, die luftigen Sonnenzweige der echten Neuheit.«
Entscheidend für diese Neuorientierung war seine Rückbesinnung auf das Werk eines andalusischen Landsmannes, des Sevillaners Gustavo Adolfo Bécquer (1836-1870), des größten Dichters, den das neunzehnte Jahrhundert in Spanien hervorgebracht hat. Ihn hatte Jiménez schon als Kind geliebt, und nach der Rückkehr aus Frankreich war ihm klargeworden, daß Bécquer die Wiedergeburt spanischer Dichtung bedeutete, den Anbruch einer neuen Ära, in der sich die »Vereinigung des Aristokratischen mit dem Populären« verwirklichen sollte – als Exempel dessen, was nach der Meinung des Moguereños (entgegen der landläufigen literarhistorischen Doktrin) das epochale Ziel des Modernismo war: Erneuerung der Gesellschaft, der gesamten Kultur durch eine aus innerer

Freiheit des Einzelnen erwachsende Einheit von befreiter Tradition und neuem Geist.
Das Urmanifest einer solch neuen Poesie erkannte er in ein paar Sätzen Bécquers, mit denen dieser den Unterschied zwischen dem konventionellen Dichtungsbegriff und seinen eigenen Vorstellungen klar markierte: »Es gibt eine großartige und sonore Dichtung, Tochter der Meditation und der Kunst; eine Dichtung, die sich mit allem Prunk und Pomp der Sprache schmückt, sich bewegt mit gemessener Majestät, die Imagination anspricht, deren Bilder vollendet und sie nach Belieben auf einen unbekannten Pfad lenkt, verlockend mit ihrer Harmonie und Schönheit. – Es gibt eine andere, natürliche, knappe, trockene, die aus der Seele aufzuckt wie ein elektrischer Funke, das Gefühl mit einem einzigen Worte trifft und entflieht; die, bar aller Künstlichkeit, zwanglos, in einer freien Form, mit einer einzigen Idee, die sie antippt, die tausend Ideen erweckt, die schlummern im bodenlosen Ozean der Phantasie ... Die eine ist die Frucht der Vereinigung von Kunst und Phantasie. Die andere ist der entflammte Funke, der aufzuckt beim Zusammenprall von Empfindung und Leidenschaft.«
Dem wachen Leser, der sich daran erinnert, daß dem Bekenntnis zu Bécquer eine besondere Neigung des jungen Jiménez zu Jammes vorausging, könnte hier der Gedanke kommen, daß in beiden Fällen vielleicht ein und dieselbe Vorliebe wirksam war: die Lust am Spontanen, das Verlangen nach einer »Natürlichkeit« auch der Kunst. Abneigung gegen das, was Jiménez als »kalten Palast« empfand, war gewiß ein Grundgefühl aller drei. Heißt das, daß der »universale Andalusier« sich bei dem Sevillaner nur die heimische Legitimation für jene »Nachlässigkeit« holte, die André Gide an dem auch von

ihm bewunderten Sänger von Orthez tadelte? Galt dem jungen Dichter von Moguer der »entflammte Funke« Bécquers als vertauschbare Metapher für das, was Gide mit dem »plötzlichen Aufschrei« oder dem »reizenden Unverstand eines Vogels« meinte? Hat er nicht noch in seinem letzten großen Werk, in »Espacio«, mit hymnischem Überschwang den singenden Vogel als seinen »ewigen Bruder« verherrlicht?

»Der Gesang, der Vogel wieder! Schon bist du hier, schon bist du zurückgekehrt, Schöne, Schöner, mit anderem Namen, mit deiner blaugrauen, diamantbedeckten Brust! Von wo kommst du, du an diesem Abend mit heißer Brise? Welcher Lenkung von Licht und Liebe folgst du zwischen den Wolken aus helldunklem Gold? Schon bist du heimgekehrt zu deinem grünen, düsteren Winkel. Wie kannst du, so klein, sag, wie kannst du alles erfüllen und dringst darüber hinaus noch? Ja, ja, ein Ton von einem Halmrohr, einem Vogel, einem Kind, einem Dichter erfüllt alles und mehr als der Donner. Das Getöse preßt zusammen, der Gesang macht weit. Du und ich, Vogel, sind eins; singe mir, singe du, denn ich höre dich; denn mein Gehör paßt zu deinem Gesang. Und dein Gesang paßt mich noch mehr diesem meinem Gehör an, das darauf wartet, daß du es erfüllst mit Harmonie. Du wirst singen! Einen ganzen neuen Frühling wirst du singen! Wieder du, wieder der Frühling! Wenn du wüßtest, was du für mich bist! Wie könnte ich dir sagen, was du bist, was du bist, was ich bin, was du für mich bist? Wie ich dich rufe, wie ich dir lausche, wie ich dich bewundere, ewiger Bruder, Vogel der Anmut und der Seligkeit, bescheiden, zart, fremd; Engel unserer Luft, verschwenderischer Spender vollkommener Musik! Vogel, ich liebe dich wie die Frau, die Frau, die dir mehr verschwistert ist als ich. Ja, trinke jetzt das Wasser meines Brunnens, picke den Zweig, hüpfe durchs Grün, schlüpfe hinein, heraus, durchstöbere deine ganze Behausung von gestern! Schau genau mich an, mein Vogel, allheilender Trost für Frau und Mann. Die unermeßliche Nacht wird kommen, sperrangelweit aufgetan, die Nacht, in der du mir singen wirst vom Paradies, in der du mir schaffen wirst das Paradies, hier, ich, du, hier, vor der liegenden Schlaflosigkeit meines Seins. Vogel, Liebe, Licht, Hoffnung; nie habe ich dich so verstanden wie jetzt; nie habe ich deinen Gott gesehen, wie ich ihn heute sehe, den Gott, der du vielleicht einmal warst und der mich versteht ...«

Jenes »leichte Selbstgenügen«, das Gide an Jammes konstatieren zu müssen glaubte, ist wohl kaum das Charakteristikum dieses Textes (der die Form des dialogischen Monologs von »Platero y yo« noch einmal aufgreift und in eine andere Tonart transponiert). Spricht daraus jener Mangel, der dem Basken attestiert wurde, als sein kritisch bewundernder Freund behauptete, er, Gide, sei vielleicht in der ganzen Literatur noch keinem schreibenden Individuum begegnet, »bei dem der kritische Sinn großartiger gefehlt hätte als bei ihm«? Zur Begründung seiner zwiespältigen Einschätzung des Dichters, dem er den Titel »Künstler« entschieden absprach, zitierte Gide eine persönliche Erinnerung: »›Da sind allerdings zwei Verse‹, sagte er zu mir, als er mir ein langes Stück zeigte, das er in der Nacht geschrieben hatte, ›die mir nicht besonders gut scheinen‹. – ›Dann verbessere sie doch.‹ – ›Ich wage es nicht; ich glaube, ich habe kein Recht mehr dazu.‹ Wäre ich naiv genug gewesen, zu fragen: ›Warum?‹ – ›Weil sie mir gestern abend‹, hätte er mir erwidert, ›als ich inspiriert war, gut erschienen sind und ich sicher heute ein schlechterer Richter bin.‹«

Jiménez, der die Mahnung, die Ermunterung aussprach: »Lassen wir uns von uns selbst überraschen!«, hatte keine solche Scheu vor den Produkten der eigenen Eingebung. Er erklärte rundheraus: »Mein bestes Werk ist meine ständige Reue über mein WERK.« Und er gab sich selbst den guten Rat: »Laß keinen Tag verstreichen, ohne daß du ein Papier zerreißt.« Nur selten ließ er es zu, daß eine seiner Schriften unverändert wieder aufgelegt wurde; denn er meinte: »... niemand sollte sich dessen schämen, daß er sich getäuscht hat und sich vor den Augen aller Welt korrigiert.« Er fügte jedoch – an anderer Stelle – hinzu: »Die ›Verbesserung‹ darf bei der Dichtung nur ›Bekräftigung‹ sein.« Und er prägte die klare Definition: »Korrigieren, das heißt: die Überraschung ordnen.« Weshalb ihm dies als »genauso schöpferisch wie das Erfinden« galt, verrät ein Satz, in dem er sein Dichten als Zusammenspiel zweier Kräfte erkennen läßt: »Wenn mein Werk von allein entstünde, ohne Anstrengung von mir, hätte ich recht wenig Gefallen daran; wenn ich allein es machen würde, ohne seinen Willen, würde es mir noch weniger gefallen.«
Den Anteil des Unbewußten am schöpferischen Akt schätzte er sehr hoch ein, und es ist mehr als eine neckische Galanterie, es ist ein durchaus ernstzunehmendes Gleichnis von konkreter Bedeutung, wenn er seinem Platero sagt, er, YO, habe das Gefühl, »daß der geistige Esel in dir, dein Dichter-Esel, aus dir hervorkommt, und daß, während dein Körper meinen Körper schubst, deine Phantasie die meine anschubst ...« Ja, Jiménez räumte ein, daß man die Poesie schlicht als »vitalen Ausdruck eines Augenblicks« nehmen könne, und in diesem Fall, meinte er, dürfe man hinterher nicht mehr allzuviel daran machen, sonst schade man der Sache und sich

selbst. »Aber wenn man sie (die Poesie) als Synthese eines Gefühls nimmt, wie ich das tue, kann und darf man sich immer wieder darüber hermachen, ohne Nachteil für sie oder für uns.«

Was ist Poesie? – so fragten wir zu Beginn. Jiménez selbst gibt die knappe Antwort: »Kultivierter Instinkt.« Und in den Aphorismen seiner »Estética y ética estética« wird auf mannigfache Weise der kombinatorische Prozeß verdeutlicht, der dieses Ergebnis zeitigen kann. Wichtig ist dem Dichter zunächst, die Kräfterelation zwischen den verschiedenen Faktoren zu regulieren: »In der Poesie muß man das Feld der Intelligenz gut eingrenzen, denn sonst passiert es leicht, daß der forcierte Vers etwas ganz anderes sagt, als der Instinkt wollte – der Instinkt, der zu bestimmen hat.« Andererseits wird gefordert: »Überwachen wir mit unserer Intelligenz unseren Instinkt ...« Worauf die Mahnung folgt: »... aber lassen wir ihm Freiheit genug, damit das Kind ein bißchen – sattsam! – tun kann, was es mag.« Zielvorstellung ist »der vollkommene Künstler (leidenschaftlich und bewußt; Beispiel: die sogenannten primitiven Maler)«. Bei einem solchen »ist die Perfektion nichts anderes als die Stütze, die Statik der Leidenschaft (›Stärke‹), während sie bei dem sorglos spontanen Künstler nur ein Treffer ist, nur Passage (›Schwäche‹)«. Kategorisch heißt es dann (noch rigoroser als bei Gide, der die höchsten Forderungen für seinen Begriff des »Künstlers« reserviert): »Ein Dichter, dessen Denken sein Fühlen nicht völlig umfaßt (auch wenn dies grenzenlos ist), verdient einen solchen Namen göttlicher Allmacht nicht.« Voraussetzung aber für die Realisierung des Ideals ist, daß »das Unbewußte und das Bewußtsein aus gleicher Tiefe unseres Wesens kommen.«

Der von seiner eigenen Reflexion in der Produktion gehinderte Schiller hatte geschrieben: »Bin ich aber erst so weit, daß mir Kunstmäßigkeit zur Natur wird, wie einem wohlgesitteten Menschen die Erziehung, so erhält auch die Phantasie ihre ewige Freiheit zurück.« Jiménez (der, meines Wissens, den Namen Kleist nie erwähnt hat) stachelte sich selbst mit dem Appell: »Durch die äußerste Intelligenz zum vollkommenen Instinkt.« Das Bild der Erfüllung dieser Utopie bietet die paradoxe Wortkombination »freier Sklave seines Herrn«, die am Schluß eines seiner Gedichte steht:

Diese beständige Eile,
gebändigt,
mit meinem Zügel, in jedem Moment!
Werk, vordrängend, mit verhaltener Wucht,
in einer Ruhe, die bebt,
fest gerundet wie die Welt;
Jungpferd im Mai, auf den grünen
Fluren des ewigen Frühlings,
freier Sklave seines Herrn!

Diese Verse aus »Piedra y cielo« tragen den Titel »La Obra« – »Das Werk«: Chiffre für eine kontinuierliche, eine unendliche Aufgabe, die von Mal zu Mal erfüllt sein will, wie es der Autor sich und den in ihm streitenden Kräften verordnet hat: »Schließen wir uns ein in dem umrissenen Kreis eines jeden Augenblicks, und gehen wir über, von Augenblick zu Augenblick, wie von Welt zu Welt (von Kreis zu Kreis).«

Ist dies nicht das nachgereichte Motto, das Ur- und Leitmotiv der »Andalusischen Elegie«, die in drängendem Ritardando – »in einer Ruhe, die bebt« – immer neue

Momente des Stockens als Stationen eines unendlichen Wegs erfahren läßt, als Sekunden oder Stunden stillstehender Hingerissenheit auf einer Spur, die durch den Sonnenuntergang zu einem neuen Osten führt, durch die Versunkenheit des Vergangenen zurück zum Morgen, zum ewigen Augenblick der Kindheit – wiederzugewinnen als zweite Unschuld der gleichsam durch ein Unendliches gegangenen Erkenntnis?

Das Geheimnis der Wirkung dieser Dichtung – das Wunder ihrer poetischen Magie – ist damit nicht erklärt. Jeder Interpret tut gut daran, sich mit der Einsicht vertraut zu machen, die Jiménez in die Worte faßte: »Die Poesie, Anfang und Ende von allem, ist nicht definierbar. Wenn man sie definieren könnte, wäre ihr Definitor der Herr ihres Geheimnisses, der Herr ihrer selbst, der wahre, der einzig mögliche Gott. Und das Geheimnis der Poesie hat noch nie jemand gekannt, keiner kennt es, keiner wird es jemals kennen; auch läßt die Poesie keine Gottheit zu. Zum Glück, für Gott und für die Poeten.«

Trotz der Bescheidung vor der Evidenz der letztlichen Unerklärbarkeit dessen, was ein Kunstwerk zur Kunst macht, muß der betrachtende Verstand nicht darauf verzichten, sich der Mittel zu vergewissern, die der Autor benutzte, und keine falsche Ehrfurcht sollte ihn von der Feststellung abhalten, daß das Wirkungsgeheimnis von Jiménez nicht zuletzt auf der Bewußtheit beruht, mit der er darauf aus war, etwas zu verfertigen, das hinreichend resistent wäre gegen die Ratio. »Die Poesie«, so schrieb er, »soll ein verständliches Äußere haben, wie die Naturphänomene; aber wie bei ihnen soll ihr inneres Eisen dem zudringlichsten Inquisitor widerstehen können, mit einer unendlich feinen Stufenfolge relativer Konzessionen.« Denn Jiménez wußte: »Ein Werk ist so lange attraktiv, wie sein offenbares Geheimnis dauert.« Und seiner Dichtung wünschte er deshalb die Doppeleigenschaft: »Augenscheinlich und geheimnisvoll, wie der Diamant, wie das Wasser, wie der nackte Menschenleib, wie die Rose.«

Selbstanleitungen zur methodischen Mystifikation? Oder Überlegungen zur Ermittlung von Darstellungsformen, die einer als mysteriös erkannten Wirklichkeit entsprächen? Konsequenzen aus der Einsicht, daß der »Realismus« eine grobschlächtige Täuschung, die »Objektivität« eine Chimäre, alles menschliche Wahrnehmen und Denken »Opfer einer zwiefachen Fata Morgana« ist – wie sein Freund Machado 1912 meinte, als er feststellte: »Schauen wir nach außen und bemühen wir uns, in die Dinge einzudringen, so verliert unsere Welt an Festigkeit, und am Ende löst sie sich auf, da wir zu dem Glauben gelangen, daß sie nicht an sich existiert, sondern durch uns. Aber wenn wir, überzeugt von der inneren Realität, nach innen schauen, dann scheint uns alles von außen zu kommen, und es ist unsere innere Welt, wir selber sind es, was sich verflüchtet. Was also tun? Den Faden verweben, den man uns gibt; unseren Traum träumen, leben. Nur so können wir das Wunder schöpferischen Tuns bewirken.«

Trotz der doppelten Blendung war Machado nicht bereit zu resignieren. Obwohl er selbst konstatierte: »Meine Freunde habe ich / in meiner Einsamkeit; / wenn ich bei ihnen bin / – wie ferne sind sie!«, deklarierte er Freundschaft nicht – wie Proust dies tat – als etwas, »das gar nicht existiert«. Im Gegenteil. Er warnte: »Wenn das Gefühl seinen Radius verkürzt und nicht über das isolierte, abgegrenzte, für den Nächsten versperrte Ich hinausreicht, so verarmt es und singt am Ende im Fistelton

... Kurz gesagt: Es gibt kein wahres Gefühl ohne Sympathie ...« Deshalb bekannte er sich, im vollen Bewußtsein des damit ausgedrückten Widerspruchs, als »brüderliche Monade«.

Das Solo-Duo von »Platero und ich« – ist es nicht die Ausdrucksform, die konsequente poetische Realisierung solch monadischer Brüderlichkeit? Als durchgängiger Darstellungsmodus einer Dichtung von diesem Umfang stellt es ein Novum dar, für das weder die lyrische Prosa Bécquers noch die poèmes en prose von Baudelaire und Mallarmé ein Vorbild geboten hatten. Das Selbstgespräch mit obligatem Schweigepartner – genutzt als Continuo-Technik bei der Komposition einer literarischen Momentmontage von systematischer Diskontinuität, ständiger Dissoziation – ist eine originäre Erfindung, deren Genialität in der vollkommenen Entsprechung von Innen und Außen besteht. Das Solo-Duo ist nicht nur das exakte rhetorische Abbild der gespaltenen Subjektivität, des Zwiespalts zwischen Ich und Welt, der individuellen Verdammtheit zum Doppelblick zwiezeitigen Erlebens, zerrissen vom konträr-simultanen Verlangen nach Erinnerung und nach Vergessen; es ist zugleich die einzig adäquate, allein in ihrer Paradoxie authentische Mitteilung radikaler Einsamkeit, die sich selbst bejaht als Organ einer Bestimmung zu unendlicher Gemeinsamkeit, niemals endender Annäherung ...

Ist es nicht grotesk, daß der Autor dieses Buches einst zu behaupten wagte, es handle sich da bloß um »äußerliche Versuche«, um etwas von außen Eingegebenes? Im Ersten Fragment von »Espacio« hat er denn auch – nach Nennung und neuer Beschwörung der »Kronpinie« von Moguer – diese abwertende Einschätzung klar widerrufen: »... höchste Seligkeit, genaue Szene, von der ich, der sie schuf, glaubte, sie sei mehr von anderen als von mir. Die anderen sahen sie nicht; meine Sehnsucht, die doch der Wunsch war, bei ihnen zu sein, wollte bei mir sein, in dem sie war ...«

Der »phantastische Realist«, der mißtrauisch gemeint hatte, im »Platero« ein von »objektiver Inspiration« diktiertes Werk geschrieben zu haben, war von sich selbst überrascht worden, von der Universalität des Eigenen – wie er spät, mit Beseligung, erkannte. Ihm war – in vielen, vielen Stücken dieses Bandes – das geglückt, was er als Wunschziel nannte: »Das Gedicht soll wie der Stern sein, der eine Welt ist und aussieht wie ein Diamant.«

Wer war's, der von diesem Buch gesagt hat, sein Zauber sei so, daß man manchmal meinen könnte, es sei überhaupt nicht ›geschrieben‹? Ich kann mich nicht mehr erinnern. Doch wer es auch war – er hat recht. Der Dichter ist darin dem sehr nahe gekommen, was ihm als »la forma poética perfecta« vorschwebte: Geist, der fortbestünde, auch wenn der Körper verschwände; Wasser, das die transparente Gefäßform behielte, wenn man das Glas entfernen könnte.

Kristall, der atmet. Wort gewordene Stille.

Soledad sonora, sagte San Juan de la Cruz, den er liebte. Tönende Einsamkeit. Música callada. Schweigende Musik.

Der »andaluz universal« konnte nicht ahnen, was erst Forschungen der letzten Jahre ergaben: Apollon war im Anfang ein Eselgott. Die Kythara kam mit dem Esel aus Kleinasien. »Das, was seit den Tagen der Griechen *Musik* heißt, geht« – so schreibt Martin Vogel – »auf jene Eselkulte zurück, die sich mit dem Esel über die Länder der Alten Welt verbreiteten.«

Hätte Fürst Myschkin dies erfahren, hätte er gelesen, was

Pindar in der Zehnten Pythischen Ode über Apollons besondere Freude am Wesen dieses Tieres sagt, wäre er nicht verwundert gewesen, sondern entzückt und tief befriedigt.

Die Übertragung ist
GODELA
zugedacht, meiner Tochter,
in der Erinnerung
an den Luftsattel
gemeinsam erträumter
Ausritte

F.V., 22. Mai 1985

INHALT